Isaac B. Singer

Der König der Felder

W0189788

Isaac Bashevis Singer

Der König der Felder

Roman

Deutsch von Gertrud Baruch

dtv
premium

Deutsche Erstausgabe
Juli 1997
Deutscher Taschenbuch Verlag GmbH & Co. KG, München
© 1988 Isaac Bashevis Singer
Titel des jiddischen Originals:
›Der Kenig vun di Felder‹
Titel der amerikanischen Erstausgabe: ›The King of the Fields‹
(Farrar, Straus, Giroux, Inc., New York 1989)
© 1997 der deutschsprachigen Ausgabe:
Deutscher Taschenbuch Verlag GmbH & Co. KG, München
Umschlagkonzept: Balk & Brumshagen
Umschlagbild: ›Trompete‹ (1907) von Wassily Kandinsky
(© VG Bild-Kunst, Bonn 1996)
Gesetzt aus der Garamond 11/13,25· (QuarkXPress 3.31)
Satz: KCS GmbH, Buchholz/Hamburg
Druck und Bindung: Kösel, Kempten
Gedruckt auf säurefreiem, chlorfrei gebleichtem Papier
Printed in Germany · ISBN 3-423-24102-0

ERSTER TEIL

Krol Rudy, der rote König

Diese Geschichte beginnt – wann? Der römische Kalender war in dem Land namens Polen noch nicht bekannt. Es bestand aus vielen kleinen Siedlungsgebieten, deren heidnische Bewohner verschiedenen Gottheiten huldigten. Der Ackerbau war zwar schon bekannt, aber noch nicht sehr verbreitet. Die Männer jagten und fischten, die Frauen gruben Wurzeln aus und pflückten ohne große Mühe die Beeren und Früchte, die ihnen die Erde zur Reifezeit in Hülle und Fülle bescherte. Man erzählte sich, es würde im Wald immer weniger Tiere und in den Flüssen und Seen immer weniger Fische geben, je mehr Menschen es gebe. Es wurde gemunkelt, daß in weit entfernten Landstrichen, irgendwo an der Weichsel, schon viele Menschen den Boden bestellten, pflügten, säten, ernteten, droschen. Sie nannten sich Polen, weil in ihrer Sprache *pola* das Wort für »Feld« war.

Diese Menschen bildeten noch keine Nation. Sie wurden von verschiedenen Königen regiert, die *krole* genannt wurden und oft gegeneinander kämpften. Manche Polen schmiedeten Schwerter und Speere, griffen Jägerstämme an, unterwarfen sie und zwangen sie zur Feldarbeit. Dieses Schicksal ereilte auch die Lesniken, einen kleinen Stamm von Waldbewohnern, der nahe der Hohen Tatra lebte. Ein Krol und seine Krieger, die Wojaken, kamen geritten, töteten die meisten jungen Männer des Stammes und befahlen den Überlebenden, ein Stück Land zu roden, den Boden zu pflügen und die

Körner, die sie mitgebracht hatten, auszusäen: Weizen, Roggen, Gerste und Hafer. Der Krol ließ sich mit seinen Mannen dort nieder und wartete auf das Reifen des Getreides. Die Überlebenden des Lesnikenstammes, zumeist Frauen und alte Männer, raunten einander zu: »Wer hat schon die Geduld, so lange zu warten?« Doch sie mußten auch weiterhin pflügen und säen. Das geringste Zeichen des Widerstands wurde hart bestraft. Der Krol und seine Edelleute, *pans* oder *knieze* genannt, konnten sich mit den Lesniken verständigen, weil sie dieselbe Sprache sprachen, wenn auch mit gewissen Abweichungen.

Der Krol war hochgewachsen, hatte blaue Augen, rotes, langes Haar und einen feuerroten Bart. Seine Gefolgsleute nannten ihn Krol Rudy, was soviel heißt wie »der rote König«. Krol Rudy hätte sich eines der vielen hübschen jungen Mädchen aussuchen können, die von den Wojaken gefangengenommen worden waren, doch er hatte geschworen, sich erst dann zu vermählen, wenn auf den Feldern das Getreide sprießen würde. Der Krol trug eine kurze Felljacke, Beinkleider aus Tierhaut und lederne Stiefel. Er und seine Knieze waren zu Pferd ins Lesnikenlager gekommen, die Wojaken dagegen zu Fuß und ohne Schuhe. Krol Rudy hatte den Lesniken höchstpersönlich gezeigt, wie man mit den hölzernen Pflügen umgehen mußte.

Die alten Männer und Frauen sagten voraus, daß Krol Rudys Saatkörner verfaulen, von Vögeln gefressen oder im Winter erfrieren würden. Sie warnten jene, die den Boden pflügten, vor dieser Entweihung der Mutter Erde und prophezeiten, daß die Göttin Baba Jaga, die auf einem Besenstiel so lang wie ein Fichtenstamm umherfliege, vor lauter Zorn die ganze Welt in Finsternis hüllen und eine Seuche schicken werde, um Mensch und Tier zu vernichten. Die jungen Frauen hingegen bewunderten Krol Rudy. Wenn er sie nicht anschrie, lächelte er ihnen zu. Er ritt auf einem Schimmel mit reichverziertem Zaumzeug. Die Lesniken hausten in Zelten, Krol Rudy und seine Knieze aber ließen sich Hütten errichten, mit Dächern zum Schutz vor dem Regen und mit Schornsteinen, durch die der Rauch abziehen konnte. Krol Rudy überwachte die Bauarbeiten und achtete darauf, daß keine Fugen offenblieben.

Die jungen Frauen paßten sich, wie üblich, sehr schnell den neuen Machthabern an. Sie gaben sich ihnen hin und trugen bald den Nachwuchs der Fremden unter dem Herzen. Die Alten jammerten, diese Polen seien eine wüste Mörderbande, brächten den Göttern nicht die gebührende Ehrfurcht entgegen, schafften altehrwürdige Sitten und Bräuche ab und zerrütteten das Leben im Lager. Den alten Leuten blieb nur ein einziger Trost: der Tod. Viele von ihnen starben in diesem Winter, nicht nur an Krankheiten, sondern auch vor Kummer über die neue, fremde Lebensweise.

Die Wintermonate zogen sich endlos hin, sie waren kalt und hart. Selbst die polnischen Eroberer hungerten und waren gezwungen, einige ihrer Pferde zu schlachten. Mehrere Frauen hatten Fehlgeburten. Viele Säuglinge starben. Die Wojaken versuchten, im Wald zu jagen, waren aber im Gegensatz zu den Lesniken nicht mit den Gewohnheiten und Verstecken des Wilds vertraut. Die meisten von ihnen stammten aus Familien, die Ackerbau betrieben, und verstanden sich nicht aufs Fallenstellen und Fischen. Einige Wojaken verschworen sich, Krol Rudy im Stich zu lassen und heimzukehren. Doch Krol Rudy hatte seine Spitzel und ließ die Anführer der Verschwörung köpfen. Zudem herrschten dort, woher die Wojaken kamen, andere Krole. Hatte ein Krieger erst einmal sein Zuhause verlassen, um plündernd und mordend umherzuziehen, dann war ihm der Weg zurück versperrt.

9

Bevor die Kälte eingesetzt hatte, waren die Mädchen und Frauen von den Polen hinaus in den Wald geschickt worden, um körbeweise Brombeeren und Blaubeeren zu pflücken, Stachelbeeren, Johannisbeeren, Kirschen, Äpfel, Pflaumen und was die gute Mutter Erde sonst noch in der warmen Jahreszeit hervorgebracht hatte. Einen Teil davon durften die Frauen für ihre Familien behalten, den Rest mußten sie als Tribut abliefern. Krol Rudy hatte gedroht, er werde denen, die zuviel für sich selber behielten und seinen Männern nicht genug abgaben, die Hände abhacken lassen. Statt die Früchte und Beeren zu essen, brauten die Wojaken daraus ein berauschendes Getränk, das sie Wodka nannten. Wenn sie sich daran gütlich getan hatten, torkelten sie halbnackt herum, grölten unflätige Lieder und stießen wüste Beschimpfungen aus. Dann kehrten sie in die Hütten zurück und verprügelten ihre neuen Ehefrauen. Einige Mädchen, die bei den Kniezen als Mägde arbeiten mußten, probierten das Getränk, worauf sie zu kichern begannen, Schluckauf bekamen und einander in die Arme sanken. Die alten Leute unkten, der Krol und seine Mannen seien zweifellos von Dämonen besessen. Im Gebirge hauste ein Geist, den die Leute *smok* nannten und der teils Mensch, teils Schlange und teils Teufel war. Der Smok spielte den Menschen allerlei üble Streiche, blendete sie und verwirrte ihre Sinne. Er verfügte über eine ganze Heerschar von Kobolden, Hexen und Blutsaugern, die seine üblen Aufträge ausführten. Einige alte Weiber munkelten, Krol Rudy sei in Wahrheit ein Smok und ein Hexenmeister.

Während der kalten Tage und langen Nächte waren so viele Wojaken gestorben, daß es fast schien, als würde kein einziger den Frühling erleben. Aber plötzlich brach die Sonne durch die Wolken, und die Tage wurden warm und hell. Und auf den Feldern, auf denen die Lesniken gesät hatten, begann das Getreide zu sprießen, aus dem später Brot –

chleb genannt – gebacken werden sollte. Die Bäume blühten. Stare, Schwalben und Störche kehrten aus fernen Ländern zurück und machten sich eifrig daran, neue Nester zu bauen oder die alten Nester auszubessern. Krol Rudy schickte einen Trommler durchs Lager, der etwas verkünden sollte. Der Krol nannte die Lesniken seine Brüder. Er sagte ihnen, daß Feinde auf der Lauer lägen, um das Lager der Lesniken zu verwüsten und ihre Felder in Brand zu stecken. Aber er, Krol Rudy, werde das Lager beschützen und die feindlichen Pläne vereiteln. Des weiteren ließ er verkünden, daß er ein lesnikisches Mädchen ausgewählt habe, mit dem er sich am ersten Tag nach Neumond vermählen werde. Der Name seiner Auserwählten sei Laska. Daraufhin brach die Menge in Jubel aus, sang, tanzte und klatschte in die Hände. Der mächtige Krol hatte ein Mädchen ihres Stammes zu seiner Braut erwählt!

Jeder im Lager kannte Laska, deren Mutter und deren zwei Schwestern und Brüder bei dem Gemetzel umgekommen waren. Sie selbst war damals vergewaltigt worden. Ihre Großmutter Mala, die sich bei dem Überfall im Gebüsch versteckt hatte, befürchtete, daß Laska von ihrem Schänder geschwängert worden sei, aber zum Glück war die Monatsblutung des jungen Mädchens nicht ausgeblieben. Zusammen mit den anderen Mädchen hatte Laska im Sommer Obst und Beeren gepflückt, und dabei war sie Krol Rudy aufgefallen. Er hatte nach ihrem Namen gefragt und ihr ein Geschenk überbringen lassen. Als er nun verkünden ließ, daß sie seine Krolowa – seine Königin – werden sollte, hielten die Frauen Ausschau nach ihr. Erst jetzt fiel ihnen auf, daß Laska und ihre Großmutter nicht anwesend waren.

Wie sich bald herausstellte, war Laska krank. Sie lag fiebernd im Zelt ihrer Großmutter auf einem Ruhelager aus Fellen. Mala braute ihr einen Kräutertrank, aber die Kranke nahm nichts zu sich. Als die Frauen mit der frohen Kunde kamen, sagte Mala: »Laska wird sterben. Sie weigert sich, etwas zu essen.«

Nach einer Weile erschien Krol Rudy in Begleitung einiger Gefolgsleute. Laskas Augen waren geschlossen, ihr blondes Haar war wirr, ihr Gesicht bleich. Krol Rudy schüttelte den Kopf. Dann fragte er Mala, ob das Mädchen noch andere Verwandte habe.

»Ihr Vater hält sich im Gebirge versteckt«, antwortete die Alte. »Die anderen Familienangehörigen sind alle von Euren Wojaken getötet worden.«

»Wie heißt ihr Vater?«

»Cybula.«

»Ich möchte, daß er zurückkommt. Ich verspreche, daß ich ihm nichts antun werde.«

»Niemand hat etwas von ihm gehört. Vielleicht ist er tot. Und wozu sollte er zurückkommen? Wir sind hier entwurzelt worden – wie ein Baum im Sturm.«

»Wenn ein Baum entwurzelt wird, wächst ein anderer an seiner Stelle«, erwiderte Krol Rudy. »Wenn Laska nicht stirbt, wird sie mein Weib und die Mutter meiner Kinder. Sobald der Weizen auf den Feldern reif ist, gibt es genug Brot für alle.«

»Sie wird bald tot sein.«

»Gib ihr viel Wasser zu trinken.«

»Morgen wird sie bei ihrer Mutter und den anderen Geistern in den Schlünden der Erde sein. Und ich folge ihr bald dorthin.«

Krol Rudy warf noch einen Blick auf das kranke Mädchen, dann ging er hinaus. Er trug sein Schwert in einer ledernen Scheide. In seiner Heimat nahe der Weichsel wurden Schwerter, Speere und Hufeisen geschmiedet. Schiffe kamen aus Gegenden, in denen die Deutschen ansässig waren; *niemiec,* die Stummen, wurden sie genannt, weil sie in einer Sprache plapperten, die keiner verstand. Die meisten Männer aus Krol

Rudys Stamm waren Ackerbauern. Die Deutschen lieferten ihnen Sensen, Spaten, Hämmer, Nägel und Äxte. Dafür erhielten sie von den Polen Honig, Flachs, Gerste, Obst, Tierhäute und Bauholz. Bei diesem Tauschhandel bediente man sich stets der Zeichensprache.

Unglücklicherweise führten die Polen ständig gegeneinander Krieg. Alle paar Jahre kam ein neuer Krol oder Stammeshäuptling an die Macht und ließ seine Krieger im Lande wüten. Sie mordeten, plünderten, schändeten Frauen, brannten Behausungen und Kornfelder nieder, trieben Viehherden weg. Krol Rudy hatte bei einem solchen Überfall nur mit knapper Not seine Haut retten können. Später hatte er eine Horde Wojaken um sich geschart und war mit ihnen losgezogen – auf der Suche nach Landstrichen, die von Jägern und Sammlern bewohnt wurden. Solche Stämme waren leicht zu unterwerfen. Pfeil und Bogen waren ihre einzige Waffe. Männern, die mit Schwertern und Speeren ausgerüstet und jederzeit bereit waren, Blut zu vergießen oder im Kampf zu fallen, stand die Welt offen.

Nach dem Besuch in Malas Zelt machten sich Krol Rudy und seine Knieze auf den Weg zu ihren Hütten. Laska hatte auf den Krol fast schon leblos gewirkt. Es grämte ihn, daß man ihn nicht von ihrer Erkrankung unterrichtet hatte, aber das hatte er sich selbst zuzuschreiben, denn er vertraute seinen Gefolgsleuten nur selten an, was er vorhatte. Da sie meistens betrunken waren, konnte man sich nicht darauf verlassen, daß sie den Mund halten würden. Jeder von ihnen war nur auf den eigenen Vorteil bedacht, während er, Krol Rudy, für sie alle sorgen mußte. Er hatte es mittlerweile einfach satt, ständig umherzuziehen, zu plündern und zu kämpfen. Er wollte endlich seßhaft werden, Ehefrauen und Kinder haben und ein Volk regieren, das genug zu essen hatte. Er hoffte auf eine gute Ernte. Wer vom Ertrag der Felder lebte, mußte den

Weitblick und die Geduld haben, das Getreide nicht restlos aufzubrauchen, sondern etwas davon für die Aussaat aufzubewahren.

Aber bis zur Erntezeit war es noch lange hin. Krol Rudy bedauerte, daß er seinen Wojaken erlaubt hatte, so viele Männer zu töten. Jetzt war keiner mehr da, der sich auf die Jagd verstand. Und obendrein hatte er von einigen seiner Spitzel erfahren, daß jene Lesniken, die ins Gebirge geflohen waren, einen Überraschungsangriff planten. Sie wollten warten, bis das ganze Lager vom Hunger geschwächt war, dann wollten sie im Dunkel der Nacht die Felder in Brand stecken und sich an die schlafenden Wojaken heranschleichen.

»Wenn Laska stirbt, wer wird dann meine Krolowa?« fragte sich Krol Rudy. Außer Laska gab es im Lager kein einziges Mädchen, das ihm gefiel. Alle anderen jungen Lesnikinnen waren schwanger, und Krol Rudy wollte nicht dort säen, wo schon andere gesät hatten. Während er auf dem Weg zu seiner Hütte darüber nachgrübelte, kam ein Mädchen daher – barfuß und bekleidet mit einem Rock aus Tierhäuten. Sie trug einen mit Rüben gefüllten Korb und konnte nicht älter als zwölf sein. Obwohl die Sonne schien, war die Luft kalt. Von den Bergen her blies der Wind und zerzauste die dunklen Haare der Halbwüchsigen.

Krol Rudy hielt das Mädchen an. »Wie heißt du?«

Sie antwortete nicht. Immer wieder blickte sie sich um und wäre wohl am liebsten davongelaufen.

»Du brauchst keine Angst zu haben. Ich werde dich nicht auffressen. Wie heißt du?«

»Jagoda.«

»Jagoda? Hm. Komm mit!«

Die Knieze brachen in Gelächter aus. Das Mädchen begann zu stammeln. »Ich ... ich muß meiner Mutter die Rüben bringen. Ins Zelt.«

»Deine Mutter kann warten.«

Krol Rudy packte das Mädchen am Nacken. »Versuch nicht, wegzulaufen! Sonst reiße ich dir dein hübsches Köpfchen ab!«

»Meine Mutter hat Hunger.«

»Deine Mutter kann später essen. Ich gebe dir Brot für sie mit.«

Das Mädchen wehrte sich immer noch, aber Krol Rudy drückte ihm mit Daumen und Zeigefinger die Kehle zu. Mit der anderen Hand entriß er Jagoda den Korb und gab ihn einem seiner Begleiter. Dann brachte er das Mädchen in seine Hütte, die nur aus einem einzigen großen Raum ohne Fußboden bestand und Wände aus unbehauenen Stämmen hatte. In einer Wand war ein Fenster, eine viereckige Öffnung, vor die die Harnblase eines Tieres gespannt war und durch die das Tageslicht hereindrang. Auf einem Tisch lagen Schwerter und Speere. Säcke waren bis über den Rand mit Dörrfleisch gefüllt – mit dem Fleisch von Kälbern, Schafen und Hasen. Der Raum roch nach Moder, ranzigem Fett und verfaultem Obst. Der Kniez stellte den Korb des Mädchens ab und verschwand. Krol Rudy sagte: »Hab keine Angst, Jagoda. Das hier ist das Haus eines Menschen, keine Bärenhöhle.«

»Meine Mutter …« Mehr brachte Jagoda nicht heraus. Krol Rudy warf sie auf ein Ruhelager aus Fellen und tat ihr Gewalt an. Sie stieß einen Schrei aus, doch er hielt ihr den Mund zu. Danach stand er mit Blutflecken an den Beinen auf und rief den Namen eines Wojaken. Als dieser hereinkam, befahl er ihm: »Schaff das Weibsstück weg! Gib ihr eine Brezel!«

2

Die Lesniken, die in die Berge geflohen waren, hatten ihre
Pfeile und Bogen mitgenommen. Im Gebirge gab es zwar
weniger Wild als unten im Tal, aber die Männer erbeuteten
genug, um nicht zu verhungern. In den zahlreichen Höhlen,
die es hier oben gab, fanden sie Unterschlupf. Ihr Anführer
war Cybula, Laskas Vater, ein kleiner Mann, fast nur Haut
und Knochen. Bis auf ein paar spärliche Haare war sein Kopf
kahl. Zum Anführer der Geflüchteten war er geworden, weil
er sehr geschickt und gewitzt war. Er hatte sich als Bogenschütze einen Namen gemacht. Seine Pfeile drangen den Tieren tief ins Fleisch. Er verstand sich besonders gut darauf,
Fischernetze zu knüpfen und auszuwerfen, und er war ein
vortrefflicher Fallensteller. Er riß Witze über Faulpelze, Feig-
linge und Tölpel im Lager. Und er wagte es sogar, sich über
die Baba Jaga, die Smoks und andere Geister und Götter
lustig zu machen. Er wußte, wie man das Lager bei Laune
hielt, war sehr gelenkig, konnte auf die höchsten Bäume klet-
tern, Purzelbäume schlagen, das Heulen der Wölfe, das
Grunzen der Wildschweine und die Rufe der Vögel nachah-
men. Manchmal äffte er zur Belustigung der anderen das
Geschwätz alter Weiber nach, ihr Gestöhn und Geächze, die
Verwünschungen und Segenssprüche, mit denen sie einander
überhäuften, und ihr Gejammer über die Männer. Nicht einmal der Tod seiner Frau und seiner Kinder beim Blutbad
durch die Wojaken hatte Cybulas Lebensmut brechen können.

Wenn aber die Rede davon war, daß Männer sich vor
Pflüge spannen sollten und daß man Mutter Erde dazu bewegen müsse, Weizen, Gerste und anderes Getreide hervorzubringen, dann wurde Cybula ernst. Er war der Meinung, daß
es den Männern, solange sie jagten und fischten, freistehe,

von einem Ort zum anderen zu ziehen und so zu leben, wie sie wollten. Es war Frauensache, das Herdfeuer zu hüten und die Kinder großzuziehen. Männer, die den Boden bebauten, würden sich bald so fest mit ihm verbunden fühlen wie Bäume. Sie würden, wie die Weiber, in ihren Zelten bleiben und Mutter Erde anflehen, das verfluchte Getreide hervorzubringen. Zudem ging das Gerücht, daß in manchen Gegenden die Knieze und Pans den Grund und Boden unter sich aufgeteilt und die Ackerbauern versklavt hätten. »Warum sollen wir denn nicht so leben wie unsere Väter und Großväter? Mutter Erde braucht nicht gekitzelt und gekratzt zu werden, um etwas hervorzubringen. Was sie zu geben hat, das gibt sie uns jeden Sommer ganz von selbst.«

Schon lange bevor Krol Rudy das Lager überfiel, hatten die Lesniken die Vor- und Nachteile des Ackerbaus erwogen. Zugegeben, seit einigen Jahren wurden die Nahrungsmittel immer knapper. Alte Leute erinnerten sich noch an Zeiten, in denen es viel mehr Wild und Fische gegeben hatte. Aber war das wirklich so gewesen? Alte Leute dachten sich oft Geschichten aus, und auf ihr Gedächtnis war nicht immer Verlaß. Jeden Winter schworen sie, die Kälte sei noch nie so schlimm gewesen wie in diesem Jahr. Und jeden Sommer sagten sie das gleiche über die Hitze. Zugegeben, es verhungerten jetzt mehr Menschen als früher. Aber nahmen Hungersnöte mit Hilfe von Gerste und Weizen ein für allemal ein Ende? Der Tod holte sich, wen er wollte. Ohne den Tod wäre die Welt bis hinauf zum Himmelszelt mit Menschen vollgestopft.

Die meisten Lesniken teilten Cybulas Meinung und verschworen sich, Krol Rudy und seine Männer zu vernichten. Sie beschlossen, einen Späher hinunter ins Tal zu schicken und sich unterdessen für den Kampf zu rüsten. Aber mittlerweile war der Frühling gekommen, und die Lesniken brauchten viel Zeit, um ihn mit Gebeten und Gesängen zu begrüßen. Früher hatten sie zu Frühlingsanfang den Geistern und Göttern Opfer dargebracht. Eine Jungfrau war ausgewählt und auf dem steinernen Altar geopfert worden. Dann hatten die Männer ihre Hände in das Blut des Opfers getaucht. Die Frauen durften diesem Ritual nicht beiwohnen. Weil aber unter den ins Gebirge Geflüchteten keine Jungfrauen waren, huldigte man den Göttern mit feierlichen Gesängen und Anrufungen.

Zu diesem Zeitpunkt erfuhr Cybula, daß seine Tochter Laska das Blutbad überlebt hatte, jetzt aber krank im Zelt ihrer Großmutter lag. Sofort bestand er darauf, als Späher hinunter ins Tal zu gehen, doch die anderen Lesniken waren dagegen. Wenn man ihn entdeckte und tötete, wer von ihnen sollte dann seinen Platz einnehmen? Es wurde also ein anderer ins Tal geschickt. Er kam mit der Nachricht zurück, daß Laska genesen sei und am Tag nach Neumond mit Krol Rudy vermählt werden sollte.

Als Laska in einer mondlosen Nacht schlafend im Zelt ihrer Großmutter lag, erwachte sie plötzlich mit dem Gefühl, daß jemand sie berührte. Sie schreckte hoch und wollte schreien, doch dann hörte sie die gedämpfte Stimme ihres Vaters: »Keine Angst, Tochter! Ich bin's, dein Vater.«

Auch die alte Mala wurde geweckt, und als sie hörte, wer ins Zelt gekommen war, sagte sie: »Laß sie in Ruhe, Cybula. Wenn die Wojaken dich entdecken, reißen sie uns in Stücke. Laska heiratet Krol Rudy. Du weißt, daß ich alles verloren habe – nur sie ist mir geblieben.«

»Mit wem wirst du dich vermählen, Tochter? Mit einem Mann, der deine Mutter und deine Geschwister getötet hat?«

»Was willst du?« erwiderte Laska. »Ich war krank. Man

hatte mir schon das Grab bereitet. Ich kann nicht mit dir in die Berge gehen, dazu bin ich zu schwach. Außerdem kann ich Großmutter nicht allein zurücklassen. Krol Rudy würde sich an ihr rächen.«

»Kommt beide mit! Die kalten Tage sind vorüber, es ist mild im Gebirge. Ihr könnt in meiner Höhle wohnen. Meine Brüder, die Jäger, rüsten sich, ins Tal zu kommen und Krol Rudy und seine Leute auszurotten.«

»Wann kommen sie?« fragte Mala.

»Bald. Vielleicht schon morgen.«

»Großmutter, was soll ich tun?« fragte Laska.

Mala seufzte. »Du bist zu schwach, um auf den Berg zu steigen. Du würdest straucheln und abstürzen, und die Aasgeier würden dir die Augen aushacken. Laska, heirate Krol Rudy und laß dich von ihm mit Brezeln und Dörrfleisch mästen. Erst wenn du wieder zu Kräften gekommen bist, wirst du wieder du selbst sein. Ich werde bald sterben, dann brauchst du kein altes Weib mit in die Berge zu schleppen.«

»Vielleicht hast du recht, Großmutter«, sagte Cybula, »aber unterdessen wird der Krol bei ihr liegen und ihr einen dicken Bauch machen.«

»Es haben schon andere bei ihr gelegen. Sie ist in der Nacht des Überfalls geschändet worden. Ein Wunder, daß sie nicht schwanger ist.«

Laska schwieg. Nach einer Weile fragte Cybula: »Weiß Krol Rudy davon?«

»Nein«, antwortete Mala.

»Wenn er merkt, daß ich keine Jungfrau mehr bin, bringt er mich um«, sagte Laska. »Aber der Tod ist besser als dieses Leben hier.«

Nach kurzem Zögern sagte Cybula: »Ich komme wieder. Wir alle kommen zurück.« Dann verschwand er so lautlos, wie er gekommen war.

Spähend und lauschend schlich er durch das Gelände. Seine Ohren nahmen auch das leiseste Geräusch wahr. Seinen Augen, die so scharf waren wie die eines Wolfs, entging auch im Dunkeln nichts. Plötzlich sah er aus einem Zelt ein halbwüchsiges Mädchen kommen, um sich zu erleichtern. Er wartete, bis sie sich wieder aufgerichtet hatte, dann stürzte er sich auf sie, hielt ihr den Mund zu und zerrte sie mit sich. Sie wehrte sich und schnappte nach Luft. Halb schleppte, halb zerrte er sie, bis sie aus dem Lager heraus waren. In einem Sack hatte er einen Strick, eine Tierhaut, einen Bogen, Pfeile und einen gebratenen Vogel mitgebracht. Er nahm die Hand vom Mund des Mädchens und sagte: »Versuch nicht zu schreien, sonst erwürge ich dich auf der Stelle!«

»Mutter …«

»Wer ist deine Mutter? Und wer bist du?«

»Meine Mutter heißt Kora. Und ich heiße Jagoda.«

»Kora ist also noch am Leben? Ich bin Cybula.«

»Laß mich gehen! Meine Mutter …«

»Du mußt mitkommen. Wenn du es nicht freiwillig tust, binde ich dir einen Strick um und schleppe dich gewaltsam mit. Ich bin nicht dein Feind. Meine Brüder, die Jäger, werden bald kommen und alle Polen töten. Krol Rudy setzen wir auf einen Pfahl und durchbohren ihn damit bis zum Kopf. Kostek, dein Vater, und ich – wir sind wie Brüder gewesen. Wir haben oft gemeinsam gejagt. Als du geboren wurdest, haben wir bei seinem Zelt einen Kirschbaumzweig gepflanzt. Und ich war es, der deinen Vater dazu bewogen hat, dich Jagoda zu nennen.«

»Meine Mutter macht sich bestimmt schon Sorgen um mich. Sie wird weinen und jammern und sich die Haare raufen.«

»Unsere Späher werden ihr sagen, wo du bist.«

»Laß mich gehen!«

»Nein.«

Cybula zog den Strick aus dem Sack und band ihn Jagoda um die Hüften. Immer wenn sie zu wimmern begann, brachte er sie mit einem Schlag auf den Mund zum Schweigen. Als sie weit genug vom Lager entfernt waren, setzte er sie hin, riß ein Stück von dem gebratenen Vogel ab und gab es ihr. Als sie gegessen hatten, warf er sie zu Boden und tat ihr Gewalt an. Danach fragte er sie: »Wer hat das schon vor mir mit dir gemacht? Die Wojaken?«

»Nein. Krol Rudy.«

3

Lesniken, Polen und die anderen Stämme, die ungefähr die gleiche Sprache sprachen, hatten unterschiedliche Heiratsbräuche. Bei manchen Stämmen kauften sich die Männer ihre Ehefrauen; bei anderen Stämmen war es üblich, Frauen zu rauben. Gehörten Bräutigam und Braut verschiedenen Stämmen an, so wohnte der junge Mann nach der Hochzeit bei den Eltern seiner Frau und kehrte erst Jahre später mit ihr und den Kindern zu seinem eigenen Stamm zurück. Manchmal wurde die Heirat von den Eltern arrangiert, dann lernte sich das junge Paar erst am Hochzeitstag kennen. Der Baba Jaga oder einer anderen Göttin wurde bei Hochzeiten stets ein Tieropfer dargebracht. Und der Bräutigam mußte dem Brautvater seine Geschicklichkeit als Jäger und Bogenschütze beweisen. Zum Schutz vor bösen Geistern wurde jede Braut Tag und Nacht von jungen Mädchen bewacht. Früher konnte eine Braut, die keine Jungfrau mehr war, mit dem Feuertod bestraft werden. Als nach Einführung des Ackerbaus die Feudalherrschaft der Knieze und Pans begann, wurden Bräute oft gezwungen, vor der Hochzeit dem Grundherrn zu Willen zu sein. Die Hochzeitszeremonie war häufig mit Ritualen verbunden, die Regen herbeizaubern und jene Dämonen austreiben sollten, die sich auf den Feldern und in den Getreidegarben versteckt hielten. Bei einem Stamm wurde sogar zum Schein ein Begräbnis zelebriert: Singend und wehklagend führte man das Brautpaar zum Grab, um die Hexen und Hexer zu täuschen, die frischgebackene Ehemänner ihrer Manneskraft beraubten und jungen Ehefrauen lange Monatsblutungen anhexten. Am Tag vor der Hochzeit flocht sich die Braut Blütenzweige ins Haar und ging von Zelt zu Zelt, um zur Zeremonie einzuladen. In jedem Zelt kniete sie vor den Eingeladenen nieder und küßte ihnen die Füße. Der Bräutigam wurde währenddessen von seinen Freunden mit Witzen unterhalten, mit allerlei Ratschlägen geneckt und zu Zweikämpfen herausgefordert. Bei einigen Jägerstämmen war es Brauch, das Brautpaar zum Bett zu geleiten, dem Bräutigam aber erst dann zu gestatten, seine Braut zu berühren, wenn der Sterndeuter das Zeichen gab, daß der richtige Zeitpunkt gekommen sei.

Weil Krol Rudy und seine Edelleute aus verschiedenen Gegenden stammten, viele junge Lesniken ums Leben gekommen waren oder sich versteckt hielten und deren Frauen von ihren Feinden geschwängert worden waren, beschloß Krol Rudy, sich ohne großen Aufwand mit Laska zu vermählen. Er beschränkte sich darauf, mit seinem Gefolge in Malas Zelt zu gehen, wo Laska von ihrer Großmutter in die Obhut ihres Gatten übergeben wurde. Die Alte murmelte etwas vor sich hin, und niemand hätte sagen können, ob sie die Verbindung segnete oder verfluchte. Die Polen waren bereits stockbetrunken. Sie fuchtelten mit ihren Schwertern herum, und es sah fast so aus, als wollten sie diese Heirat verhindern. Aber Krol Rudy zwang sie, ihm den Weg freizugeben.

Seine Hütte war immer noch nicht fertig ausgebaut. Im Sommer war der Gestank darin noch ekelhafter, und durch das viereckige Loch in der Wand kamen Fliegen, Schmetterlinge, Motten und Bienen hereingeflogen. In den Ecken hingen Spinnweben. Weil der Krol Lebensmittelvorräte in seiner Hütte gelagert hatte, huschten Feldmäuse darin herum. Seine Wojaken betranken sich immer öfter und machten immer mehr Radau. Ihr letztes Pferd war eingegangen, und nun zogen sie ihm das Fell ab, um das Fleisch zu verzehren. Krol Rudy konnte zwar die Tränen, nicht aber seine bitteren Gefühle unterdrücken. Daß es einem Mann aus den Bergen gelungen war, sich ins Lager einzuschleichen und Jagoda zu verschleppen, bewies, daß die als Wachen aufgestellten Wojaken geschlafen hatten.

Den geflohenen Lesniken würde es ein Leichtes sein, herunter ins Tal zu kommen, die Felder niederzutrampeln, sie in Brand zu stecken oder anderen Schaden anzurichten. Einige der Pans hatten dem Krol erklärt, es sei sinnlos, Zeit zu vertrödeln und auf die Ernte zu warten. Die Wojaken taugten zwar dazu, anderen den Schädel einzuschlagen, Behausungen niederzubrennen und Frauen zu schänden, aber zum Arbeiten waren sie zu faul. Sie hatten sich ans Umherziehen und Plündern gewöhnt. Seßhaft zu werden und sich abzurackern war nichts für sie. Manche von ihnen hatten sich bereits gegenüber den Kniezen, ja sogar gegenüber Krol Rudy frech benommen. Es gab viele Wojaken, aber nur wenige Knieze. Einige von Krol Rudys mächtigsten Gefolgsleuten waren in den Wintermonaten gestorben. Manche Wojaken waren halb irre, manche schon völlig wahnsinnig geworden. Sie bedienten sich nicht mehr der menschlichen Sprache, sondern grunzten und brüllten wie Tiere. Sie lachten, weinten, überfielen alte Weiber und taugten weder zum Jagen noch zum Pflügen. Eigentlich hätte man – als abschreckendes Beispiel – ein paar von ihnen zu Tode peitschen oder aufhängen sollen, doch den Kniezen war klar, daß bei den Hunger leidenden Wojaken jede Bestrafung einen Aufstand auslösen konnte.

Krol Rudy hatte seine ganze Hoffnung auf die Ernte gesetzt. Aber im Frühling fiel zu wenig Regen. Es war töricht von ihm, sich ausgerechnet jetzt, da ihm so viele Gefahren drohten, eine Frau zu nehmen und an Kinder zu denken. Doch er wollte einfach nicht aufgeben. Sollte er denn immer weiter ziehen? Noch mehr kleine Lager überfallen und zerstören? Er hatte allen Stämmen, deren Sprache der seinen glich, zu Brot verhelfen wollen. Er hatte sie zu einem Volk vereinen wollen – dem Volk der Polen. Nachts wachte er oft auf und lag dann wach. Seine Leibwächter hätten hereinschleichen und ihm den Garaus machen können. Schon etliche Stammeshäuptlinge und Krole waren auf diese Weise ums Leben gekommen. Er hatte von einem Land gehört, in dem jeder Krol höchstens zwei Jahre lang regieren durfte und dann getötet wurde. Er hatte von einer Gegend gehört, wo der Krol nur ein oder zwei Jahre verheiratet blieb. Sobald seine Königin ein Kind geboren hatte, wurde sie zur Göttin erklärt und vom Krol eigenhändig geköpft, damit ihr Geist entweder zu den Göttern aufsteigen und für das Volk beten konnte oder aber hinabsteigen würde in die Tiefen, wo die Toten herrschten, um dort eine Königin der Unterwelt zu werden.

Als Krol Rudy Laska in seine Hütte brachte – nach altem Brauch trug er sie über die Schwelle –, verzog sie wegen des widerlichen Gestanks das Gesicht und bat um Wasser. Von ihrer Krankheit war sie noch blaß und geschwächt. Der Krol holte ihr Fleisch und eine Brezel, aber sie brachte keinen Bissen hinunter. Dann und wann steckte ein Kniez oder ein Wojak den Kopf durch das Loch in der Wand, um nachzuse-

hen, ob der Krol bei seiner Braut lag. Krol Rudy hängte ein
Fell über die Öffnung, trug Laska zu seiner Lagerstatt und
legte sich auf sie. Als er merkte, daß er eine offene Tür ein-
rannte, schlug er Laska ins Gesicht. Sie gestand ihm, daß sie
in der Nacht des Überfalls von zwei Wojaken geschändet
worden war.

»Wer sind die beiden? Wie heißen sie?«

»Woher soll ich das wissen?« entgegnete Laska. »Es war
dunkel, und neben mir lag meine Mutter in ihrem Blut. Die
beiden Wojaken taten mir Gewalt an, dann verschwanden
sie.«

»Sind sie jemals wiedergekommen?«

»Nein, nie.«

»Warum hast du mir das nicht vorher gesagt?«

»Du hast mich nicht gefragt.«

Krol Rudy stieß sie von der Lagerstatt. »Du weißt vielleicht nicht, wer die beiden sind, aber sie wissen, wer du bist.
Und heute nacht werden sie über mich lachen. Alle wissen
bereits von meiner Schmach, aber ich weiß nicht, wen ich
bestrafen soll.«

»Sie konnten ja nicht wissen, daß du mich zur Frau nehmen würdest. Sie haben im Dunkel der Nacht gemordet und
geschändet.«

»Soll das eine Entschuldigung für sie sein?«

»Nein.«

Krol Rudy hätte Laska am liebsten erwürgt oder ihr sein
Schwert ins Herz gestoßen, aber er beherrschte sich. Sie
konnte ja nichts dafür. Außerdem hätte eine solche Tat zu
einem Aufruhr im Lager geführt. Er hätte sich für Jagoda,
nicht für Laska entscheiden sollen. Jagoda war noch unbe-
rührt gewesen. Aber Cybula hatte sie ins Gebirge verschleppt.

»Bist du schwanger?« fragte er Laska.

»Nein. Meine Monatsblutung kommt.«

Krol Rudy half ihr auf die Füße und trug sie wieder zur Lagerstatt. Der Gedanke, daß ein Wojak unerwartet hereinkommen und ihn töten könnte, machte ihm keine Angst. Weshalb den Tod und das Grab fürchten, wenn die Erde so viel Leben hervorbrachte? Ihm kam ein merkwürdiger Gedanke: Wenn er tot und begraben sein würde, sollte man über seinen Gebeinen ein Feld bestellen. Vielleicht würden die Menschen dann aufhören, das Blut von Tieren zu vergießen, und sich fortan von dem ernähren, was ihnen die Erde, die Sonne und der Regen so überreichlich bescherten.

4

Cybula war der Fährte eines Tieres gefolgt. Aus den Fußspuren konnte er schließen, daß es groß sein mußte, wahrscheinlich männlich. Aber was für ein Tier es war, wußte er nicht. Zudem führte die Fährte bergab, bis ins Tal hinunter. Das machte ihn stutzig, denn Bergwild zog nicht so weit talwärts. Es mußte ein Tier sein, dem er noch nie begegnet war. Diesmal hatte er Jagoda nicht mit auf die Pirsch genommen, denn sie hatte gerade ihre Monatsblutung. Wurfspieß und Bogen griffbereit, damit er das Wild, sobald er es erspähte, erlegen konnte, folgte er der Fährte. Doch dann entdeckte er etwas Seltsames: Die Fährte hörte plötzlich auf, als ob dem Tier Flügel gewachsen wären und es sich in die Luft geschwungen hätte. Oder als sei es vom Erdboden verschluckt worden. Cybula war müde, setzte sich hin und zog ein Stück geräuchertes Fleisch aus dem Beutel. Vom Essen wurde er schläfrig, und bald war er eingeschlummert. Das Licht des Vollmonds weckte ihn. Ein leichter Wind kam auf und trug ihm die Witterung des Tieres zu – einen Geruch, den er noch nie wahrgenommen hatte. Er erhob sich und folgte der Witterung, nicht, weil er das Wild unbedingt erlegen wollte, sondern um herauszufinden, was für ein Tier es war. Die Jäger wußten viele Geschichten von Tieren, die durch Zauberkraft oder andere Schliche die Menschen überlisteten.

Plötzlich blieb Cybula wie vom Donner gerührt stehen. Vor ihm erstreckte sich ein großes Weizenfeld. Die Halme standen ganz dicht beieinander, und die Ähren waren schon weit gediehen. Das Feld war in silbernes Mondlicht getaucht. Die Flüchtlinge aus dem Lager hatten Cybula berichtet, Krol Rudys Pläne seien gescheitert, der Boden sei zu steinig, der Weizen gedeihe nicht, die Ähren seien taub. Entweder hatten diese Leute ihn angelogen, oder das, was er hier vor sich sah, war nur ein Traum. Mit den Fingerspitzen zerdrückte er eine Ähre, dann zerkaute er die Körner. Sie schmeckten eigenartig. Ihn überkam der glühende Wunsch, sich in das Feld zu stürzen, in dieses üppige Wachstum einzutauchen. Von den älteren Jägern hatte er oft zu hören bekommen, jeder Pflüger verletze die Erde, und das Getreide, das sie hervorbringe, sei giftig. Über diesem Feld aber lag etwas Göttliches und Segensreiches. Der Mond tauchte alles in so helles Licht, als wären Tag und Nacht ineinandergeflossen und eins geworden. Noch nie, so schien es Cybula, war der Himmel mit derart vielen Sternen übersät gewesen wie in dieser Nacht – als wäre auch er ein Feld mit funkelndem Getreide.

Es war nicht Cybulas Art, den Nacken zu beugen und Menschen oder Göttern zu huldigen. Jetzt aber fiel er auf die Knie und brachte diesem Feld – wie einem Gott – seine Huldigung dar. Flüsternd betete er zu der unsichtbaren Macht, die aus dem Schoß der Erde so viel Wunderbares erstehen ließ.

Dann stieg er noch weiter ins Tal hinab. Er wollte die

Hütte sehen (oder das vielleicht schon errichtete große Blockhaus), wo Laska mit Krol Rudy zusammenlebte. Aber vermutlich stand dort ein Wachtposten. Es schmerzte Cybula, daß seine einzige Tochter beim Mörder ihrer Mutter lag, ihn küßte und liebkoste. Bei diesem Gedanken kam ihm die Galle hoch. Die Männer der Lesniken hatten Schöße für ihre Feinde gezeugt. Und auch ihre Söhne waren den Feinden zum Opfer gefallen. Das Beste, was ein Mensch besitzen konnte, hatten sie Fremden überlassen müssen.

Cybula ging weiter. Die Nacht wurde kälter, der Mond verbarg sich hinter einer länglichen Wolke, die schuppig war wie ein Fisch oder eine Schlange. Plötzlich sah Cybula Kosteks halbverkohlte Hütte vor sich. Dort hauste Kora, Jagodas Mutter. Und mit einemmal wußte Cybula, warum er von jenem seltsamen Tier, das sich in Nichts aufgelöst hatte – einem Nachtgeist vermutlich –, zu seiner alten Heimstatt geführt worden war: um Kora zu Jagoda zu bringen. Er hatte keine Zeit zu verlieren. Alles mußte blitzschnell vor sich gehen. Er warf sich gegen die Tür und stieß sie auf. Im Mondlicht, das in den Raum drang, sah er Kora halbnackt auf übereinandergebreiteten Fellen liegen. Sie schlief. In der Hütte roch es nach schimmligem Fleisch, Knoblauch und Urin. Mit der einen Hand packte er Kora am Nacken, mit der anderen hielt er ihr den Mund zu. »Ich bin's. Cybula«, zischelte er. »Komm mit!«

Er wollte sie hinauszerren, doch sie wehrte sich und rang zitternd nach Atem. Vor lauter Schrecken begriff sie nicht, wer er war und was er wollte. Sie stieß einen Schrei des Entsetzens aus, umklammerte sein Bein, zog ihn zu Boden und schlug auf ihn ein. Mit den Fingernägeln zerkratzte sie ihm das Gesicht. Er befreite sich aus der Umklammerung und schlug Kora mit der Faust ins Gesicht und auf den Kopf. Er geriet in Panik: Wenn die Wojaken zufällig vorbeikämen, würden sie ihn in Stücke reißen. Erst jetzt merkte er, daß er seinen Wurfspieß und seinen Bogen verloren hatte. Er ließ Kora fallen und stürmte hinaus. Er kroch auf dem Erdboden herum und suchte nach seinen Waffen. Der Schweiß rann ihm in die Augen. Es dröhnte ihm in den Ohren. Eine süßsaure Flüssigkeit stieg ihm in den Mund. »Ich darf nicht schwach werden!« sagte er sich. Und dann war ihm, als zuckte ein Blitz durch sein Gehirn. Er brach zusammen.

Als er wieder zu sich kam, beugte sich jemand über ihn und versuchte, ihn wieder zu Bewußtsein zu bringen. Es war Kora. Sie half ihm auf die Beine, nahm ihn bei der Hand und zerrte ihn hinter sich her. Ihm fiel wieder ein, daß er seine Waffen verloren hatte, aber es wäre Wahnsinn gewesen umzukehren. Er war tief beschämt wegen seines Schwächeanfalls.

Zusammen mit Kora kam er noch einmal an dem Feld vorbei, das jetzt nur noch undeutlich zu sehen war. Der Mond war verschwunden. Das Feld schien in tiefem, ruhigem Schlaf zu liegen. Erst jetzt fiel Cybula auf, daß Kora splitternackt war. Er zog ein Fell aus dem Sack, den er sich umgebunden hatte, und legte es ihr um die Schultern. In der nächtlichen Kälte standen sich die beiden gegenüber. Er war so erregt, daß ihm das Sprechen schwerfiel. »Ich bin's – Cybula. Dein Freund, nicht dein Feind. Ich bin gekommen, um dich zu Jagoda zu bringen.«

»Cybula! Mein Cybula!«

Als hätte sie ihn erst jetzt erkannt, begann Kora vor Erregung zu zittern. Sie schlang die Arme um ihn – so stürmisch, daß er fast umgefallen wäre. Sie küßte ihn und benetzte sein Gesicht mit ihren Tränen. Ihr Körper strahlte die Hitze aus, die den Frauen eigentümlich ist. Sie drückte Cybula so heftig an sich, daß er seine Rippen knacken hörte. »Alle wurden sie getötet«, jammerte sie. »Kostek, unsere Brüder, unsere

Schwestern. Die Köpfe von Kindern sind über den Erdboden gerollt. Der Zorn der Götter ist über uns gekommen. Die Baba Jaga …« Sie raufte sich die Haare und wiegte den Oberkörper hin und her.

»Sei still!« zischte Cybula. »Wenn sie dich hören, dann …«

»Warum mußten wir das erleiden? Es war eine Strafe, eine Strafe! Die Erde war rot von unserem Blut. Und wo waren unsere Männer? Sie haben wie Ratten das Weite gesucht und uns im Stich gelassen.«

»Kora, niemand hatte mit diesem Überfall gerechnet. Sie kamen in der Nacht, wie die Wölfe. Als ich die Augen öffnete, stand das ganze Lager in Flammen …«

»Mein Bruder, Vater, Freund! Nacht für Nacht bin ich wachgelegen und habe mit dir geredet – mit dir und Jagoda. Sie ist in jener Nacht aufgewacht und hinausgegangen. Ich wartete, aber sie kam nicht zurück. Ich suchte überall nach ihr, konnte sie aber nicht finden. Ich war überzeugt, daß die Wojaken sie umgebracht und ihren Leichnam irgendwohin geworfen hatten. Später erfuhr ich von einem deiner Männer, daß sie bei dir ist. Mein Retter! Mein Gott!«

»Komm, Kora, wir müssen fort!«

»Im Schlaf habe ich von euch geträumt. Jede Nacht seid ihr im Traum zu mir gekommen. Du und Kostek, Kostek und du. Aber wenn ich die Augen öffnete, zerrte mich jemand an den Armen, Beinen und Haaren. Sie haben uns alle besudelt. Der dicken Janda haben sie den Bauch aufgeschlitzt und eine Ratte hineingesteckt. Sie krümmte sich vor Schmerzen, aber die Wojaken haben ihr ins Gesicht gespuckt und …«

»Kora, hör auf!«

»Wohin bringst du mich? Mein Gebieter, mein Schwiegersohn! Ich habe dich schon immer geliebt. Seit wir Kinder waren. Du warst mir zum Mann bestimmt, du hast mir gehört. Aber dann kam deine Jasna und nahm dich mir weg. Sie stürzte sich wie eine Wölfin auf dich, ließ dich nicht mehr aus den Klauen und schleppte dich in ihren Bau. Ich blieb gramgebeugt und mit leerem Herzen zurück. Aber du hast dich daran erinnert, du hast es nicht vergessen. Und jetzt wird Jagoda deinen Samen im Schoß tragen. Dein Kind wird an ihrer Brust saugen. Das ist ein Wunder, ein Zeichen der Götter, daß unsere Liebe nicht gestorben ist.«

»Es ist wahr, Kora, ich habe mich nach dir gesehnt.«

Cybula erschauderte. Ihm klapperten die Zähne. Vor Kälte oder vor Begierde? Sein Magen zog sich zusammen. Er senkte den Kopf. Inmitten all dieser schweren Prüfungen entbrannte sein Verlangen von neuem. Mehr als einmal hatte er sich vorgestellt, daß Kostek tot, Kora verwitwet und Jagoda eine Halbwaise sei. Und daß er, lüstern auf beide, bei Mutter und Tochter liege. Aber das waren nur Wunschträume gewesen. Götter und Kobolde hörten freilich jede Belanglosigkeit, jeden verrückten Einfall und Wunsch – und manchmal erfüllten sie ihn.

Kora preßte seinen Arm an ihre Brust. Sie küßte ihn, und ihre Haare kitzelten ihn im Gesicht. »Gibt es in der Nähe eine Höhle?« fragte sie.

»Ja, ein Stückchen weiter.«

»Ich glaube, es dämmert schon.«

»Ja.«

Cybula blickte zum Himmel empor. Ein Stern nach dem anderen verblaßte. Vögel erwachten, ein jeder mit seinem eigenen Ruf. Im Osten rötete sich eine Wolke – wie eine Eiterbeule, bevor sie aufplatzt. Im Westen begann der Rand einer Wolke zu glühen. Die großen, mächtigen Götter walteten im Himmel. Den untergeordneten Gottheiten oblag es, sich um jeden Tautropfen, jeden Kieselstein zu kümmern. Er, Cybula, hatte einen Spieß und einen Bogen verloren, aber ein

Weib gewonnen. Jetzt, da alles in Schutt und Asche lag, verlangten die Frauen keine Hochzeitsfeier mehr, und die Männer brauchten ihren Bräuten keine Geschenke mehr zu machen – die alten Sitten und Bräuche lösten sich auf. Alles, was Kora und er jetzt noch brauchten, war eine Höhle. Er hatte sich schon nach Kora gesehnt, als sie beide noch Kinder gewesen waren und Mann und Frau gespielt hatten. Damals hatte er so getan, als ginge er auf die Jagd und brächte ihr einen Fuchs, einen Marder oder ein Kaninchen mit. Und sie hatte so getan, als briete sie einen Vogel für ihn. Sie waren zusammen ins Gebüsch gekrochen, hatten einander gekitzelt und sich Worte zugeflüstert, deren Sinn sie noch gar nicht verstanden hatten. Jetzt war Koras Tochter seine Frau, Kostek war tot, und Kora, seine Schwiegermutter, hielt nach all den Jahren heimlicher Leidenschaft Ausschau nach einer Höhle.

Mit einemmal färbte sich der Himmel feuerrot. Strahlend und blankgeputzt dem Meer entstiegen, erschien die Sonne. Ein Vogelschwarm flog ihr entgegen und kreischte ihr sein »Guten Morgen!« zu. Cybula betrachtete Kora. Sie war nur ein bißchen kleiner als er. Auf ihren lose herabfallenden braunen Haaren lag jetzt ein roter Schimmer. Ihr Gesicht war hohlwangig, ihr langer Hals faltig und blau geädert. Er betrachtete ihren Bauch, ihre Hüften, ihre Waden. Das Fell bedeckte nur ihre Schultern. Aus ihren großen dunklen Augen sprach die Bereitschaft, sich ihm zu unterwerfen – sich ihm hinzugeben mit einer Liebe, deren Glut nie erloschen war.

Als Cybula sich tags zuvor mit seinem Wurfspieß und mit Pfeil und Bogen auf den Weg gemacht und Jagoda ihn gefragt hatte, wie lange er fortbleiben werde, hatte er mit den Achseln gezuckt. Jetzt, da der Tag zu Ende ging und Cybula nicht zurückgekommen war, machte Jagoda sich Sorgen. Als Tochter eines Jägers wußte sie, daß nachts nicht gejagt wurde. Sie machte in der Höhle Feuer und briet ein Stück Fleisch, aber sie hatte keine Lust zu essen. Schatten tanzten auf den Felswänden. Draußen war es kühl, in der Höhle aber herrschte winterliche Kälte. War Cybula vielleicht von einem wilden Tier angegriffen worden? Oder hatte ihn ein Wojak überfallen? Im Gebirge wurde gemunkelt, daß die Wojaken heraufkommen und sie alle niedermetzeln wollten. Als Jagoda, in ein Fell gehüllt, am Feuer saß, beschloß sie, ihrem Leben ein Ende zu setzen, falls sie bis zum Morgen vergeblich auf Cybula gewartet hätte. Gewiß, sie sollte es den anderen Lesniken berichten, wenn er nicht zurückkäme, aber deren Höhlen waren so weit entfernt, daß sie sich auf dem Weg durchs Gebirge bestimmt verirrte. Außerdem kam es ihr so vor, als hätten einige dieser Männer ihr begehrliche Blicke zugeworfen. Und immer wieder bekam sie von diesen Dummköpfen den abgedroschenen Witz zu hören: »Jagoda, du bist zum Anbeißen!« (In der Sprache der Lesniken war *jagoda* das Wort für »Beere«.)

Die meisten Lesniken hatten helle Haare und blaue Augen, Jagoda hingegen war dunkel, mit braunen Augen. Die Witzbolde des Stammes verglichen sie oft mit einem Stachelschwein, einer Maus oder einem Eichhörnchen. Die wenigen Frauen, denen es gelungen war, vor den Polen zu fliehen, waren Klatschbasen und Lästermäuler. Sie machten sich übereinander lustig, tuschelten miteinander und tratschten darüber, daß diese und jene sich nicht sauberhalte, nicht kochen und braten könne oder ihren Mann betrüge; oder sie lästerten darüber, daß eine Frau zu dünn, zu dick, zu dumm oder zu schlau sei. Wenn sie Wurzeln ausgruben oder Früchte und Beeren pflückten, versuchten sie, einander an Schnelligkeit und Fingerfertigkeit zu übertreffen und immer die besten Wurzeln und Früchte zu ergattern. Jagoda hatte nie versucht, es ihnen gleichzutun. Sie wurde von ihnen beneidet, weil Cybula sie zur Frau genommen hatte. »Was reizt ihn bloß an dir?« fragten sie. »Was hast du denn anderes zwischen den Beinen als wir?« Dann blinzelten sie anzüglich und warfen einander vielsagende Blicke zu.

Jagoda war so anders als diese Frauen: kindisch, zugleich aber allzu ernst. Fast dreizehn Jahre alt, spielte sie noch wie eine Fünf- oder Sechsjährige. Sie sammelte Kiefernzapfen, aber nicht, um damit Feuer zu machen, sondern als Spielzeug. Ohne ersichtlichen Grund sammelte sie Disteln, giftige Beeren, Pilze, bunte Kieselsteine, winzige Eier unbekannter Vögel, Schmetterlinge, Vogelfedern und anderen Krimskrams. Sie tat so, als ob ein Baum ihr toter Vater Kostek sei, redete mit ihm und küßte sogar seine Borke. Ähnliche Phantastereien dachte sie sich über ihre Mutter Kora aus, die unten im Lager geblieben war. Und manchmal tat sie so, als ob ihre ermordeten Geschwister noch am Leben wären, tanzte und spielte Verstecken mit ihnen.

Seit dem Wojakenüberfall und dem Tag, an dem Krol Rudy ihr Gewalt angetan hatte, glich Jagodas Leben einem einzigen langen Traum. Ihre Mutter glaubte an einen Geist, der Domowik genannt wurde. Sie behauptete, bei ihr hause ein Domowik, der sich zwischen den Bäumen, im Gebüsch oder zwischen den Fellen versteckt halte. Er hole ihr Brennholz aus dem Wald, beschaffe ihr etwas zu essen und schleppe Wasser aus der Quelle herbei. Angeblich hatte sie ihn von ihrem Vater,

Chmielnik, und ihrer Mutter, Trawka, geerbt. Kora schwor, daß eines Tages, als sie Augenbeschwerden hatte und nicht mehr sehen konnte, der Domowik zu ihr ins Bett gestiegen sei und ihr die ganze Nacht die Augenlider geleckt habe. Als sie am Morgen die Augen öffnete, konnte sie wieder sehen. Jagoda hatte oft nach diesem Domowik gesucht, den auch sie gern als hilfreichen Hausgeist gehabt hätte, doch sie konnte ihn nirgends entdecken. Er machte sich nur hin und wieder bemerkbar, zum Beispiel, wenn er die Holzscheite, die ihr Vater gehackt hatte, knistern oder Wasser aus der Tonne schwappen ließ. Und wenn Jagoda hinausging, um sich zu erleichtern, kitzelte er sie manchmal am Hinterteil. Dann und wann wisperte er ihr etwas Unverständliches ins Ohr. Als sie sich bei ihrer Mutter darüber beklagte, daß sie den Domowik nie zu Gesicht bekomme, versprach Kora, daß er sich Jagoda zeigen werde, sobald sie selbst gestorben sei. Oder in Zeiten größter Gefahr.

In der Nacht, in der Cybula nicht in die Höhle zurückkam, redete Jagoda mit dem Domowik. Sie erzählte ihm alles, was ihr zugestoßen war, und bat ihn, ihr bei der Suche nach Cybula zu helfen. »Weilt er noch unter den Lebenden?« fragte sie den Geist. »Oder ist er schon in den Schlünden der Erde, wo es immer dunkel ist? Ist er bei meinem Vater Kostek und bei meinen Großeltern? Er fehlt mir sehr, Domowik. Ohne Cybula will ich nicht weiterleben. Verwandle mich in das, was ich vor meiner Geburt war – in ein Nichts. Ich möchte nicht mehr daran denken müssen, daß Krol Rudy mich geschändet hat. Ich möchte nicht, daß Cybula erfährt, was wirklich geschehen ist. Ich möchte ein Nichts werden. Ich möchte nicht mehr dasein …«

Sie wurde so schläfrig, daß sie von dem Holzklotz, auf dem sie hockte, herunterrutschte und auf dem nackten Steinboden liegenblieb. Der Schlaf überkam sie, und nun war sie nicht mehr da. Aber etwas von ihr war lebendig geblieben – eine Luftblase, ein Haar, eine Spinnwebe, von der sie herabhing wie eine Spinne. Sie war zu schwer für diese Spinnwebe, wagte aber nicht, sie loszulassen, weil sich unter ihr ein bodenloser Abgrund auftat, in den sie dann unweigerlich stürzen würde.

Als Jagoda die Augen aufschlug, strömte Tageslicht durch den Höhleneingang. Das Feuer war erloschen, nur Asche war übriggeblieben. Jagodas Füße fühlten sich so taub an, daß sie nicht aufstehen konnte. Sie wußte nicht mehr, wo sie war. Zunächst konnte sie sich auch nicht mehr an ihren Namen erinnern. Dann fiel er ihr plötzlich wieder ein: Jagoda. Cybula war vergangene Nacht nicht zurückgekommen – er war tot. Jagoda konnte nicht einmal weinen. »Ich werde diese Höhle nie mehr verlassen«, dachte sie. »Hier werde ich sterben.« Sonst war sie nach dem Aufstehen immer hungrig, an diesem Morgen aber war ihre Zunge belegt und ihr Hals wie zugeschnürt. Nicht einmal ihren Speichel konnte sie hinunterschlucken. Sie machte die Augen wieder zu und begann sofort zu träumen. Sie war jetzt nicht mehr im Gebirge, sondern in einem fremden Lager, in dem offenbar ein Blutbad angerichtet worden war. Überall lagen Männer mit durchschnittenen Kehlen und Frauen mit aufgeschlitzten Bäuchen. Wie seltsam: Eine von ihnen schien gerade zu gebären, aber zwischen ihren Schenkeln ragte ein Kalbskopf hervor …

Jagoda schlief lange. Immer wenn sie schon halb wach war, fiel ihr ein, daß Cybula nicht zurückgekehrt war, und dann schlief sie weiter. Ihr Kopf lastete so schwer wie ein Felsbrocken auf ihren Schultern. Sobald sie wieder eingeschlummert war, begann ihre Irrfahrt von neuem: fremde Lager, unbekannte Gesichter. Sie war auf der Suche nach ihrer Höhle, und man zeigte ihr Pfade, Steige und Erdspalten, die dorthin führen sollten. Aber sie wußte, daß sie ihrem Ziel nicht näher kam, sondern sich immer weiter davon entfernte ...

Als sie die Augen öffnete und das rötliche Licht sah, wußte sie, daß die Dämmerung hereingebrochen war. Sie setzte sich auf und schleppte sich zum Höhleneingang. Die Sonne war hinter dem Berg untergegangen. Vögel saßen auf den Ästen. Jagoda ging splitternackt hinaus, um im Wildbach zu baden. Obwohl das Wasser eiskalt war, tauchte sie ein in die reißende Strömung. Cybula hatte ihr erzählt, daß der Wildbach in einen großen Fluß münde und der Fluß ins Meer. Immer wenn sie untergetaucht war, machte sie die Augen auf, um Ausschau nach Topiel zu halten, dem Geist, von dem es hieß, er wohne mit seinen Ehefrauen auf dem Grund des Flusses. Als sie zum fünften Mal auftauchte, hörte sie jemanden ihren Namen rufen. Die Stimme kam ihr bekannt vor, aber sie wußte nicht so recht, wessen Stimme es war. Dann hörte sie noch eine weitere Stimme. Zwei halbnackte Gestalten sprangen in den Wildbach. Cybula riß Jagoda in seine Arme, und jemand anderes – Kora, ihre Mutter – drückte sie mit einem wilden Aufschrei an sich.

6

An diesem Abend verbreitete sich unter den im Gebirge hausenden Lesniken die Nachricht, daß Cybula zusammen mit Kora – Jagodas Mutter und Kosteks Witwe – zurückgekommen sei. Daraufhin eilten alle zu Cybulas Höhle, um den dreien etwas zu essen und Saft aus ausgedrückten Früchten zu bringen. Die Nacht war mild, und sie setzten sich alle vor die Höhle auf den Erdboden. Cybula berichtete, daß ihn die

Fährte eines unbekannten Tieres hinunter ins Tal geführt habe und wie es ihm gelungen sei, Kora zu retten. Er sprach von dem Feld, von dem Segen, den die Götter der Mutter Erde angedeihen ließen. Er hatte einige Weizenhalme mitgebracht und zeigte sie den Lesniken im Mondlicht. Jeder nahm einen Halm in die Hand und betrachtete ihn genau. Manche bohrten ein Korn aus der Ähre und probierten, wie es schmeckte. Ihre Späher hatten berichtet, der Weizen gedeihe nicht, und am Ende würden von diesem Getreide bestimmt nur taube Ähren und Spreu übrigbleiben, die der Wind verwehen würde. Aber der Weizen, den Cybula mitgebracht hatte, schmeckte gut.

»Die Polen sind zwar Mörder«, sagte Cybula, »aber an den Saatkörnern, die sie mitgebracht haben, ist nichts auszusetzen. Die Saat geht auf und vermehrt sich im Lauf der Jahre.« Er berichtete auch, daß nicht die Wojaken, sondern die noch im Lager lebenden alten Männer und jungen Frauen auf den Feldern arbeiteten. Und noch etwas bekamen die Lesniken von ihm zu hören: Die meisten jungen Frauen im Lager trügen den Nachwuchs dieser Wojaken im Schoß, und man beginge doch ein Unrecht an den ungeborenen Kindern, wenn man sie, noch ehe sie das Licht der Welt erblickten, zu Halbwaisen machte.

Die Lesniken hörten ihm schweigend zu. Schließlich platzte einer heraus: »Du verteidigst diese Mörder, weil sie deine Tochter zur Königin gemacht haben.«

»Nein, das tue ich nicht«, erwiderte Cybula. »Von mir aus könnt ihr Krol Rudy töten, aber vergeßt nicht, daß die Wojaken eiserne Schwerter und Speere haben, wir aber nicht. Die werden bestimmt nicht die Hände in den Schoß legen und darauf warten, von euch umgebracht zu werden. Es wird wieder zu einem Blutbad kommen, und die ersten Opfer werden eure Schwestern und Töchter sein.«

»Was rätst du uns?« fragte ein Lesnik.

Nach einigem Zögern sagte Cybula: »Ich rate euch, Frieden zu schließen.«

Es wurde noch lange diskutiert. Ein paar Lesniken flüsterten einander etwas zu. Cybula schnappte das Wort »Verräter« auf.

Cybula und Nosek

I

Dem Tal war ein guter Sommer beschieden. Die Tage waren hell. Zuweilen bewölkte sich der Himmel, und es regnete. Dann klarte es wieder auf, und die Sonne schien. Vogelschwärme waren über den Feldern gekreist, um die Körner aus der Erde zu picken, doch Krol Rudy, der aus einer Familie von Ackerbauern stammte, ließ Leichen ausgraben, das Fleisch von den Knochen schaben, die Gerippe auf Stangen stecken und auf den Feldern aufstellen. Die Vögel kreischten vor Schreck und flogen davon. Alte Weiber murrten, Krol Rudy versündige sich, denn was die Erde bedecke, dürfe nicht wieder entblößt werden. Sie warnten vor Hungersnot und Seuchen. Aber Krol Rudy war fest entschlossen, das Saatgut, das er und seine Wojaken in Säcken auf dem Rücken getragen hatten, vor den Vögeln zu schützen.

Wie stets legte sich Krol Rudy auch diese Nacht betrunken zu Bett. Er konnte weder seine Trunksucht noch seinen Kummer bezähmen. Die Dinge entwickelten sich nicht so, wie er geplant hatte. Das Haus, das er sich errichten ließ, war immer noch nicht fertig. Die Frauen waren zu sehr von der Feldarbeit in Anspruch genommen. Die Wojaken konnten oder wollten beim Hausbau nicht helfen. Sie waren allesamt faul und taugten weder zum Jagen noch zur Feldarbeit. Etliche waren schon halb wahnsinnig. Nachts liefen sie schreiend umher und stießen fürchterliche Laute aus. Sie wollten die alten und lahmen Lesniken umbringen, die Felder in Brand

41

stecken und dann weiterziehen. Wohin? Das wußten sie selber nicht. Vielleicht übers Gebirge. Krol Rudy hielt das für unklug. Sie hatten nur ein kleines Aufgebot – kaum mehr als vierzig Wojaken. Die Anzahl der ins Gebirge geflüchteten Lesniken belief sich hingegen auf mindestens hundert. Wenn er die Geflüchteten zurückholte und am Leben ließe, würde der Sieg dann nicht zur Niederlage?

Krol Rudy blickte hinüber zu der Lagerstatt, auf der Laska schlief. Sie war noch düsterer gestimmt als er. Noch immer trauerte sie um ihre Mutter. Und sie hatte Sehnsucht nach ihrem Vater. Die paarmal, die Krol Rudy zu ihr gekommen war, war sie kalt und abweisend geblieben. Nachts lag sie immer so still und bewegungslos da, daß er nie wußte, ob sie eingeschlafen oder wach war.

Er streckte die Hand nach ihr aus und berührte sie. »Du schläfst wohl schon?«

Sie wachte sofort auf. »Ja. Nein. Was ist denn?«

»Was machst du bloß die ganze Nacht? Nachdenken?«

»Ja. Manchmal.«

»Worüber denkst du nach? Sag's mir!«

Laska schwieg. Krol Rudy wollte sie umarmen, doch da hörte er sie sagen: »Ach, über alles mögliche. Du hättest im Lager nicht so viele Männer töten sollen.«

»Du hast leicht reden. Wer seine Feinde nicht tötet, der wird von ihnen getötet.«

»Nicht unbedingt. Manche hätten vielleicht nachgegeben und Frieden geschlossen.«

»Unsinn!« sagte Krol Rudy zu Laska und zu sich selbst. »Bei Frauen mag das so sein, bei Männern nicht. Wenn man einem Mann auch nur das Geringste wegnimmt, sinnt er sogleich auf Rache. Die Männer dort oben im Gebirge hecken etwas aus und rüsten sich zum Kampf gegen uns. Dein Vater ist ihr Anführer. Ich weiß alles. Ich habe meine Spione.«

»Mein Vater will niemandem etwas zuleide tun«, erwiderte Laska und wunderte sich, daß sie den Mut aufbrachte, so mit ihrem Gatten und Geliebten zu reden.

»Du bist seine Tochter, deshalb ergreifst du Partei für ihn!« fuhr Krol Rudy sie an. »Er ist unser Feind wie all die anderen. Wie ein Wolf hat er Jagoda in seine Höhle geschleppt. Und ihre Mutter hat er ebenfalls entführt. Er und seine Männer wollen uns mit Pfeil und Bogen und mit ihren Wurfspießen angreifen, aber wir werden ihnen allen den Kopf abschlagen. Falls die Frauen zu ihnen überlaufen, reißen wir sie in Stücke.«

»Die Frauen wollen nur, daß endlich Frieden herrscht.«

»Und wer soll ihn machen? Du?«

Krol Rudy bebte vor Zorn. Er war nahe daran, aufzustehen und Laska zu erwürgen, doch dann zügelte er sich. Wen hätte er denn zu ihrer Nachfolgerin machen sollen? Er schloß die Augen und fing im Nu zu schnarchen an. Nach einer Weile wachte er auf.

»Wenn du willst, schicke ich dich zu deinem Vater, um Frieden auszuhandeln. Aber einen echten Frieden, ohne Hintergedanken. Mich kann niemand täuschen.«

Laska setzte sich auf. »Ist das dein Ernst?«

»Ich spaße nicht.«

»Aber ich wüßte ja gar nicht, was ich ihm sagen soll.«

»Nosek wird dich begleiten. Wenn sie ihm etwas antun oder dich bedrohen, kommen wir hinauf, und dann wird es im Gebirge ein Blutbad geben. Schwör mir, daß du zurückkommen wirst! Unterdessen nehme ich deine Großmutter Mala als Geisel.«

»Ich komme zurück.«

»Sag ihnen, sie sollen nicht als Feinde zu uns ins Tal kommen, sondern als unsere Brüder – ohne Waffen.«

»Ja.«

»Ich brauche sie für die Ernte. Wenn Brot da ist, muß niemand Hunger leiden.«

Eine Weile schwiegen sie beide. Laska konnte die Tränen nicht mehr unterdrücken.

»Weshalb weinst du? Noch ist niemand umgekommen.«

2

Die Lesniken im Gebirge waren den ganzen Tag emsig gewesen. Selbst in dieser Höhe war es sommerlich warm. Von Sonnenaufgang bis Sonnenuntergang pflückten Kora und Jagoda unreife Kirschen, Stachelbeeren und Johannisbeeren, die sie dann zum Reifen in die Sonne legten. Einige Frauen hatten aus dem Tal irdene Töpfe mitgebracht, in denen sie unreife Früchte und auch Wurzeln kochten, die zu zäh waren, um roh gegessen zu werden. Auch Fleisch war reichlich vorhanden. In den Wäldern wimmelte es von Tieren und Vögeln, die von den Männern in Fallen gefangen oder mit Pfeil und Bogen erlegt wurden. Cybula und die anderen Jäger erlegten etliche Hirsche und Rehe, deren Fleisch, wie es Brauch war, von allen gemeinsam gegessen wurde. Einige der älteren Jäger behaupteten wieder und wieder, es brächte nur Unheil, die Mutter Erde zu pflügen und Samenkörner in ihren Schoß zu säen. Die Erdgeister würden über diejenigen, die den Leib der Mutter Erde aufschlitzten, empört sein und sich an ihnen rächen. Menschen, die sich nur von Pflanzen ernährten, würden bald dem dummen Rindvieh gleichen, Gras fressen, brüllen wie die Ochsen und von Raubtieren verschlungen werden. Früher oder später würden die Knieze und Pans – oder wie immer sich die Polen nannten – die Felder in Besitz nehmen und all jene, die pflügten, säten und ernteten, zu ihren Sklaven machen – wie es bereits in vielen fernen Gegenden geschehen sei. Cybula versuchte, mit diesen Uneinsichtigen zu reden, doch sie schrien ihn nieder. Zwischen Jägern und Ackerbauern, so behaupteten sie, könne es niemals Frieden geben. Die Lesniken sollten sich so gut wie möglich bewaffnen, ins Tal hinuntergehen, die letzten Wojaken töten und dann zu ihrer alten Lebensweise zurückkehren.

Aber eine Rückkehr zur alten Lebensweise war gar nicht mehr möglich. Früher hatten sich die Lesniken niemals irgendwo angesiedelt, sondern waren auf der Suche nach Wild und Fischen umhergewandert. Sie hatten fast immer in Zelten gelebt und keine Ahnung von gekochten Speisen, Töpfen und Zuchtvieh gehabt. In einigen benachbarten Siedlungsgebieten gab es Schaf- und Ziegenherden, doch bei den Lesniken galt das als frevelhaft. Sie hatten auch schon von Lagern gehört, in denen Milchkühe, ja sogar Pferde gezüchtet und gegen Obst, Honig und Felle eingetauscht wurden, aber sie selber wollten das nicht, und ihnen fehlten auch die Kenntnisse dafür. Abgesehen von der Muttermilch hatte kein Lesnik jemals Milch getrunken. Nicht einmal Hunde hielten sie sich. Wozu auch? Hunde waren unrein.

Doch vor einigen Generationen waren die Lesniken seßhaft geworden. Jetzt gingen sie im Winter nicht mehr barfuß, sondern trugen Fellschuhe mit Sohlen aus Baumrinde. Von Winter zu Winter war es kälter geworden. Zum Schutz gegen die Kälte brauchte man mehr Felle. Cybula erinnerte seine Stammesbrüder oft daran, wie schwer ihnen der letzte Winter hier oben im Gebirge zugesetzt hatte und wie viele Lesniken krank geworden und gestorben waren. Vielleicht hatten die alten Leute recht: Die Menschen wurden immer schwächer, Kälte und Frost immer schlimmer, die Wälder immer spärlicher. Der Wunsch, ein bequemeres Leben zu führen, war nicht nur bei den Frauen, sondern auch bei den Männern stärker geworden, und das erregte den Zorn der Götter. Jetzt, im Sommer, war es warm im Gebirge. Und jeder konnte sich satt essen an Fleisch, Früchten, Beeren und Wurzeln.

Abends traf man sich am Feuer, unterhielt sich, erzählte Geschichten und Witze. Es waren mindestens viermal soviel Männer wie Frauen da. Aber man war überzeugt, daß mehr Frauen es schaffen würden, aus dem Tal ins Gebirge zu fliehen. Die Polen hatten das traditionelle Familienleben der Lesniken zerstört. Heißblütige Frauen konnten jetzt tun, was sie wollten. Die alten Leute warnten vor schweren Strafen, aber der Glaube an die Götter verfiel allmählich. Wo war denn die Baba Jaga mit ihrem himmlischen Besen? Wo war Swiatawid, der Gott mit den vier Gesichtern, der von einem Ende der Welt bis zum anderen blicken konnte? Und wo hielt sich der Gott mit den drei Gesichtern versteckt? Wo war Pirnon, der Gott des Donners, des Blitzes und des Sturms? Wo waren Jedza, Nocnica und all die anderen Geister gewesen, als die Polen das Lager überfallen und so viel unschuldiges Blut vergossen hatten? Wenn es bei den Göttern keine Gerechtigkeit gab, weshalb sollten dann die Menschen ihren Befehlen gehorchen? Cybula hatte offen ausgesprochen, daß jeder Glaube eine Lüge sei. Die Menschen sollten ihr Leben genießen. Ein toter Mensch sei nicht mehr wert als ein toter Frosch. Noch nie sei jemand aus den Schlünden der Erde zurückgekehrt, um zu berichten, wie es dort unten sei.

Als Cybula mit Jagoda und später mit Kora zurückgekommen war, hatte er den Neid der Männer und den Groll der Frauen erregt. Allen war klar, daß er beiden, Mutter und Tochter, beiwohnte. Dennoch blieb er auch weiterhin der Anführer der Lesniken. Er verfügte über viel Erfahrung, besaß einen klaren Verstand und handwerkliches Geschick.

Wenn er redete, hörten ihm die Leute zu, auch dann, wenn sie anderer Meinung waren.

Einige der jungen Lesniken meinten, man solle nicht überstürzt handeln, indem man die Felder in Brand steckte. Wenn die Götter nicht wollten, daß man der Erde ihre Säfte entzog, warum verliehen sie dann diesen mörderischen Polen so viel Macht und rüsteten sie mit eisernen Schwertern und Speeren?

Wie stets legten sich die Alten und Schwachen auch an diesem Abend zeitig schlafen, während die Jungen und Gesunden noch lange aufblieben. Sie sangen, tanzten, scherzten und stellten einander Fragen. Sie blickten empor zum Nachthimmel: so viele Sterne und so viele verschiedene Farben! Waren die Sterne Götter? Oder waren sie vielleicht Feuer, entzündet von den Göttern, um die Nacht zu erhellen? Im Tal konnte man dieselben Sterne sehen wie im Gebirge. Wohin man auch ging, die Sterne wanderten mit. Wenn man rannte, dann rannten sie auch. Manchmal schien es, als lachten sie ein himmlisches Lachen. Funkelnden Rätseln gleich, blickten sie zur Erde hinab, blinzelten den Menschen zu und forderten sie auf, die Rätsel zu lösen. Die alten Leute schworen, daß in ihrer Kindheit genau dieselben Sterne gefunkelt hätten. Vielleicht waren die Gestirne so alt wie die Welt. Aber wie weit zurück reichte diese lange Kette? Alle Menschen würden eines Tages sterben und in Vergessenheit geraten – genau wie die Tiere, die sie erlegt und gegessen hatten. Es machte den Lesniken angst, über solche Dinge nachzudenken. Die jungen Frauen baten die Männer, nicht mehr über diese Dinge zu sprechen, die einem einen Schauder über den Rücken jagten, aber auch das Verlangen weckten, jemanden zu küssen, ihn zu umarmen und eins mit ihm zu werden.

Cybula, Kora und Jagoda gingen an diesem Abend zeitig

zur Ruhe. Cybula streckte sich zwischen den beiden Frauen auf dem Fell aus und wohnte zuerst der einen, dann der anderen bei. Mutter und Tochter legten jedes Schamgefühl ab, weil Cybula es so wollte. Beide benahmen sich so, als wäre er ein Gott, dessen Wort ihnen Befehl war. Cybula schärfte Jagoda ein, nicht eifersüchtig zu sein. Er habe ja keine Fremde zu sich genommen, sondern ihre geliebte Mutter. Koras Glück sei auch Jagodas Glück. Er zeigte den beiden, wie sie ihn erregen konnten, aber Kora brauchte das nicht erst zu lernen. Sie sagte Dinge, die seine Begierde entfachten und Jagoda neidisch machten; sie wußte nicht, ob sie lachen oder sich übergeben sollte. Kora kannte Namen für die verschiedenen Körperteile, die Jagoda noch nie gehört hatte. Sie leitete ihre Tochter an wie eine Bärenmutter ihr Junges. Sie gab zu, daß die Wojaken nachts zu ihr gekommen seien und daß sie ihnen, auch wenn sie sie insgeheim verflucht habe, zu Willen gewesen sei. In solchen Augenblicken haßte Jagoda ihre Mutter und hätte sie am liebsten angeschrien: »Hinaus mit dir! Ich bin nicht mehr deine Tochter, und du bist nicht mehr meine Mutter!« Aber Kora bat dann sofort um Verzeihung, bezichtigte sich selbst und bedauerte ihr Benehmen. Manchmal sagte sie zu Cybula: »Wahrhaftig, du kannst mich töten, wenn du willst. Lieber will ich von deiner Hand sterben, als von den Händen anderer liebkost werden. Ja, töte mich und verschling mich! Trink mein Blut!«

Wenn ihre Mutter und Cybula sich unterhielten und allerlei Spielchen trieben, tat Jagoda oft so, als schliefe sie. Manchmal schnarchte sie sogar. Sie wurde von ihrer Mutter noch immer wie ein Kind behandelt, aber sie wußte Bescheid. Kora war ihrem Ehemann Kostek nicht treu gewesen. Sie hatte bei ihm gelegen, aber an Cybula gedacht. Kostek hatte sie nicht befriedigen können, sondern ihre

Gelüste nur angefacht. Sie gab zu, daß ihre Gier nach Männern eine Sünde wider die Götter sei. Im Traum erschienen ihr Dämonen und drohten, sie in eine *wilkalak*, eine Werwölfin, zu verwandeln. Sie würde sich in Sümpfen suhlen, von Schlangen gebissen und von Smoks erwürgt werden. Aber trotz alledem verzehrte sie sich vor sinnlicher Begierde. Sie hatte die Wojaken gehaßt und die Götter angefleht, sie zu vernichten, aber als sie zu ihr gekommen waren, hatte sie sich ihnen an den Hals geworfen.

An diesem Abend hörte Jagoda Cybula sagen: »Die Götter sind keine Götter mehr und die Menschen keine Menschen.«

»Was sind sie dann?« fragte Kora. Und Cybula erwiderte: »Ratten, Spinnen, Läuse.«

»Aber du, Cybula, bist ein Gott!«

»Wenn ich ein Gott bin, dann sind die Götter ein Nichts.«

3

Es war ein heißer Tag. Kora und Jagoda verließen im Morgengrauen die Höhle, um Wurzeln auszugraben und Früchte zu sammeln. Cybula, der sich einen neuen Bogen und zehn Pfeile geschnitzt hatte, ging auf die Jagd, doch ihm schien die Lust aufs Pirschen vergangen zu sein. Hatte ein Hirsch oder ein Hase wirklich nichts anderes verdient, als getötet zu werden. Schon des öfteren hatte er erlebt, daß er mit dem Pfeil ein Tier getroffen hatte, das nicht verendete, sondern weglief und eine lange Blutspur hinterließ. Manche waidwunde Tiere schleppten sich in einen Fluß oder einen See und ertranken. Wollten sie im Wasser sterben? Oder hofften sie vielleicht, das Wasser würde ihre Wunden heilen? Die Tiere, die in Fallen gerieten, litten noch mehr als jene, die von einem Pfeil getroffen worden waren. Manchmal wurden sie von spitzen Stangen aufgespießt und verendeten erst nach Tagen. »Was ist denn in mich gefahren?« fragte sich Cybula. »Werde ich weichherzig wie ein altes Weib?« Seine Gedanken wanderten immer wieder zu dem Feld. Wer pflügte und säte, tat keinem Tier etwas zuleide. Im Gegenteil: Er versorgte die Vögel, denen es gelang, ein paar Weizenkörner zu stibitzen, mit Nahrung.

Nachdem Cybula eine Zeitlang gepirscht hatte, wurde ihm klar, daß er mit leeren Händen heimkehren würde. In der Höhle war noch genug Fleisch für die nächsten Tage. Und außerdem boten die anderen Jäger ihm und seinen Frauen oft etwas von ihrer Beute an. Die Sonne stand schon im Westen, der Himmel glühte purpurn, für den kommenden Tag war wieder schönes Wetter zu erwarten. Cybula machte sich gemächlich auf den Heimweg und pfiff ein altes lesnikisches Lied. Als er sich seiner Höhle näherte, kam ihm Kora entgegengelaufen. Es mußte etwas geschehen sein. Anstatt ihm wie gewöhnlich zuzulächeln, starrte sie ihn an wie jemand, der schlechte Nachrichten zu überbringen hat. Vielleicht, dachte Cybula, ist Jagoda von einem Baum heruntergefallen und gestorben. Dann – so schloß er sofort – würde er seinem Leben ein Ende machen. Er hatte genug vom Töten und Sterben, ob nun an Tieren oder Menschen. Er glaubte nur noch an einen einzigen Gott – den Gott des Todes, den Heiler aller Schmerzen, den Befreier von allen Sorgen.

Er nickte Kora zu, aber sie schwieg. »Ich weiß«, sagte er, »ich weiß.«

»Was weißt du?«

»Nichts. Sag mir, was geschehen ist.«

»Deine Tochter ist hier«, sagte Kora mit gedämpfter Stimme.

»Laska? Ist sie Krol Rudy davongelaufen?«

»Nein, Krol Rudy hat sie zu uns geschickt. Er will Frieden schließen. Sie ist in aller Heimlichkeit heraufgekommen. Sie scheint schwanger zu sein.«

Cybula traute seinen Ohren nicht. »Das kann doch nicht wahr sein!«

»Es ist aber wahr. Er hat einen Kniez mitgeschickt – Nosek. Er wartet auf dich bei den vier Linden am Wildbach. Alles muß geheim bleiben.«

»Das muß eine Falle sein, um mich umzubringen.«

»Deine Tochter würde bei einer solchen Untat nicht mitmachen. Nur wenige Polen haben den Winter überlebt. Vielleicht können sie die Ernte nicht einbringen. Sie sind faul und meistens betrunken. Laska hat mir gesagt, daß sie dich nicht in eine Falle locken wollen – sie brauchen uns.«

»Wo ist Laska?«

»Bei Jagoda in der Höhle.«

»Wenn das unsere Leute erfahren, bringen sie uns womöglich um. Sie nennen mich ja so schon einen Verräter.«

»Warte, bis es dunkel ist. Ich begleite dich zu ihm. Du nimmst einen Spieß, ich nehme ein Beil mit. Nosek ist kein Mörder. Er ist der einzige Pole, der nicht gemordet und geschändet hat. Jeder im Lager weiß das. Er ist unbewaffnet heraufgekommen.«

»Warten wir's ab.«

»Du bist sicher hungrig«, sagte Kora. »Dein Beutel ist leer.«

»Ich konnte heute nicht jagen.«

»Wir haben dir etwas zubereitet.«

Cybula schlüpfte in die Höhle. Daß Krol Rudy Frieden schließen wollte und Laska mit einem Kniez heraufgeschickt hatte, kam ihm wie ein Wunder vor. »Vielleicht ist für mich die Zeit zum Sterben doch noch nicht gekommen«, murmelte er. In der Höhle roch es nach gebratenem Fleisch, verbrannten Kiefernzweigen und dem Saft von Kirschen und Erdbeeren. Wie immer dauerte es eine Weile, bis Cybulas Augen sich an die Dunkelheit gewöhnt hatten. Jagoda stürmte auf ihn zu, schlang die Arme um seine Hüften und klammerte sich an ihn. Laska, die am Feuer gesessen hatte, stand auf. Cybula erkannte sie kaum wieder. Sie schien um Jahre gealtert. Ihr Bauch war geschwollen. Sie küßte Cybula auf die Stirn. Sie war nicht mehr das kleine Mädchen, das er so oft auf seinen Knien hatte reiten lassen und das sein Gesicht mit Küssen bedeckt hatte. Laska war eine erwachsene, schwangere Frau, vermählt mit einem Krol. Wie alle verheirateten Frauen trug sie eine Art Kranz auf dem Kopf. Sogar ihr Atem kam Cybula irgendwie verändert vor. Ob sie Wodka trank?

Kora und Jagoda brachten ihm Fleisch, Obst und Gemüse, während Laska sich zu ihm setzte und mit ihm sprach. Krol Rudy, ihr Gatte, sei nicht der grausame Mörder, für den man ihn halte. Gewiß, er habe die Lesniken angegriffen. Er sei ein Krieger, kein Unschuldslamm. Jetzt aber sei er des Blutvergießens überdrüssig. Jetzt wolle er, daß zwischen Polen und Lesniken Frieden herrsche. Was nützten denn all diese Kriege? Die Götter hätten die Felder mit Segen überhäuft. Zum Einbringen der Ernte und zum Dreschen würden Männer benötigt.

Cybula hörte ihr staunend zu. Laska redete mit ihm, als wäre sie älter und klüger als er. In mancher Hinsicht erinnerte sie ihn an seine Mutter und seine Großmutter. Er hätte seine Tochter gern gefragt, wie sie es ertragen könne, mit Krol Rudy zusammenzuleben, dem Mann, auf dessen Befehl hin ihre Mutter getötet worden war. Aber das konnte er sie in Gegenwart Koras und Jagodas nicht fragen. Wo hatte Laska gelernt, so verständig zu reden?

»Wie geht es euch drunten im Lager?«

»Ach, Vater, das kannst du dir doch denken. Jeder von uns hat geliebte Menschen verloren. Es ist für uns beide nicht gut, von einander getrennt zu sein. Du fehlst mir sehr. Kein Tag vergeht, ohne daß ich die Götter anflehe, dich gesund zu erhalten.«

»Wer hat sie gelehrt, so zu reden?« fragte sich Cybula. »Weder ihre Mutter noch ich selbst ...« Er versank in Schweigen, und auch Laska sagte nichts mehr. Die Nacht brach herein.

»Wir können jetzt gehen, Vater«, sagte Laska.

»Ich komme mit«, sagte Kora. »Ich werde in der Nähe warten. Man kann nie wissen, was dieser Pole im Schilde führt. Ich nehme mein Hackbeil mit. Jagoda, du bleibst in der Höhle und hütest das Feuer.«

»Ja, Mutter.«

»Wir gehen hintereinander«, sagte Cybula. »Du zuerst, Laska.«

Laska küßte Jagoda, dann kroch sie durch den Höhleneingang hinaus. Cybula nahm seinen Spieß und folgte Laska. »Ganz gleich, was geschieht, lebendig werde ich ihnen nicht in die Hände fallen.«

Die Sonne war hinter den Bergen untergegangen, aber der Himmel war noch von Licht überhaucht. Ein Stern nach dem anderen ging auf. Grillen zirpten, Frösche quakten. Die Vögel hatten sich auf den Ästen niedergelassen, nur zwei flogen noch umher und krächzten einander zu: ein Vogelpaar, das keinen geeigneten Ast für die Nacht finden konnte. Warum nur? Es gab doch so viele Bäume, so viele Äste! Cybula verstand das Verhalten dieser Geschöpfe ebensowenig wie das der Menschen. Manche Singvögel hörten nachts auf zu singen, manche zwitscherten und tirilierten weiter. Die meisten schliefen paarweise, dicht nebeneinander; sie küßten sich mit ihren kleinen Schnäbeln, putzten sich gegenseitig das

Gefieder und pickten Ungeziefer heraus. Aber er hatte auch schon Vogelmännchen gesehen, die auf ihr Weibchen einhackten, manchmal so lange, bis es tot war.

Als er Laska eingeholt hatte, gingen sie am Wildbach entlang, der im nächtlichen Dunkel rauschte und schäumte. Bergab fließt Wasser immer sehr schnell, dachte Cybula. Je steiler der Abhang, um so reißender die Strömung. Warum war das so? Als Kind hatte er unentwegt gefragt: »*Dlaczego* – warum?« Und seine Eltern hatten darauf immer dasselbe geantwortet: »*Tak jest* - so ist das eben. Die Götter wollen es so.« Später gab er seinen eigenen Kindern die gleiche Antwort, auch denen, die bald darauf von den Polen erschlagen worden waren. Seine Tochter Laska hatte ihn oft gefragt: »Tatele, warum ist der Sommer heiß? Warum ist der Winter kalt? Warum muhen die Kühe, und warum meckern die Ziegen? Warum schwimmen die Enten, und warum haben die Hühner Angst vor dem Wasser? Warum brennt Holz, und warum brennen Steine nicht?« Und Cybula hatte jedesmal geantwortet: »Weil die Dinge so erschaffen wurden. Laß mich jetzt endlich in Ruhe!« Aber dann hatte er eben doch über diesen Fragen gegrübelt.

4

Als Vater und Tochter sich den Lindenbäumen näherten, konnte Cybula in der sternklaren Nacht eine Gestalt ausmachen: einen schmächtigen Mann, haarlos, bartlos, mit blassem Gesicht. Die beiden Männer verneigten sich voreinander. Dann sagte der Pole: »Ich heiße Nosek. Mein Krol hat mich geschickt, um Euch seine Grüße zu überbringen und um die Lesniken aufzufordern, ins Tal zurückzukehren. Mein Krol wird keinen von euch bestrafen. Er ist bereit, das Unrecht zu vergessen, das ihr uns angetan habt, genau wie das, was wir an euch begangen haben. Wir haben den Krieg gewonnen, aber unsere beiden Stämme können nicht ewig gegeneinander kämpfen und immer wieder Blut vergießen. Mein Krol möchte, daß ihr Lesniken euch mit uns verbrüdert und das Lager eine polnische Siedlung wird. Die Götter haben unsere Felder gesegnet, und jetzt brauchen wir eure Hilfe. Das Brot, das uns die Felder reichlich bescheren werden, können und wollen wir nicht alleine essen. Wir möchten, daß eure Töchter unsere Frauen werden – wie es manche von ihnen schon geworden sind – und daß das neue Polenland wachse und gedeihe. Das ist der Wunsch unseres Krol, seiner Knieze und Wojaken. Kommt zu uns hinunter, ihr alle – dann werden wir euch als unsere Brüder aufnehmen. Der Krol schickt Euch, Pan Cybula, dieses Geschenk.« Er überreichte Cybula eine Brezel aus Weizenmehl.

Cybula nahm die Brezel, dankte Nosek und sagte: »Werter Kniez, ich grüße Euch und Euren Krol im Namen aller Lesniken, die geflohen sind, als die Wojaken uns überfielen. Wir Lesniken wollten niemals Krieg. Wir haben lange Zeit in Frieden gelebt. Aber ihr habt uns angegriffen, Männer und Frauen getötet und nicht einmal unsere Kinder verschont. Wir, die wir ins Gebirge flohen, waren einem grausamen Winter ausgesetzt. Viele von uns sind der Kälte und dem Hunger zum Opfer gefallen. Wir Überlebenden kämen gern ins Tal zurück, heim zu den Müttern, Schwestern, Ehefrauen und Kindern, die dort noch leben. Aber welche Gewähr haben wir, daß euer Friedensangebot keine tödliche Falle ist? Ohne sichere Gewähr wird keiner von uns ins Tal zurückkehren, obwohl wir Heimweh haben und obwohl wir euch gern bei der Arbeit helfen und an dem teilhaben würden, was euch die Gnade der Götter beschert hat.«

Die beiden Männer redeten lange miteinander, während Laska schweigend dabeistand. Nosek erklärte Cybula, daß es Krol Rudy keinerlei Vorteile bringen würde, die Lesniken zu töten. Außerdem seien im Lager die Polen in der Minderzahl. Falls Cybula Gewalttätigkeiten befürchte, es würden sich wahrscheinlich eher die Polen als die Lesniken geschlagen geben müssen. Der Friedensschluß zwischen den ehemaligen Feinden müsse sich auf gegenseitiges Vertrauen gründen.

Schließlich wurde vereinbart, daß Cybula am Morgen seine Leute zusammenrufen und ihnen Krol Rudys Angebot unterbreiten sollte. Cybula riet Nosek, die Nacht in einem Versteck zu verbringen, das außer ihm, Cybula, niemand kannte. Laska sollte in die Höhle ihres Vaters zurückkehren. Ihre Anwesenheit würde den Lesniken beweisen, daß Krol Rudy wirklich Frieden schließen wollte. Denn kein Krol würde seine Königin als Köder benützen, um Feinde in eine Falle zu locken.

Cybula fiel auf, daß Nosek sich besser benahm als die anderen Knieze und Pans. Was er sagte, klang einleuchtend und aufrichtig. Er erwähnte Namen von Flüssen und Städten, von Königen und anderen mächtigen Männern, die Cybula noch nie gehört hatte. Wie kam es, daß ein Mann wie Nosek mit einer Horde polnischer Räuber und Mörder durchs Land zog?

Cybula nannte ihm das Versteck, das er für ihn im Auge hatte: eine Hütte, in der er Fallen für das Wild anfertigte und wo er sein Werkzeug aufbewahrte. Dort lagen auch Felle, mit denen Nosek sich zudecken konnte. Da die Hütte ziemlich weit entfernt war, erbot sich Cybula, ihn hinzuführen. Doch Nosek erklärte, falls er die Hütte nicht fände, würde er unter dem Sternenzelt übernachten. Daraufhin sagte Laska, die bisher geschwiegen hatte: »Euer Wohlgeboren könnten sich beim Schlafen unter dem Sternenzelt erkälten. Die Nächte im Gebirge sind kalt.«

»Habt Dank für Euren Rat, aber Männer wie ich erkälten sich nicht so leicht. Ich wandere gern nachts umher und hänge meinen Gedanken nach.«

Was für Gedanken? wollte Cybula fragen, aber er spürte, daß man so nicht mit einem Kniez sprach. Er hätte gern passendere Worte gefunden, aber die fielen ihm nicht ein. Statt dessen fragte er: »War es Euer Plan, Frieden zwischen den Lesniken und den Polen zu stiften?«

»Ja, aber nicht nur meiner. Krol Rudy hatte bereits darüber nachgedacht und sogar mit Eurer edlen Tochter, der Krolowa, darüber gesprochen.«

Cybula geriet in Verlegenheit. Seine Tochter wurde von diesem gelehrten Mann »edel« und »Krolowa« genannt! Nie zuvor war eines seiner Kinder als »edel« bezeichnet worden. Er fand, es wäre besser gewesen, wenn Laska Nosek und nicht Krol Rudy geheiratet hätte.

Dann erklärte er Nosek, wie man zu der Hütte gelangte. Der Mond würde bald aufgehen und die Nacht erhellen. Als Nosek sich von ihm verabschiedete, sagte Cybula: »Ich habe volles Vertrauen zu Euer Wohlgeboren.«

»Und ich zu Euer Wohlgeboren. Unter Eurer Führung werden wir Frieden haben.«

Dann verabschiedete sich Nosek von Laska. Wieder gebrauchte er Ausdrücke, die Cybula nicht kannte, deren Bedeutung er aber erraten konnte. Er hatte schon immer eine Schwäche für das weibliche Geschlecht gehabt, doch nun fühlte er sich zum ersten Mal stark zu einem Mann hingezogen.

Sobald Nosek verschwunden war, sprang Kora aus dem Gebüsch und rief: »Ich habe alles gehört! Jedes Wort!«

»Aus dir hätte eine gute Spionin werden können!«

»Alles, was du gesagt hast, ist wahr. Für jedes Wort hättest du einen Kuß verdient.«

»Trifft das nicht auch auf Noseks Worte zu?«

»Er ist hinterhältig. Wie sie alle. Sie reden schön daher und schmeicheln uns, aber in Wirklichkeit wollen sie uns zu ihren Mägden und Knechten machen. Glattzüngig, wie sie sind, verleiten sie unsere Töchter dazu, ihnen zu Willen zu sein, aber wenn den Mädchen der Bauch schwillt, wissen diese schlauen Füchse plötzlich von nichts mehr. Nosek ist nicht besser als die anderen. Und obendrein ist er gar kein richtiger Mann.«

»Was denn sonst?«

»Es heißt, daß er Männern zugetan ist.«

»Kora, hast du das mit eigenen Augen gesehen?« fragte Laska.

»Ach was, ich weiß es einfach. Vor mir kann man nichts verbergen. Ich sehe alles, und ich weiß alles.«

»Kora«, sagte Cybula, »noch einen Winter würden wir hier oben nicht überleben. Keiner von uns.«

»Ich weiß. Wo du hingehst, da werden Jagoda und ich auch hingehen. Wir werden dir die Füße waschen und das Waschwasser trinken!«

Dann gingen die drei zur Höhle zurück. Es wurde Cybula zusehends klar, daß Kora und Laska einander nicht leiden konnten. Aber weshalb nur?

Jagoda war am Feuer eingeschlafen. Nur noch ein paar Scheite glühten. In dieser Nacht legte sich Cybula nicht zwischen Kora und Jagoda nieder, sondern richtete sich ein eigenes Ruhelager. Laska legte sich schlafen, ohne ein Wort zu sagen.

Cybula war müde, konnte aber nicht einschlafen. Nosek hatte darauf bestanden, daß die Lesniken unbewaffnet ins Tal kommen sollten. Sie durften ihre Bogen mitbringen, aber keine Pfeile. Welche Gewähr, so fragte sich Cybula, habe ich denn dafür, daß die bewaffneten Wojaken uns nicht angreifen und töten werden? Selbst wenn Nosek vertrauenswürdig war – und diesen Eindruck hatte er ja gemacht –, konnte man denn einem Banditen wie Krol Rudy trauen? Cybula sah voraus, daß die Lesniken, wenn er ihnen von Noseks Angebot berichtete, ihn einen Verräter nennen würden. Vielleicht würden sie ihn und Laska sogar töten wollen. Ob es nicht ratsam wäre, noch heute nacht zu fliehen? Er hatte schon oft von Waldbewohnern gehört, Leuten, die das Lager ihrer Sippe verlassen hatten, um irgendwo tief im Wald ihr Leben zu fristen – ohne Weib und Kind, ohne Hütte oder Zelt. Pfeil und Bogen waren ihre einzige Habe. Schon mehrmals hatte Cybula mit dem Gedanken gespielt, das gleiche zu tun. Es war für einen Mann doch nicht lebensnotwendig, das Bett mit einer Frau zu teilen. Noch keiner war daran zugrunde gegangen, daß er alleine lebte. Cybula hatte noch nie etwas übrig gehabt für das gedankenlose Gerede von Männern und Frauen, für ihr Geschwätz über die Götter und den Klatsch, den sie übereinander verbreiteten. Seine Rolle als Anführer genoß er zwar nicht, aber ein Gefolgsmann wollte er noch weniger sein. »Ja«, sagte er sich, »jetzt weiß ich, was ich tun muß. Allein leben und allein sterben. Ich werde der ganzen Menschheit den Rücken kehren. Warum nicht jetzt gleich fortgehen? Weder Kora noch Laska brauchen mich. Laska ist mit einem Krol verheiratet. Und Kora ist mannstoll. Wenn es möglich wäre, würde sie sich sogar von einem Hengst bespringen lassen.« Nur Jagoda tat ihm leid. Ob er sie mitnehmen sollte? Sie ginge mit ihm überall hin.

Dann schlief er ein. Als er erwachte, schien draußen die Sonne. Zwischen den Steinen, die als Herd dienten, brannte ein Feuer. Kora briet Fleisch. Sie brach die Brezel, die Nosek mitgebracht hatte, in vier Stücke – eines für jeden. Cybula und die Frauen aßen schweigend. Heute würde sich ihr Schicksal entscheiden. Die Brezel war altbacken, aber Cybula kaute sie genüßlich. Ihm war, als könne er das Weizenfeld schmecken. »Die Brezel«, dachte er, »ist leichter verdaulich als Fleisch. Kein Tier muß getötet werden, damit ich etwas so Schmackhaftes essen kann.«

Nach der Mahlzeit verließ er die Höhle, um die Lesniken zusammenzurufen. Kora und Jagoda gingen Wurzeln und Früchte sammeln. Laska blieb in der Höhle. Es war zu gefährlich für sie, sich blicken zu lassen, bevor Cybula den anderen erklärt hatte, daß sie mit einem Friedensangebot heraufgekommen war.

Da sie in der Nacht nicht gut geschlafen hatte, legte sie sich wieder hin. Aber sie konnte nicht einschlafen. Sie hatte einen Wachtraum: Krol Rudy war gestorben, Nosek war der neue Krol und sie seine Krolowa. Und ihr Vater war ein Kniez. Zwischen den Lesniken und den Polen herrschte Frieden. Krol Nosek wohnte mit ihr in einem großen Haus. Er nahm sie überallhin mit und besprach mit ihr, was im Lager zu geschehen hatte – wer belohnt und wer bestraft werden sollte. Sie gebar ihm zehn Kinder, fünf Knaben und fünf Mädchen. Ihr Vater heiratete Jagoda und jagte Kora davon. Dann beging Kora eine Freveltat an ihm und wurde mit dem Tod bestraft. Laska sah sie im Traum vor sich – mit einem Strick an einen Baum gebunden. Und ein Wojak schwenkte über Koras Kopf ein scharfes Schwert.

Zunächst fand Laska Gefallen an ihrem Traum, doch dann fragte sie sich: Was habe ich eigentlich gegen Kora? Gewiß, sie hat den Platz meiner Mutter eingenommen. Aber Jagoda hat das auch getan. Nein, der wahre Grund ist, daß ich Koras Falschheit, ihr Getratsche, ihre Schmeicheleien und ihre Liederlichkeit nicht ausstehen kann. Sie schläft mit dem

Mann ihrer Tochter. Allen Wojaken hat sie sich hingegeben. Wie konnte sich mein Vater mit einer solchen Hure einlassen?

Laska schlief ein. Der Klang von Stimmen weckte sie auf. Cybula hatte die Lesniken vor seiner Höhle versammelt. Er kam herein und holte Laska, damit sie ihnen von Noseks Friedensangebot berichtete – und von der Antwort, die er Nosek gegeben hatte.

Die Lesniken kehren ins Tal zurück

I

Danach ging alles sehr schnell. Am ersten Tag debattierten die Lesniken über das Angebot, bekundeten lautstark ihr Mißtrauen gegenüber Krol Rudy, Nosek, Kora und Laska, schimpften Cybula einen Verräter und Spitzel und drohten ihm an, daß sie ihn aufknüpfen oder köpfen würden. Am nächsten Tag erschien Nosek unbewaffnet bei ihnen und bestätigte wortwörtlich, was Cybula ihnen berichtet hatte. Am dritten Tag waren die meisten Lesniken bereit, ins Tal zurückzukehren. Noseks dringende Bitte, ihre Waffen zurückzulassen, lehnten sie ab, doch sie schworen bei den Göttern, die Wojaken nicht anzugreifen, falls diese sich friedlich verhalten würden.

Die Männer nahmen ihre Waffen und brachen auf. Die Frauen trugen Körbe und zusammengerollte Matten, in denen Haushaltsutensilien verstaut waren. Einige Frauen hatten Ziegen dabei. Ein Teil der Lesniken blieb im Gebirge. Manche von ihnen sagten voraus, daß all jene, die ins Tal hinuntergingen, noch viel tiefer hinabsteigen würden, nämlich in die Schlünde der Erde – in das Reich des Todes. Und manche wollten erst einmal abwarten, wie es den Heimkehrern ergehen würde.

Es war ein warmer Tag. Je weiter sie hinunterstiegen, desto wärmer wurde es. Da sie bei ihrer Flucht in die Berge keine Kinder mitgenommen hatten, befand sich unter den Heimkehrern nur ein einziges, im Gebirge geborenes Kind, das von seiner Mutter in einem Korb auf dem Rücken getragen wurde.

Bevor sie aufgebrochen waren, hatte Cybula einen hochaufgeschossenen, langbeinigen jungen Burschen namens Wysoki vorgeschickt, der den Leuten im Tal die Rückkehr ihrer Brüder und Schwestern melden sollte. Wysokis Mutter, eine Witwe, hatte die Hände gerungen und gejammert, ihr Sohn sei in den sicheren Tod geschickt worden. Nosek indes hatte ihr versichert, daß ihm nichts geschehen werde. Sämtliche Wojaken wüßten, daß Krol Rudy mit den Lesniken Frieden schließen wolle. Außerdem gebe es im polnischen Land ein Gesetz, das es verbiete, Kurieren etwas anzutun. Wysoki trug eine Fahne bei sich – eine Stange mit drei Kerben, an der eine mit Kreide geweißte Tierhaut befestigt war.

Die Männer wanderten schweigend talwärts. Einer begann zu singen, aber als niemand einstimmte, hörte er wieder auf. Einige Frauen weinten. Cybula hatte seinen Leuten gesagt, daß sie nicht als Verlierer, sondern als Sieger heimkehrten. Dennoch war ihnen schwer ums Herz. Den Abstieg hätte man in einem Tag schaffen können, aber sie gingen alle langsam. Cybula und Nosek hielten es ohnehin für besser, nicht nachts, sondern bei Tage anzukommen. Deshalb beschloß man, unterwegs zu übernachten und am nächsten Morgen im Lager einzutreffen. An einem Wildbach konnte man Rast machen, sich den Staub von den Füßen waschen, etwas essen und sich mit einem kühlen Trunk laben.

Die Nacht verging. Am Morgen badeten die Lesniken im Bach, verzehrten ihren Proviant und machten sich auf den Weg zum Lager. Sie trauten ihren Augen nicht, als Krol Rudy, seine Wojaken und alle Bewohner des Lagers ihnen entgegengelaufen kamen, um sie zu begrüßen. Die Wojaken hießen sie mit einem Lied willkommen. Die Lesniken, die im Tal geblieben waren, weinten und lachten, umarmten und küßten ihre heimgekehrten Stammesgenossen. Getränke, Brezeln, Früchte und gebratenes Fleisch wurden aufgetragen. Krol Rudy befahl den Trommlern zu trommeln und den Hornisten zu blasen. Kinder kamen mit Blumenkörben.

Krol Rudy, der sein Herrschergewand und sein Schwert angelegt hatte, trug auf dem Kopf einen Kürbis, in dem Wachskerzen steckten. Er war schon beschwipst, hielt aber trotzdem eine Ansprache. Er versprach den Lesniken aus dem Gebirge, sie liebevoll aufzunehmen – als seine Brüder und Schwestern, als Polen. Und er verkündete, daß Cybula, ihr Anführer, hiermit zum Kniez ernannt sei. Dann zogen der Krol, seine Knieze und die Wojaken ihre Schwerter aus der Scheide und schworen dem Volk der Felder, dem polnischen Volk, ihren Treueid. Und dann wies Krol Rudy darauf hin, daß man bald mit der Ernte beginnen und jedermanns Hilfe brauchen werde. Außerdem müßten Hütten errichtet werden. Der Winter sei bitterkalt, und Zelte eigneten sich nur in der warmen Jahreszeit als Behausung. Er beendete seine Rede mit einer Anrufung der Götter und mit dem Versprechen, daß man – sobald die Ernte eingebracht sei – Chlebodawca, dem Gott des Regens, des Taues, des Sonnenscheins und des Erntesegens, ein Opfer darbringen werde.

Die Lesniken hatten noch nie von diesem Gott gehört, Cybula aber wußte von Nosek, daß Chlebodawca in den Flüssen lebte, sich aber auch an Land aufhielt. Wenn er zürnte, schickte er eine Überschwemmung oder einen Wolkenbruch, ließ manchmal sogar Hagelkörner, so groß wie Gänseeier, vom Himmel fallen. Und er konnte Heuschrecken aussenden, die auf den Feldern jedes Weizenkorn vertilgten. Wer in der Nähe großer Flüsse wohnte – zum Beispiel an der Weichsel oder der Warthe, am Bug oder am Wierpz –, bekam ihn manchmal zu sehen: eine riesenhafte Gestalt mit lockigem, strohblondem Haar und einem ebensolchen Bart. Wenn er lachte, hörte man Donnergrollen und sah Blitze aus seinen Augen zucken. Die Wolken waren seine Pferde. Er flog wie ein Vogel und schwamm wie ein Fisch. Manchmal konnte man ihn morgens nackt im Fluß baden sehen, und mit ihm all die Jungfrauen, die man ihm geopfert hatte: Splitternackt waren sie, die Haare reichten ihnen bis zu den Hüften, und ihre Brüste und Leiber waren so schön, daß jeder, der sie erblickte, von ihnen geblendet wurde. »Ich selbst habe diesen Gott noch nie gesehen«, gestand Nosek, dabei zwinkerte er Cybula zu und zuckte mit den Achseln.

Krol Rudy und die Wojaken luden alle Lesniken zu einem Festmahl ein. Baumstämme dienten als Tische, und Bänke aus behauenem Holz wurden im Freien aufgestellt. Die Frauen holten Fleisch, Gemüse und Obst aus ihren Hütten und Zelten. Der Krol befahl, das Essen gerecht zu verteilen, denn alle Polen seien wie Kinder desselben Vaters und derselben Mutter. Er erklärte diesen Tag zum *swieto*, zum Feiertag, und ließ Krüge mit Wodka und Met an jeden Tisch bringen. Die im Tal gebliebenen Lesniken waren mittlerweile an den Genuß solcher Getränke gewöhnt, die Gebirgsbewohner jedoch nicht. Das Gebräu brachte sie in Stimmung und ließ sie ihre Sorgen vergessen: Sie sangen, tanzten, küßten einander und lachten. Die Männer erzählten lustige Geschichten, die Frauen kicherten und hakten sich beieinander ein. Nackte Kinder faßten sich an den Händen, hüpften im Kreis herum und stampften vor Vergnügen. Nach dem Festmahl sang ein Wojakenchor ein Loblied auf die Götter, die Felder und die Obstgärten. Dann begannen die Wojaken zu tanzen.
Einen solchen Tanz hatte Cybula noch nie gesehen. Zuerst gingen die Wojaken in die Hocke, dann hüpften sie wie Frösche, schlugen Purzelbäume, standen kopf und liefen auf den

Händen. Krol Rudys Bart leuchtete im Sonnenschein wie Feuer. »*Niech zye Polska!*« rief der Krol. »Es lebe Polen!«

Und alle antworteten: »*Niech zye Krol Rudy! Niech zye Krolowa Laska! Niech zye, Kniez Cybula!*«

Laska, die zwischen ihrem Gatten, Krol Rudy, und ihrem Vater, Kniez Cybula, saß, trug jetzt auch einen mit Kerzen geschmückten Kürbis auf dem Kopf. Nosek saß neben Cybula. Kora und Jagoda hatten am anderen Ende des Tisches Platz nehmen müssen.

Dann hielt Krol Rudy noch eine Ansprache. Sein Gesicht war auffallend rot, seine Stimme gellte. »Kniez Cybula, da du Laskas Vater bist, bist du auch der meine. Laska hat mich dazu bewogen, Frieden zu schließen. Sie lag bei mir im Bett, zog mich am Bart und sagte: ›Mein Krol, ich möchte, daß Frieden herrscht.‹ Und ich sagte: ›Wenn du, meine Krolowa, den Frieden willst, dann geh hinauf ins Gebirge und stifte Frieden.‹ Sie dachte, ich scherze, aber das Wort Krol Rudys ist wie das Wort der Götter. Unsere Feinde beschuldigen uns, die Haut der Erde zu zerreißen, wenn wir pflügen. Aber wir Polen sagen: ›Die Erde gleicht einer Jungfrau. Soll sie besamt und fruchtbar gemacht werden, dann muß man ihre Jungfernhaut zerreißen. Gleich einem Weib will die Erde geöffnet werden und Früchte hervorbringen.‹ Kniez Nosek, mein hochgelehrter Freund, ist es nicht so?«

»Ja, so ist es«, murmelte Nosek.

»Und du, Kniez Cybula, stimmst auch du mir zu? Sag die Wahrheit – du hast nichts zu befürchten.«

»Ja, in diesem Punkt stimme ich Euch zu.«

»Von heute an bist du ein Pole, ein polnischer Kniez. Und ich bin ein polnischer Krol. Unser Königreich hier ist klein, aber es wird sich ausdehnen und groß werden. Der Tag wird kommen, an dem wir *ein* Volk sein werden, das größte und mächtigste der Welt. Und alle anderen Völker werden uns dienen und unsere Götter anbeten. Und unsere Felder werden die ganze Erde bedecken. Habe ich recht?«

»Ja! Ja!«

»Und noch etwas …«

Krol Rudy hielt plötzlich inne. Er zitterte wie Espenlaub und fiel vornüber auf den Tisch. Cybula war entsetzt. Er glaubte, seinen Schutzherrn habe der Tod ereilt. Die anderen Knieze aber brachen in Gelächter aus. Sie wußten nur zu gut, daß dies immer dann passierte, wenn der Krol betrunken war.

»Legt ihn ins Gras!« befahl Nosek einigen in der Nähe stehenden Wojaken. »Und schüttet ihm kaltes Wasser ins Gesicht!«

2

Als Cybula das Feld zum ersten Mal gesehen hatte, war es ihm ungeheuer groß erschienen, so, als erstreckte es sich bis zum Horizont. Als er es jetzt bei Tageslicht sah, wurde ihm klar, daß die Ernte nicht ausreichen würde, um das ganze Lager zu ernähren. Bestenfalls würde jeder ein Stückchen Brot als Zukost zum Fleisch erhalten. Die anderen Lesniken wußten das auch und spöttelten, Cybula sei auf das Geschwätz der Polen hereingefallen. Einer fragte: »Hat es sich gelohnt, deshalb so viel Blut zu vergießen?« Ein anderer sagte, wenn das ganze Lager mit Brot versorgt werden solle, müsse viel Wald gerodet werden. Dann müßte man aber für immer auf die Gaben des Waldes verzichten – auf Brombeeren, Blaubeeren, Erdbeeren und Pilze, auf Bauholz und Brennholz. Und obendrein würden das Wild und die Vögel Reißaus nehmen; dann hätte man kein Fleisch und keine Felle mehr.

Aber das war alles nur nutzloses Gerede. Mittlerweile

hatte Krol Rudy allen Männern, Frauen und Kindern befohlen, den Weizen zu mähen, Garben zu binden, das Getreide zu dreschen und zu schroten. Nur Kleinkinder, Kranke und Hochschwangere brauchten nicht mitzuhelfen. Während der Erntezeit arbeiteten auch die Knieze, ja sogar Krol Rudy auf dem Feld.

Der Krol ließ die als Vogelscheuchen aufgestellten Gerippe entfernen, damit die schwangeren Frauen keinen Schreck bekommen und dann vielleicht Wechselbälger oder tote Kinder zur Welt bringen würden. Die Lesniken, die im Tal geblieben waren, hatten sich schon beim Pflügen, Säen und Jäten abgerackert. Jetzt mußte alles getan werden, um eine reiche Ernte zu sichern. Man betete zu den Göttern, flehte den Sonnengott an zu scheinen und die Wolken, keinen Regen fallen zu lassen. Bei dem Wojakenüberfall waren viele Götterbilder zertrümmert oder in Brand gesteckt worden. Inzwischen aber hatten geschickte Lesniken neue Bildnisse aus Lehm geformt oder aus Holz geschnitzt: Götter und Göttinnen in Gestalt von Vögeln, Ochsen, Hirschen oder gar von Wildschweinen. Anfangs wollten die Wojaken den Besiegten ihre polnischen Gottheiten aufzwingen, aber Nosek hatte Krol Rudy dazu bewogen, den Lesniken ihre Götter zu lassen. Zudem waren sich die Wojaken in dieser Hinsicht ohnehin nicht einig: Jeder stammte aus einer anderen Gegend und huldigte seinen eigenen Gottheiten.

Die lesnikischen Sippen hatten unterschiedliche Götter. Daneben gab es aber auch Gottheiten, die von allen Lesniken verehrt wurden – zum Beispiel eine uralte Eiche. Ihr Stamm war so dick, daß fünf Männer ihn kaum umfassen konnten. Die Wurzeln breiteten sich nach allen Seiten aus, die Äste waren gewaltig. Ein Blitz war in den Baum eingeschlagen und hatte eine tiefe Höhlung hinterlassen. Bei den jungen Mädchen war es Brauch, sich an warmen Sommerabenden bei dieser Eiche zu versammeln, geweihtes Wasser auf die Wurzeln zu gießen und Lieder zu singen. Alte Leute erzählten, vor langer Zeit sei ein Riese, der drei Köpfe und einen Schwanz hatte, vom Himmel heruntergefallen. Als er die Eiche erblickte, beschloß er sogleich, sie zu entwurzeln. Aber die Eiche hielt stand. Drei Tage und drei Nächte mühte sich der Riese vergeblich ab. In der dritten Nacht stieß er ein fürchterliches Gebrüll aus, dann fiel er tot um. Schwärme von aasfressenden Vögeln kamen aus allen Richtungen geflogen, und es dauerte von einem Neumond bis zum nächsten, ehe sie den Leichnam des Riesen vollständig aufgefressen hatten. Von da an wurde der Eichbaum als Gottheit verehrt. Seine Eicheln legte man den Kindern in die Wiege, auf daß sie ihnen Kraft und Gesundheit verliehen. Manche der alten Weiber im Lager glaubten, die tiefe Spalte im Eichenstamm führe zum Wohnsitz der Toten. Nicht weit vom Lager entfernt standen auch einige heilige Linden. Auf dem Steinaltar inmitten dieser Baumgruppe wurde der Baba Jaga jeden Herbst ein Kind geopfert.

Nein, die Lesniken vergaßen ihre Gottheiten nicht. Es gab einige alte Frauen, durch deren Mund die Götter sprachen. Bei ihnen holte man sich Rat, wenn es galt, eine Ehe zu stiften, Kranke zu heilen oder Feinde zu bekämpfen. Eine verschrumpelte alte Hexe konnte die Geister der Toten heraufbeschwören und sie dazu bringen, die Zukunft vorauszusagen.

Am Abend vor Erntebeginn stellten sich die jungen Mädchen rund um die heilige Eiche auf, sprachen ein langes Gebet und rieben sich Hände und Füße mit Eichenrinde ein. Bei den Lindenbäumen wurden kurze Gebete aufgesagt. Am nächsten Morgen wurde das Lager mit Trommelschlag und Hörnerklang geweckt. Die erste Ernte hatte begonnen.

Krol Rudy und die Knieze teilten den Leuten die Arbeit zu: Die Männer sollten mit Sensen, die Frauen mit Sicheln mähen. Die Wojaken schärften ihnen ein, den Weizen gleichmäßig abzumähen, weil die Halme später für Strohdächer verwendet werden sollten. An diesem Tag meinten es die Götter gut mit den Polen. Der Himmel war wolkenlos. Sogar Krol Rudy nahm eine Sense und half beim Mähen. Während der Arbeit sang er schallend, und die anderen stimmten ein. Cybula bekam keine Sense, sondern eine Sichel, weil er kleinwüchsig und nicht mehr der Jüngste war. Nosek riet ihm, langsam zu arbeiten, um nicht so rasch zu ermüden. Die Schnitter mähten, die Garbenbinder büschelten das Getreide. Vogelschwärme flogen auf und kreisten dann wieder über dem Feld. Ihr Gekreisch und Gekrächze klang fast menschlich.

Cybula arbeitete flink, um zu beweisen, daß er als Schnitter ebenso geschickt war wie als Jäger. Aber er wurde immer müder. Er begriff allmählich, daß es etwas ganz anderes war, in schattigen Wäldern Wild zu jagen, als unter freiem Himmel auf einem Feld zu arbeiten. Er hatte keine Kopfbedeckung dabei, und Haare hatte er auch nicht mehr. Je näher der Mittag rückte, um so heißer brannte die Sonne. Cybulas Armgelenke schmerzten, und er konnte sich kaum noch auf den Beinen halten. »Was ist bloß mit mir?« fragte er sich. »Macht sich das Alter bemerkbar?« Immer wieder mußte er nach Atem ringen. Er schwitzte am ganzen Körper und war so schläfrig, daß es ihn Mühe kostete, nicht einzudösen. Kora und Jagoda, die in der Nähe arbeiteten, warfen ihm besorgte Blicke zu. Der Schweiß tropfte ihm von der Stirn. Seine Kehle war ausgedörrt, seine Knie gaben nach. Kora kam zu ihm herüber und sagte: »Mein Kniez, ruh dich ein Weilchen aus.«

»Nenn mich nicht Kniez! Ich heiße Cybula, und der werde ich zeitlebens bleiben.«

»Dein Kopf ist so rot wie eine Rübe. Ganz verbrannt von der Sonne. Hast du keine Kappe?«

»Nein. Bloß meine Glatze.«

»Und heiser bist du auch. Warte, ich hole dir Wasser.«

»Wo treibst du dich denn herum? Warum mähst du nicht mehr?« brüllte ein Wojak Kora an und fuchtelte mit seiner Knute über ihrem Kopf herum.

»Ich hole Wasser für Kniez Cybula. Er hat einen Sonnenbrand.«

»Geh wieder an die Arbeit! Bald wird ein altes Weib denen, die Durst haben, Wasser bringen.« Dann versetzte er Kora einen Peitschenhieb auf die nackten Waden.

Einige Schnitterinnen lachten, die anderen gafften. Viele waren Kora feindlich gesinnt. Jagoda lief zu ihr und schrie den Wojaken an: »Warum schlägst du meine Mutter?« Cybula war sich klar darüber, daß er den Wojaken zur Rede stellen und Kora verteidigen müßte, aber ihn hatte der Mut verlassen. Er versuchte, seinen Kopf mit der Hand vor der Sonne zu schützen. Ihm war, als versengten ihre Strahlen ihm die Kopfhaut, die Stirn, den Nacken. Das gleißende Licht blendete ihn und wirbelte schwindelerregend vor seinen Augen. Eine widerliche Flüssigkeit stieg ihm in den Mund. Er wußte: Wenn er diesen niederträchtigen Wojaken provozierte, würde auch er die Knute zu spüren bekommen. Scham überkam ihn. Er, Cybula, war gezielt erniedrigt worden. Er hielt Ausschau nach Laska, aber offenbar war sie nicht unter den Schnitterinnen, die in der Nähe arbeiteten. Einige Männer hatten sich entkleidet und mähten splitternackt. Viele urinierten vor den Augen der anderen. Sogar Frauen kauerten sich schamlos hin, um sich zu erleichtern.

Dann brachte jemand Cybula Wasser in einer hölzernen Kelle. Er hielt Ausschau nach einer schattigen Stelle, aber weit und breit war kein Baum zu sehen, kein Zelt, in dem er sich vor dem Himmelsgott hätte verstecken können. Welchen Wert hatte so ein armseliges bißchen Leben denn schon für den Sonnengott? Der lebte ewig, aber er, Cybula, stand an der Schwelle des Todes. »Tod, der du uns von allen vergeblichen Hoffnungen erlöst, du bist mein wahrer Gott!« rief eine Stimme in ihm. »Dir will ich bis zum letzten Atemzug dienen!«

3

Krol Rudy hatte Cybula ein Haus versprochen, aber mit dem Bau war noch nicht begonnen worden. Vorläufig mußte Cybula mit Jagoda in Koras ausgebrannter Hütte hausen. Weil er einen Hitzschlag erlitten hatte und nicht weiterarbeiten konnte, lag er auf einem Fell. Die Sonne war schon untergegangen, als Kora und Jagoda kamen und ihn aus tiefem Schlaf weckten.

Die Männer und Frauen, die das Getreide geerntet hatten, versammelten sich um ein Feuer, das in der Nähe des Feldes entzündet worden war, sangen, tanzten, brieten Fleisch und rösteten Weizenähren. Die jungen Frauen tanzten Ringelreihen, die alten erzählten Geschichten von kleinen roten Leuten, die in der Erde hausten, von Wassernixen, die halb Weib, halb Fisch waren, von Kindern, die mit dichtem Haar und mit Zähnen zur Welt kamen und nach ihrem Tod auf die Erde zurückkehrten, um den Lebenden üble Streiche zu spielen. Ein altes Weib berichtete von einem Mann, der eines Nachts zum Wasserlassen hinausgegangen und von der Erde verschluckt worden war. Tage später hörte man ihn aus der Tiefe rufen, aber niemand konnte zu ihm gelangen. Eine andere Alte erzählte von einem Mädchen, das beim Wurzelausgraben von einem Wirbelwind erfaßt und auf Nimmerwiedersehen davongetragen wurde. Noch eine andere erzählte von einer halbverhungerten jungen Mutter, die ihren Säugling nicht mehr stillen konnte. In ihrer Verzweiflung ging sie in ein Zelt, in dem sie das Abbild einer *bagini*, einer Göttin, aufbewahrte, kniete davor nieder und flehte um Hilfe. Plötzlich floß aus den irdenen Brüsten der Göttin warme Milch, mit der das Kind gestillt werden konnte, bis es entwöhnt war.

Im Lager lebte ein alter Mann namens Rybak. Es hieß, er sei hundert Jahre alt und könne sich noch an die Zeit erinnern, als es in dieser Gegend noch Nachbarstämme der Lesniken gegeben hatte. Rybak hatte dem Stamm der Rybaki, der Fischer, angehört, dessen Lager sich an einem fischreichen See befand. Während einer der vielen Stammesfehden war Rybak von den Lesniken gefangengenommen worden. Jahrelang mußte er bei ihnen als Holzhacker und Wasserträger Sklavenarbeit verrichten. Als ihn sein Herr und Gebieter eines Tages zum Schwiegersohn erwählte, wurde Rybak ein freier Mann. Er konnte sich an einen Sommer erinnern, in dem der Himmel drei Monde lang bedeckt gewesen war. Die Tage waren so dunkel wie die Nächte. Nie war die Sonne zu sehen, und die Menschen begannen schon zu glauben, sie sei von einem mißgünstigen Gott ausgelöscht worden. In jenem Jahr fiel im Sommer Schnee. Die Bäume blühten nicht, ihre Äste blieben kahl. Es wuchs kein Gras. Ochsen, Kühe, Pferde, Schafe und Schweine verhungerten. Die Rebstöcke trugen keine Trauben, die Erde brachte kein Gemüse hervor. Ganze Stämme mußten Hungers sterben. Sogar die Fische in den Flüssen kamen um, denn auch sie waren auf die Wasserpflanzen als Nahrung angewiesen. Eine Hexe sagte das Ende der Welt voraus. Aber plötzlich klärte sich der Himmel auf, und die Sonne schien wieder. Von einem Tag zum anderen wurde der Winter zum Sommer. In jener Nacht sahen alte

Frauen am Himmel ein hell erleuchtetes Schiff mit schimmernden Segeln.

Ein altes Weib konnte sich an einen Sommer erinnern, in dem es nicht geregnet hatte. Menschen und Tiere verdursteten. Funken fielen vom Himmel. Blitze zuckten, aber es donnerte nicht. Vom Süden her blies ein heißer Wind und steckte Bäume in Brand. Der Erdboden war so heiß, daß er denen, die barfuß liefen, die Fußsohlen versengte. In der Nähe des Lagers fiel eine riesige Schlange vom Himmel. Der Gestank des Kadavers machte die Menschen krank, im Lager brach eine Seuche aus.

Obwohl Cybula sich von dem Hitzschlag und von der Demütigung, die ihm auf dem Feld widerfahren war, noch nicht ganz erholt hatte, ging er an diesem Abend hinaus, um mitzufeiern. Er war darauf gefaßt, daß man ihn auslachen und auspfeifen würde, doch jedermann erkundigte sich nach seinem Befinden und wünschte ihm gute Besserung. Ein paar Frauen strichen ihm Salbe auf die Haut. Nosek begrüßte ihn, dann saßen die beiden bis spät in die Nacht zusammen und sprachen über die kümmerlichen Lebensbedingungen im Lager. Nein, der Weizen reichte bei weitem nicht aus. Um alle zu ernähren, würden Obst, Beeren, Pilze und Fleisch vonnöten sein. Ohne die Beute der Jäger würden die Leute im Winter verhungern. Cybula wollte sich dafür entschuldigen, daß er die Arbeit auf dem Feld hatte abbrechen müssen, doch Nosek beruhigte ihn. »Erntearbeiter hatten wir genug. Mehr Weizenfelder brauchen wir!«

Es war schon nach Mitternacht, als Cybula zu Jagoda und Kora in die Hütte zurückkehrte. Auch wenn er geschworen hatte, dem Gott des Todes zu dienen, noch brannten in ihm die Begierden der Lebenden.

4

Im Auftrag von Krol Rudy traf Nosek eine Vereinbarung mit
Cybula: Für alles, was die Felder betraf – wann gepflügt,
gesät, geerntet und wieviel Getreide und Wurzelgemüse für
Bier und Wodka verwendet werden sollte – waren die polnischen Knieze zuständig. In Angelegenheiten, die nur die Lesniken betrafen, hatte Cybula zu entscheiden. Er wurde also
wieder das, was er früher gewesen war: der Stammesälteste
der Lesniken. Neue Hütten mußten errichtet werden, bevor
es zu regnen und zu schneien begann. Alte Hütten mußten
instand gesetzt werden. Die Zeiten, in denen jeder tun und
lassen konnte, was er wollte, waren vorbei. Die Jäger mußten
dafür entlohnt werden, daß sie ihre Beute mit anderen teilten.
Wächter mußten postiert werden, weil es immer noch Wojaken gab, die stahlen und Frauen schändeten. Kinder wurden
geboren, und niemand wußte, wer sie gezeugt hatte, denn die
meisten Frauen waren von mehr als einem Wojaken vergewaltigt worden. Wenn das Lager wirklich polnisch werden
und sich von Feldfrüchten ernähren sollte, dann mußten
große Waldflächen gerodet, Wurzelstöcke ausgegraben und
verbrannt, Steine und Felsbrocken weggeschafft werden.
Wer aber würde diese Arbeit freiwillig übernehmen? Es
mußten Mittel und Wege gefunden werden, diejenigen, die
arbeiteten, zu entlohnen. Und zu alledem wurden nicht nur
von den Wojaken Missetaten begangen. Diebe, Räuber und
Frauenschänder gab es jetzt auch bei den Lesniken: Böses
zeugte Böses. Irgend jemand aus dem Lager mußte das Amt
des Richters übernehmen und dafür sorgen, daß Gerechtigkeit geübt wurde.

Weil Cybula derjenige war, dem alle Lesniken vertrauten,
hatte er den größten Teil der Bürde zu tragen. Er sagte oft, er
habe es nur Nosek zu verdanken, daß er unter der schweren

Last nicht schon zusammengebrochen sei. Von morgens bis abends bestürmte man ihn mit Forderungen und Klagen. Manche Leute hatten eine kleinere Zuteilung Weizen und Stroh erhalten als andere. Einer Familie hatte man eine neue Hütte versprochen, bei einer anderen sollte nur das Dach der alten Hütte ausgebessert werden. Im Lager lebten jetzt mehr als doppelt soviel Frauen wie Männer. Mütter und Witwen hatten weder die Zeit noch die Kraft, Gruben auszuheben, Holz zu hacken, Baumstämme zu schleppen oder Dächer zu zimmern. Das war Männerarbeit. Wollte man die Männer dazu bringen, auch für andere Familien Hütten zu errichten, dann mußte die alte Ordnung durch eine neue ersetzt werden, die gewährleistete, daß jedermann mit dem Lebensnotwendigen versorgt wurde.

Cybula mußte oft über sich selbst lachen. Er hatte keine Ahnung gehabt, was für schwierige Probleme der Ackerbau mit sich bringen würde. Jetzt ging ihm auf, wie einfach das Leben vorher gewesen war, als jeder Jäger sich und seine Familie von der Beute ernährt, seine eigene Hütte oder sein eigenes Zelt errichtet und sich nur um die eigenen Bienenstöcke gekümmert hatte. Die Felder und die Menschen, die den Lesniken den Ackerbau aufgezwungen hatten, brachten gemeinschaftliche Aufgaben mit sich, die sein Stamm ablehnte und die vielleicht auch von den Göttern mißbilligt wurden. Manchmal glaubte Cybula, es gäbe nur einen einzigen Ausweg aus dieser Bedrängnis: sich der Wojaken zu entledigen und zur alten Lebensweise zurückzukehren. Aber das hätte geheißen, wieder ein Blutbad anzurichten. Und überdies wurde gemunkelt, daß die Polen in einigen Landstrichen immer mächtiger wurden und ihr Königreich immer weiter ausdehnten.

Es sprach sich herum, daß die Polen nur zehn Tagesritte vom Lager entfernt etwas errichtet hatten, das *Miasto*, Stadt, hieß. Felder und Obstgärten erstreckten sich dort nach allen Seiten, desgleichen Lager, die *gospodas* genannt wurden und einem Kniez oder Pan – oder wie immer der Eigentümer sich nennen möchte – gehörten. Dieser hatte für seine Familie und sein Gesinde ein großes Haus, eine Gospoda, errichten lassen. Zum Schutz vor seinen Feinden ließ er sich von Wojaken bewachen. Er besaß große Herden: Ochsen, Kühe, Pferde, Schafe und Schweine. In Miasto waren Handwerker ansässig: Schuhmacher, Schneider, Kürschner, Hutmacher, Küfer, Hufschmiede, Blechschmiede, Tischler und viele andere. Und es gab dort auch Leute, die *kupiec*, Händler, genannt wurden. Sie handelten eine Ware gegen eine andere ein und behielten einen Teil der eingetauschten Güter für sich. Sie hatten Läden, in denen sie Waren abwogen oder mit Stöcken ausmaßen. Aus der Gegend, wo die Weichsel ins Meer mündet, kamen Kaufleute nach Miasto, um Weizen, Honig, Tierhäute, Pferde, Schafe, Wolle und sogar Sklaven zu kaufen und dafür mit Waren zu bezahlen, die von den Deutschen, den *niemiec*, hergestellt wurden. Sie palaverten in einer unverständlichen Sprache, aber diese Fremden konnten Schiffe bauen, Tierhäute gerben, Garn spinnen und erzhaltiges Gestein abbauen, aus dem dann in Schmelzöfen Glas, Blei, Kupfer oder Zinn ausgeschmolzen wurden. Wie die deutschen Krole hatten auch die polnischen Gießereien, in denen sie Münzen aus Silber oder Gold herstellen ließen. Diese Münzen wurden *pieniadze* (Geld) oder *zloto* (Gold) genannt.

Obwohl die Lesniken nichts zu verkaufen hatten, überredete Nosek Cybula dazu, mit ihm nach Miasto zu reiten, nur um sich das alles einmal anzusehen. Nicht alle Polen seien Barbaren wie Krol Rudy und seine Wojaken, erklärte Nosek. Viele könnten mit den Deutschen in deren Sprache reden, desgleichen mit den Tschechen und den Russen, ja sogar mit jenseits des Meeres ansässigen Volksstämmen. Cybula hörte Nosek zu und kam aus dem Staunen nicht heraus.

In ihrer Weltabgeschiedenheit – so sagte Nosek –, umgeben von Wäldern und weit weg von anderen Volksstämmen, hielten die Lesniken wie der Wurm im Rettich ihren Lebensraum für die ganze Welt. Jetzt aber sei eine neue Zeit angebrochen. Die Menschen beschränkten sich nicht mehr aufs Jagen und Fischen. Sie grüben den Schoß der Erde auf und fänden Naturschätze. Sie segelten mit ihren Schiffen auf Flüssen, über Seen und Meere. Stellmacher fertigten Karren, Fuhrwerke, *britschkas*, an. Im Winter fahre man mancherorts mit Schlitten. Er erzählte von Soldaten, die in der Feldschlacht Kampfwagen benützten. Und er sprach auch vom Schreiben: Aus gegerbter Tierhaut werde Pergament gemacht, auf das man mit einem Federkiel Zeichen male, die andere Menschen lesen könnten. Er sprach von fernen Ländern namens Persien, Griechenland, Rom, Ägypten. Und von Afrika, wo schwarzhäutige Menschen lebten. Manche Länder hätten mächtige Festungen mit Türmen und Krole mit einer Krone auf dem Kopf. Schöne Frauen trügen Gewänder aus Seide und Atlas und schmückten sich mit Halsbändern, Armreifen, Ohrringen, Halsketten und Nasenringen. Es gebe weise Männer, Astrologen genannt, die wüßten, was droben am Himmelszelt geschehe. Nosek erwähnte Namen, bei deren Aussprache man sich schier die Zunge zerbrach. Und er erzählte Cybula, daß Krol Rudy im Verlauf seiner zahlreichen Kriege und Plündereien einen großen Schatz angehäuft habe: Silber und Gold, wofür man Ochsen, Schafe, Kleidung, Schuhe, Waffen, Wagen und Sättel einhandeln könne – alles, was das Herz begehre. Krol Rudy war bereit, Nosek einen Teil seines Reichtums anzuvertrauen und ihn nach Miasto zu schicken, um das Gold gegen Waren einzutauschen. Und Nosek wollte Cybula mitnehmen. Die

Reise, so sagte er, sei zwar keineswegs ungefährlich, weil Räuberbanden die Wege unsicher machten und weil es in Miasto von Dieben und Mördern wimmle, aber mit Klugheit und Geschick könne man solchen Gefahren ausweichen.

Cybula wollte erst einmal gründlich über Noseks Angebot nachdenken. Es fiel ihm nicht leicht, das Lager zu verlassen. Immer wenn er nicht bei Jagoda sein konnte, vermißte er sie. Aber Nosek sagte, diese Reise sei nichts für Frauen. Er bat Cybula, sich zu entscheiden, bevor es zu schneien begann, denn um den richtigen Weg zu finden, müsse man sich nach dem Stand der Sonne und der Sterne richten.

Es gab kein Thema, über das Cybula nicht mit Nosek hätte reden können – ausgenommen die rätselhafte Frage, warum Menschen und Tiere leiden und sterben müssen. Immer wenn er ihn danach fragte, erwiderte Nosek: »Nur die Götter wissen die Antwort.«

Die Reise nach Miasto

I

Als Kora und Jagoda von Cybula erfuhren, daß er mit Nosek nach Miasto reiten und fast vier Monde fort sein werde, brach Jagoda in Tränen aus und jammerte, daß sie ihn nie wiedersehen würde. Kora warnte ihn vor Wegelagerern, aber auch vor Babuks und anderen bösen Geistern, die Menschen übers Gebirge verschleppten – zu den dunklen Abgründen am Ende der Welt. Aber Cybula ließ sich nicht beirren. Er hatte Nosek seine Zusage gegeben, und dieser hatte Krol Rudy davon unterrichtet. Zudem benötigte das Lager Pferde, Fuhrwerke, Pflugscharen, Sensen, Sicheln, Hacken, Sägen, Hämmer und viele andere Werkzeuge für die Feldarbeit und den Bau neuer Hütten. Cybula versprach den beiden Frauen, ihnen von der Reise etwas mitzubringen. Kora konnte er nach einer Weile besänftigen, aber Jagoda war, sosehr er sich auch bemühte, nicht davon zu überzeugen, daß diese Reise für sie und ihn und das ganze Lager von Nutzen sein würde. Erst kurz vor Morgengrauen schliefen die drei endlich ein.

Kurz nach Sonnenaufgang wurde Cybula von Nosek geweckt. Man hatte bereits zwei Pferde gesattelt und ein Packpferd mit Reiseproviant und mit Krol Rudys Kriegsbeute beladen. Zum ersten Mal im Leben trug Cybula ein Schwert an der Seite. Zum ersten Mal trug er einen federgeschmückten Hut und einen langen, *zupan* genannten Mantel, wie er nur von den Kniezen getragen wurde. Er sah wie einer jener ruhmreichen Helden aus, von denen die Großmütter an langen Winterabenden erzählten. Krol Rudy und seine Knieze nahmen Abschied von den beiden Sendboten. Behend stieg Cybula aufs Pferd. Er küßte Jagoda, Kora und die anderen Frauen und Mädchen, die Körbe mit Blumen und Obst brachten. In zwei Reihen angetretene Wojaken salutierten: Sie zogen ihre Schwerter, hielten sie so, daß die Klingen eine Art Dach bildeten, und brachten Hochrufe aus. Nosek verteilte Brezeln aus dem Mehl der ersten gemeinsamen Ernte an die Kinder. Krol Rudy war in Begleitung Laskas erschienen, die trotz des warmen Wetters Schuhe angezogen hatte, wie es sich für die Gemahlin eines Königs geziemte. Sie küßte ihren Vater. Dann küßte Nosek Laska auf die Stirn und kniete vor ihr nieder. Krol Rudy rief: »Die Götter mögen euch beschützen!« Dann gab er den beiden Reitern das Zeichen zum Aufbruch. Jagoda hatte Cybula versprochen, nicht zu weinen, doch als sie ihn aus dem Lager hinausbegleitete, schluchzte sie bitterlich.

Cybula, der die Gegend, in der er geboren war, noch nie verlassen hatte, wußte nicht, welchen Weg er und Nosek einschlagen mußten. Er verließ sich ganz auf Nosek, der ihm erklärte, sie müßten einen im Gebirge entspringenden Fluß erreichen und dann immer diesen Fluß entlangreiten. Nosek war schließlich lange Zeit in fremden Ländern umhergezogen, hatte in Kriegen gekämpft und war allen möglichen Leuten begegnet. Nosek ritt voran und führte das Packpferd am Zügel. Cybula ritt hinter ihm, spähte und lauschte, ob vielleicht ein Überfall drohte. Mit der einen Hand hielt er die Zügel, mit der anderen umklammerte er den Schwertknauf. Der Pfad, fast zu schmal für einen Reiter, schlängelte sich durch einen Wald und war mit Moos, Kiefernnadeln, heruntergefallenen Zweigen und Kiefernzapfen bedeckt. Menschen, die hier auf Wanderschaft gewesen waren, hatten Zeichen in Baumstämme geritzt, aber Cybula begriff nicht, wie man an diesen Zeichen die Richtung ablesen konnte. Es war für ihn ein sonderbares Gefühl, das Lager nicht als einer, der vor seinen Feinden flieht, verlassen zu haben, sondern als ein Pan, ein Kniez. Und in wessen Auftrag? Im Auftrag eines Königs, der früher sein Feind gewesen, nun mit seiner Tochter vermählt und vielleicht der Mörder seiner Frau war. Obwohl ein Ereignis dem anderen ohne erkennbaren Sinn folgte, wirkten die Geschehnisse in der Rückschau wie der schlaue Plan einer weisen Gottheit, die nicht wollte, daß jemand erriet, wie das alles ausgehen würde. Hätte man Cybula in der Nacht des Blutbads gesagt, daß der Anführer der Mörder sein Schwiegersohn werden, ihm kostbaren Besitz anvertrauen und ihn damit in eine weit entfernte Gegend schicken würde – er hätte das für irres Geschwätz gehalten. Doch die höheren Mächte hatten es so verfügt.

Um die Pferde nicht zu überfordern, ritten die beiden Männer langsam und ließen sie verschnaufen, weiden und Wasser trinken. Sie selber ruhten sich ebenfalls aus und stärkten sich. Unterwegs kamen sie einander noch näher. Jeder brauchte die Hilfe des anderen. Wenn einer von ihnen einnickte, hielt der andere Wache. Eines Abends, als sie gegessen hatten und sich – nicht allzu weit vom Pfad entfernt – im Wald ein Nachtlager richteten, sagte Cybula: »An allem Elend sind die Männer schuld. Was wäre, wenn es keine Männer gäbe? Frauen würden niemals auf Raub ausgehen, und niemand müßte befürchten, nachts überfallen zu werden. Die Frauen sind schwach und verlassen nur ungern ihre Zelte, wenn es draußen dunkel ist.«

Nosek lächelte. Was für seltsame Einfälle Cybula hatte! Dann erwiderte er in seiner einfachen, sachlichen Art: »Wenn es keine Männer gäbe, dann gäbe es auch keine Frauen.«

»Ich kann mir nicht vorstellen«, sagte Cybula, »daß eine

Frau mit einem Schwert oder einem Speer auf eine andere Frau losgehen und sie erstechen würde.«

»Weibliche Tiere sind genauso blutdürstig wie männliche. Eine Wölfin zerfleischt ein Reh oder einen Menschen ebenso schnell wie ein Wolf. Und unsere Frauen töten kleine Tiere und Fische. Sie bringen einander nur deshalb nicht um, weil wir Männer es an ihrer Stelle tun.«

»Zugegeben«, sagte Cybula. »Aber der Mensch unterscheidet sich vom Tier.«

»So groß ist der Unterschied gar nicht. Frauen sind träge. Es scheint nur so, als ob sie ein weiches Herz hätten. Sie schicken die Männer hinaus in die Welt, wo sie allen Gefahren trotzen sollen, während sie selber in ihren Hütten bleiben und sich am Herdfeuer wärmen.«

Cybula schwieg eine ganze Weile, dann sagte er: »Ihr, Nosek, mögt die Frauen nicht.«

Nosek lächelte. »Nicht besonders.«

»Warum?«

»Ach, man kann mit ihnen nicht vernünftig reden. Wenn man etwas sagt, das ihnen mißfällt, schreien sie gleich Zeter und Mordio. Und ständig beklagen sie sich darüber, daß ihre Männer sie nicht genug lieben und nicht genug verwöhnen. Die Frauen hassen einander, fallen sich aber trotzdem um den Hals und beteuern einander ihre Zuneigung. Wenn die eine krank ist, nimmt sofort eine andere ihre Stelle im Bett neben dem Ehemann ein. Vielleicht sogar die Schwester der Ehefrau!«

»Sind die Männer denn besser?«

»Die Männer sind aufrichtiger.«

»Es heißt, daß Ihr nicht heiraten wollt. Ist das wahr?« fragte Cybula und bedauerte sofort, daß ihm diese Worte entschlüpft waren.

Nach kurzem Zögern antwortete Nosek: »Ich habe mich

daran gewöhnt, ohne Frauen zu leben. Als wir eine kämpfende Horde waren, sind wir oft monatelang mit keiner Frau zusammengewesen. Unsere Wojaken haben die alten und häßlichen Weiber getötet, und die jungen waren so entsetzt, daß sie nur noch schreien und sich vollpinkeln konnten. Manche haben sich gegen die Männer gewehrt, bis sie blutüberströmt waren. Es ist kein Vergnügen, bei einer Frau zu liegen, die dich anspuckt, dich verflucht und dir die Augen auskratzen will.«

»Ist es besser, mit einem Mann zusammenzuleben?«

»Wenn zwei Männer das tun, sind sie Freunde, keine Feinde.«

Die Nacht brach an, die Sterne gingen auf. Nosek sagte: »Wir sind so weit geritten, aber noch immer sehen wir dieselben Sterne.«

»Ihr könnt die Sterne wiedererkennen?«

»Ja.«

»Woran?«

»An ihrem Stand. An der Stellung der Gestirne zueinander. Sie bleibt immer gleich.«

»Was sind die Sterne?«

»Eine Art Feuer, glaube ich. Aber sie müssen sehr groß sein – nicht so klein, wie sie uns vorkommen. An der Weichsel und in vielen anderen Gegenden habe ich genau dieselben Sterne gesehen. Sie wandern fort, kommen aber Jahr für Jahr zurück. Manche im Sommer, manche im Winter.«

Die beiden Männer versanken in Schweigen. Es war schwer zu sagen, ob Nosek eingeschlafen oder noch wach war. Cybula hatte schon zu träumen begonnen, als ihn plötzlich etwas biß. Er schreckte hoch. Eine Schlange? Er wußte nur zu gut, daß man an einem Schlangenbiß sterben konnte. Auch manche Pilze und Beeren enthielten ein tödliches Gift. Der Mensch war ständig in Lebensgefahr. Cybula glaubte ein

Rascheln zu hören, leise Tritte zwischen den Bäumen. Ein Wolf? Ein Bär? Er hielt den Schwertknauf umklammert – aber was konnte man mit einem Schwert denn schon gegen einen Wolf oder einen Bären ausrichten? Cybula hätte sein Gespräch mit Nosek gern fortgesetzt, wagte aber nicht, ihn aufzuwecken. Anscheinend hing Nosek nicht so sehr am Leben wie er und grübelte auch nicht so viel nach. Er schlug sich nicht mit den Sorgen herum, die ihn, Cybula, Tag und Nacht quälten.

2

Sie hatten sich verirrt. Sie konnten den Fluß nicht finden, der sie nach Miasto führen würde. Sie waren stundenlang geritten, und weit und breit war niemand, den sie nach dem Weg hätten fragen können. Als sie endlich jemandem begegneten – einem barfüßigen Wanderer mit einem Bündel auf dem Rücken und einem Wanderstab –, fragten sie vergebens: Er hatte noch nie etwas von Miasto gehört. Und zudem konnte er ihre Sprache nicht recht verstehen.

Am Horizont zogen sich Wolken zusammen und verdunkelten den Himmel. Ein kalter Wind kam auf. Das Packpferd begann zu lahmen. Cybula hielt Ausschau nach einer Höhle, die ihnen Schutz vor dem drohenden Regen bieten würde, aber im Tal gab es keine Höhlen.

»Die Götter wollen nicht, daß wir nach Miasto gelangen!« stieß er hervor.

»Was haben denn die Götter damit zu tun?« fragte Nosek.

Es begann zu regnen, und bald goß es in Strömen. Um einen Unterschlupf zu finden, ritten sie tiefer in den Wald hinein. Es blitzte und donnerte. Erschreckt von den Wasserfluten, huschten klatschnasse Tiere an ihnen vorbei. Cybula war zu müde, um Pfeil und Bogen zu nehmen und auf das Wild zu zielen. Seine Mutter hatte ihm erzählt, das Donnern käme daher, daß Götter in Streit gerieten und Steine aufeinander schleuderten. Aber warum sollten Götter sich streiten? Und was war ein Blitz? Wenn er aus Feuer war, warum wurde er dann nicht vom Regen ausgelöscht? Es waren dieselben Fragen, die Cybula schon als Kind gestellt hatte.

Immer wieder hetzte ein Reh oder ein Hase oder ein Fuchs vorbei. Erstaunlich, daß es für Tiere immer nur einen Ausweg gab: die Flucht. Aber sie begingen wenigstens nicht solche Torheiten wie die Menschen. Sie machten sich nicht auf die Suche nach einer fremden Stadt; sie versuchten nicht, die Kriegsbeute, die ein anderer gemacht hatte, zu verscherbeln; sie ernannten keine Könige und ließen sich nicht zum Kniez machen. Auch die Pferde, die jetzt an zwei Baumstämmen angebunden waren, wollten die Flucht ergreifen. Sie zerrten an ihren Riemen und versuchten, sich loszureißen. Mit ihren großen dunklen Augen, die nur noch aus der Pupille zu bestehen schienen, blickten sie die beiden Männer angstvoll und verstört an, aber die konnten nicht weiterreiten. Die Nacht brach schon herein. Nosek sagte trocken: »Wenn wir hier umkommen, glaubt Krol Rudy, wir hätten uns mit seinem Gold aus dem Staub gemacht.« Sein Gesicht war tropfnaß, und er sah elend aus, trotzdem lächelte er noch.

An Baumstämme gelehnt, saßen die beiden schweigend da. Nach einer Weile stand Nosek auf, ging zu den Pferden, zog aus einer Satteltasche ein Stück Fleisch und riß es in zwei Hälften. Die Pferde hätten bloß den Kopf hinunterzubeugen brauchen, um sich satt zu fressen, doch sie waren offenbar nicht hungrig. Als Jäger erlegte Cybula zwar Tiere oder lockte sie in Fallen, gleichwohl hatte er Mitleid mit ihnen. Er wußte, daß sie genauso litten wie Menschen, sich genauso hilflos fühlten, genau solche Angst vor dem Sterben hatten. Cybulas Los glich jetzt dem der Tiere, war vielleicht sogar noch schlimmer. Die Pferde waren inzwischen nicht mehr unruhig, er dagegen hatte es eilig: Wenn er hier schon sterben sollte, dann lieber so schnell wie möglich. Er hätte gern mit Nosek gesprochen, aber der hüllte sich in Schweigen und tat so, als wisse er genau, wovor man sich jetzt hüten mußte.

Cybula glaubte, kein Auge zutun zu können, doch schon bald hatte tiefer Schlaf ihn übermannt. Im Traum ging er über eine grüne Wiese, auf der Pferde, Ochsen, Kühe und Kälber weideten. In der Nähe plätscherte ein Bach. Er war auf der Suche nach einem Feld, aber immer wenn er es entdeckt zu haben glaubte, entfernte es sich von ihm. Er sah Schnitter; aber statt Garben zu binden, ließen sie den Weizen in der Sonne dörren, häuften Mahd auf Mahd, bis sich das Getreide bis weit über die Baumwipfel türmte – ein Berg aus Weizen!

Er öffnete die Augen. Es regnete nicht mehr. Cybula war durchnäßt und fror, aber etwas von der Wärme des Traums war noch in ihm. Er blickte um sich und sah, daß Nosek sich drüben bei den Pferden zu schaffen machte. Cybula stand auf. Er war wieder guten Mutes und wollte weiterreiten. Heute würde es wärmer werden, das konnte er spüren. Er zog seinen nassen Zupan aus und ging nackt zu Nosek hinüber.

»Schiwa hatte einen Dorn im Huf«, sagte Nosek. »Kein Wunder, daß sie gelahmt hat.«

»Habt Ihr ihn herausgezogen?«

»Ja. Obwohl Schiwa nach mir gebissen hat.«

Sie kleideten sich an, stiegen in den Sattel und ritten kurz nach Sonnenaufgang aus dem Wald hinaus.

3

Aus den Tagen wurden allmählich Wochen; der Vollmond wandelte sich zum Halbmond, der Halbmond zum Neumond. Der Pfad, dem die beiden gefolgt waren, mündete in einen breiteren Weg, und bald sahen sie andere Reiter, Fuhrwerke und Karren. Sie waren in einer Gegend angelangt, deren Bewohner die polnische Sprache auf eine andere, merkwürdige Art und Weise sprachen. Es verging kein Tag, an dem Cybula nicht neue Ausdrücke gelernt hätte. Und ständig entdeckte er Dinge, die er noch nie gesehen hatte: Obstgärten, Fischteiche, Brunnen, Mühlsteine, Pferdeställe, Schweinekoben, Windmühlen und Brücken, die über Bäche, ja sogar über Flüsse führten. Er sah Katen mit Strohdächern und auch Hütten, die mit hölzernen Schindeln gedeckt waren. Und bald sah er in der Ferne eine hohe Mauer mit mächtigen Türmen aufragen.

Während sie darauf zuritten und Cybula vor Staunen stumm blieb, erklärte ihm Nosek: »Diese Mauer ließen die Herrscher von Miasto aus Steinen und Ziegeln erbauen. In den Wachtürmen halten Wächter Ausschau, um die Bewohner rechtzeitig vor herannahenden Feinden warnen zu können. Die Krole und Knieze führen ständig Krieg, dringen in die Gospodas ihrer Gegner ein, plündern und nehmen Sklaven gefangen. Eine so große Ansiedlung wie Miasto muß bewacht werden. Fremde wie wir werden am Tor aufgehalten. Wenn man uns hineinläßt, müssen wir Zoll zahlen.«

Vor der Stadtmauer erstreckten sich bereits abgeerntete Felder, Rinder, Pferde und Schafe weideten auf dem Grasland. Für Cybula waren sogar die Gerüche neu: eine Mischung aus Rauch, Unrat, etwas Ranzigem und einem Duft wie von frisch gebackenem Brot. Nosek sagte ihm, daß in Miasto nicht jedermann einen Backofen haben dürfe, sondern daß einige Einwohner das Brot für die ganze Bevölkerung backten.

Am Tor erklärte Nosek den Wächtern, zu welchem Zweck sie beide nach Miasto gekommen seien, und zahlte den Zoll. Er sprach polnisch mit ihnen, gebrauchte aber Ausdrücke, die Cybula kaum verstehen konnte. Kurz darauf führten die beiden ihre Pferde durch eine an beiden Seiten von Häusern gesäumten Straße. In manchen Häusern befanden sich Läden, in denen Waren zur Schau gestellt wurden, wie sie Cybula noch nie gesehen hatte. Der Erdboden war vom Regen aufgeweicht und mit Pfützen übersät. Auf der Straße wimmelte es von Menschen. Fuhrwerke ratterten vorbei, gezogen von Pferden oder von Ochsen, die unter ein hölzernes Joch gespannt waren. Cybula hatte eine neue Welt betreten. Sogar die Menschen kamen ihm hier ganz anders vor: Alle waren eifrig beschäftigt, und keiner schien den anderen zu kennen. Nosek sagte: »Ich glaube, heute ist hier Markttag.«

Im Vorbeigehen sahen sie, wie Türen geöffnet wurden und Frauen ihre Schmutzeimer ausleerten und Zwiebelschalen, Abfälle von Obst, Rettichen, Gurken und anderem Gemüse auf die Straße warfen. Aus einer Tür humpelte ein Mann, der auf Krücken ging. Auf einer Türschwelle hockte ein Blinder und summte vor sich hin. Vor einem anderen Haus sah Cybula einen großen Holzblock stehen, auf dem ein Mann, der einen blutbeschmierten Schurz umgebunden hatte, Fleisch und Knochen zerhackte. Das Ochsen- und Schweinefleisch, das er verkaufte, hatte einen unangenehmen Geruch.

»Die Leute hier haben keine Zeit zum Jagen«, erklärte Nosek. »Sie kaufen das Fleisch bei einem Metzger.«

»Warum riecht es so sonderbar?« fragte Cybula.

»Es dauert eine ganze Weile, bis ein Tier geschlachtet, gehäutet und beim Metzger abgeliefert worden ist. Nicht immer verkauft der Metzger das ganze Fleisch an einem einzigen Tag. Was übrigbleibt, muß am nächsten Tag oder an den folgenden Tagen verkauft werden.«

Hunde trieben sich schnüffelnd zwischen den Kundinnen des Metzgers herum. Wenn ein Stückchen Fleisch oder Knochen zu Boden fiel, stürzten sie sich darauf, balgten sich darum und rissen es einander aus dem Maul. Dann rannte der Metzger mit einem dicken Stock hinter den Hunden her und schlug auf jeden ein, den er erwischen konnte. Cybula fiel auf, daß das Fleisch abgewogen wurde und daß jede Kundin, die ihre Portion erhalten hatte, dem Metzger einige Kupferstücke gab. Nosek erklärte ihm, dies sei Geld: Kupfergroschen.

Bisher hatte Cybula geglaubt, die menschliche Natur zu kennen, die Bedürfnisse und das Verhalten der Menschen zu verstehen. Aber die Menschen hier waren anders. Sie lebten so zusammengepfercht wie in einem Ameisenhaufen. Nur mit Mühe konnten er und Nosek die Pferde durch das Menschengewimmel führen. Aus allen Richtungen kamen Fußgänger und Fuhrwerke. Ein Mann, der ein hölzernes Joch auf dem Rücken trug, mit dem er zwei volle Wassereimer balancierte, rief schallend: »Laßt den Wasserträger durch!« Die Häuser standen dicht nebeneinander und hatten Räume, in denen Handwerker ihrer Arbeit nachgingen. Einer fertigte Schuhe an, ein anderer nähte Kleidungsstücke, und wieder ein anderer schnitt Tierhäute zu.

Nosek und seine beiden Pferde waren Cybula schon weit voraus; die Straße war nicht breit genug, daß zwei Leute nebeneinander gehen konnten. Die Luft in der Stadt war drückend schwül. Durch viereckige Löcher in den Hauswänden, Fenster genannt, und durch offenstehende Türen konnte Cybula halbnackte Frauen und splitternackte Kinder sehen. Eine Frau hatte einen Säugling an der prallen Brust, eine andere kochte etwas auf einem Feuer, das nicht offen, sondern in einem Herd brannte. Manche Räume hatten einen hölzernen Fußboden, in den meisten jedoch war der Boden schlammig.

»Wie können Menschen so leben?« fragte sich Cybula. Die Hütten im Lesnikenlager waren geräumiger und nicht, wie die Behausungen hier, vollgestopft mit Betten, Wiegen, Tischen, Bänken, Bottichen mit sauberem Wasser und Behältern voll Schmutzwasser und Unrat. Kinder kamen heraus auf die Straße, um ihre Notdurft zu verrichten.

Die schmale Straße führte auf einen großen Platz, den Nosek »Marktplatz« nannte. Hier gab es einen Brunnen. Die Häuser, die den Platz säumten, waren höher als die anderen – sie hatten mehrere Stockwerke. In offenen Buden und auf dem Boden stellten Händler ihre Waren zur Schau: irdene Krüge, Töpfe, Schaffelle, Pelzmützen, Umhängetücher mit Fransen, Kopftücher, mit Honig gefüllte Kübel, Körbe voller Pilze, Bohnen, Erbsen, Rüben, Rettiche und Gurken. Die Leute, die zum Einkaufen auf den Markt gingen, waren – wie Nosek erklärte – nicht etwa die Leibeigenen der Knieze, sondern *kmieciec* – kleine Grundbesitzer. Sie mußten den Zehnten an die Edelleute abführen, waren aber ansonsten frei. Viele von ihnen hatten Knechte, die auf dem Feld arbeiteten oder im Haushalt mithalfen.

Nosek erkundigte sich nach einer Herberge, denn in Miasto konnte man, wie er Cybula erklärte, nicht im Freien übernachten. Die Herberge, zu der man die beiden Fremden schickte, war ein zweistöckiges Holzhaus, so hoch, daß Cybula überzeugt war, es würde gleich einstürzen. Zwei Männer kamen heraus, um die neuen Gäste zu begrüßen. Nosek, der mit einem Aufenthalt von ungefähr sechs oder sieben Tagen rechnete, fragte, was das kosten würde. Während der eine Herbergswirt mit ihm verhandelte, führte der andere die Pferde weg. Die Lederbeutel mit Krol Rudys Kostbarkeiten hatte Cybula bereits abgeladen. Nach langem

Hin und Her wurden Nosek und der Wirt handelseinig. Die beiden Gäste sollten eine Stube für sich bekommen, mit einer verschließbaren Tür und einem Fenster zum Marktplatz. Und sie würden täglich zwei Mahlzeiten erhalten. Aus einem kleinen Beutel, den er um den Hals hängen hatte, zog Nosek eine Münze und machte eine Anzahlung. Als Kind hatte Cybula gelernt, den verborgenen Sinn von Wörtern zu erraten, jetzt aber war er gänzlich überfordert. Ihm kam der Gedanke, daß er von Nosek, wenn dieser kein rechtschaffener Mensch gewesen wäre, als Sklave hätte verkauft werden können. Er kam sich völlig hilflos vor.

Zum ersten Mal im Leben stieg Cybula eine Treppe hinauf. Es war dunkel im Stiegenhaus, und Nosek mußte ihn wie einen Blinden führen. Dann eilte er voraus und öffnete eine Tür. Cybula betrat eine Stube mit Holzfußboden und einem Fenster, von dem aus man auf den Marktplatz hinunterschauen konnte. Er hatte das Gefühl, so hoch oben zu sein wie die Wolken. Die Menschen und Pferde dort unten sahen winzig aus. In der Stube befand sich eine Lagerstatt: ein mit Heu ausgestopfter Sack und ein Kopfkissen, aus dessen zerrissenem Bezug auch Heu quoll. An der Wand stand ein Krug mit Wasser, neben dem Bett ein irdenes Gefäß, das Cybula, wie Nosek ihm erklärte, benützen sollte, wenn er seine Notdurft verrichten mußte. Cybula schwirrte der Kopf. Ihm war, als ob der Boden unter seinen Füßen schwankte und die Wände sich um ihn drehten. Nosek benahm sich wie jemand, der das Reisen gewöhnt ist. Er nahm einen kräftigen Schluck aus dem Wasserkrug, dann setzte er sich auf eine Bank, machte Krol Rudys Beutel auf und entnahm ihnen eine Handvoll Kostbarkeiten nach der anderen: Münzen, goldene Ketten, Broschen, Armreife, Ringe. Für jeden Gegenstand hatte er eine Bezeichnung.

Im Lauf der Jahre, in denen Krol Rudy plündernd und mor-

dend durchs Land gezogen war, hatte er ein Vermögen angehäuft, aber nie Gebrauch davon gemacht. Nosek war der einzige Kniez gewesen, der nie geplündert und geschändet hatte.
Er war mit den Polen umhergezogen, weil er keinen Ort fand,
an dem er sich gern niedergelassen hätte. In jenen Jahren hatte
er viel gelernt. Unter den ständig wechselnden Wojaken hatte
er immer einen Gleichgesinnten gefunden, mit dem er sich
anfreunden konnte. Ihn gelüstete es nicht nach Gold und
Edelsteinen. Aber er wußte, daß die anderen Knieze alle Beute
gemacht hatten und sie gut versteckt hielten.

Während er die Münzen zählte und jedes Schmuckstück
genau betrachtete, überlegte Nosek, was er wohl für diesen
Schatz bekommen würde. Hatte alles seinen festen Preis? Er
wußte genau, was er und Krol Rudy einhandeln wollten:
gesunde Pferde, mehrere Stuten und einen Deckhengst, einen
Wagen, Schwerter, Speere, Messer, Dolche, königliche
Gewänder, vielleicht auch eine Krone. Außerdem war er von
Krol Rudy insgeheim beauftragt worden, ihm eine junge
Sklavin mitzubringen. Es befriedige ihn nicht mehr, das
Lager mit Laska zu teilen, hatte ihm der Krol gesagt. Es gelü-
ste ihn nach einem jungen Weibsbild, das sich jedem seiner
Wünsche fügen, für ihn tanzen, mit ihm zechen und ihm
Geschichten von Dämonen und Hexen erzählen würde.
Nosek hatte ihm versprechen müssen, Cybula nichts davon
zu sagen.

Außerdem mußte er reichlich Saatgut für das Lager besorgen, nicht nur Weizen und Roggen, sondern auch Gerste,
Hafer, Hirse und Bohnen. Ob er es tatsächlich schaffen
würde, das alles einzukaufen? Er war in Handelsangelegen-
heiten nicht so gewitzt, wie Cybula glaubte, und er wußte,
daß es überall Schwindler und Diebe gab.

Nosek war also an diesem Tag eifrig damit beschäftigt, zu
zählen und zu schätzen. Er erklärte Cybula, daß es in fernen

Städten Männer gebe, die alle Einnahmen und Ausgaben genau verbuchten – mit einem Federkiel auf Pergament oder mit Kreide auf Tafeln.

Am Abend kam der Wirt und meldete, daß für die Gäste eine Mahlzeit zubereitet worden sei. In ihrer Stube zündete er den Docht einer kleinen irdenen Öllampe an. Um ihnen die Stiege hinunterzuleuchten, benützte er eine Kerze, die in einem Kerzenhalter steckte. Im Lesnikenlager wurden zwar manchmal Wachskerzen mit einem Docht aus geflochtener Schafwolle verwendet, aber einen Kerzenhalter hatte Cybula noch nie gesehen. Der Wirt führte die beiden in einen großen Raum, in dem ein langer Tisch und Bänke standen. Etliche Gäste hatten bereits Platz genommen, und Mägde trugen das Essen in großen Holzschüsseln auf. Die Gäste waren durchweg Männer. Wie hätte es auch anders sein können? Frauen unternahmen keine Reisen, weil sie nicht ritten. Als Cybula und Nosek in ihren langen Mänteln erschienen, wurde es einen Augenblick lang still im Raum, dann setzte der Lärm wieder ein.

Die Gäste machten Platz für die Neuankömmlinge. Jeder wollte wissen, wer sie seien und woher sie kämen. Nosek beantwortete die Fragen, Cybula hörte schweigend zu. Die anderen Gäste staunten, als sie erfuhren, daß die beiden aus dem Stammesgebiet der Lesniken kamen, die erst vor kurzem Polen geworden waren. Auf ihre Frage, wo denn dieses Stammesgebiet liege, konnte Nosek ihnen nur die Richtung andeuten und erklären, es liege jenseits der Berge. Alle Gäste redeten gleichzeitig. Sie kniffen die Mägde, die Schüsseln mit Fleisch auftrugen, und grapschten sogar nach deren Brüsten – was die Weibsbilder mit Lachen quittierten.

Als die Gäste wissen wollten, weshalb die beiden eine so lange Reise unternommen hatten, sagte Nosek, er habe Waren anzubieten und wolle dafür Pferde, Waffen, einen

Wagen und Saatgut einhandeln. Am Fuß des Gebirges sei ein neues polnisches Königreich geschaffen worden. Bald ging die Tischrunde zum Thema Handel über. Jeder dieser Männer war erpicht darauf, Waren billig zu erwerben und teuer zu verkaufen, sein Vermögen zu mehren und reich und mächtig zu werden.

4

Cybula hatte Jagoda versprochen, daß seine Reise nicht länger als vier Monde dauern würde, doch der Mond wechselte fünfmal, und noch immer waren sie in Miasto. Die Stadt war jetzt eingeschneit, und eine Seuche breitete sich aus. Unzählige Kinder starben. Nosek hatte vier Pferde erstanden, für die er Futter kaufen mußte, während er auf den bestellten Wagen wartete. Stellmacher und Schmiede arbeiteten von Sonnenaufgang bis Sonnenuntergang, aber der Wagen war immer noch nicht fertig. Da im Winter nur wenige Gäste in die Herberge kamen, waren Cybula und Nosek dort oft allein. Die Köchin bereitete ihnen das Essen zu, und die Mägde bedienten sie. Der Wirt gab ihnen zwei Daunendecken.

Cybula, der sich allmählich an das Leben in der Stadt gewöhnte, kam es manchmal fast unglaublich vor, daß er früher einmal Jäger und Höhlenbewohner gewesen war. Aber er vermißte Jagoda. Nachts wachte er oft auf, lag lange wach und dachte an sie. Ob sie ihn noch liebte? Oder hatte sie jetzt einen anderen Mann? In Gedanken redete er mit ihr, beteuerte ihr, wie sehr er sich nach ihr sehne, und versprach ihr, mit Geschenken und neu entfachter Liebe zu ihr zurückzukehren, sobald er seine Aufgabe erfüllt habe. Und er schwor ihr, sie nie wieder allein zu lassen. Ob sie seine Versprechen hören konnte? Manchmal argwöhnte er, daß sie ihn nicht mehr liebte, daß sie in den Armen eines anderen lag. In solchen Augenblicken war er so unglücklich, daß er mit dem Gedanken spielte, seinem Leben ein Ende zu setzen. Mehrmals erklärte er Nosek, daß er nicht länger warten, sondern allein ins Lager zurückkehren wolle. Doch Nosek redete ihm das aus: Er würde sich unterwegs verirren und erfrieren oder von Wölfen verschlungen werden.

Eine der Mägde, Gloska, machte sich an Cybula heran. Wenn Nosek beim Schmied oder beim Stellmacher war, kam Gloska verstohlen zu Cybula, führte ihn in ihre Kammer im oberen Stockwerk und gab sich ihm hin. Manchmal trieb sie es mit ihm, wenn sie am Herd stand. Auch die anderen Mägde wurden aufdringlich. Und zu alledem kaufte Nosek eine Kebse namens Kosoka. Er gab vor, sie für sich selbst gekauft zu haben, doch Cybula wußte, daß es Nosek nicht nach Frauen gelüstete. Schließlich gab der zu, daß sie für Krol Rudy bestimmt sei.

Wie Kosoka berichtete, stammte sie aus einer fernen Gegend: aus dem Stammesgebiet der Tataren. In diesen Landstrichen waren zahlreiche Stämme ansässig: Kalmücken, Kosaken und viele andere Völker mit unaussprechbaren Namen. Von einem Wojaken war Kosoka – damals noch ein Kind – geraubt und mißbraucht worden. Er war mit ihr über die Steppen geritten, hatte gestohlen, geplündert und manchmal auch gemordet. Eines Tages war er beim Pferdediebstahl ertappt worden. Als man ihn aufhängte, mußte Kosoka zuschauen. Dann wurde sie an einen Mann verkauft, der sie bald weiterverkaufte. Als sie vierzehn war, hatte sie bereits viele Männer gehabt. Nach zwei Fehlgeburten hatte sie ein Kind zur Welt gebracht, das sie in die Abfallgrube geworfen hatte.

Kosoka hatte Schlitzaugen – schwarz und feurig –, blendend weiße Zähne und glänzende schwarze Haare. In der Gegend, aus der sie stammte, aß man Pferdefleisch, trank Stutenmilch, und die Männer mußten sich ihre künftigen Ehefrauen mit Schafen erkaufen. Sie sprach Russisch, Polnisch, Tatarisch, also die Sprachen derer, die in den Steppen, der Taiga und der Tundra, umherzogen. Sie hatte von den Männern, die sie erbeutet hatten, deren Muttersprache gelernt. In all diesen Sprachen konnte sie Zauberformeln aufsagen, Teufel, Babuks, Dämonen und Kobolde beschwören. Kosoka prahlte, sie könne durch Hexerei bewirken, daß Kühe keine Milch mehr gäben, Hennen keine Eier mehr legten, Bienen nicht mehr in ihren Bienenstock zurückkehrten und Hähne wie angewurzelt stehenblieben. Und sie könne auch bewirken, daß sich der Schoß einer Frau verschließe und daß Männer ihre Manneskraft verlören.

Nosek hatte Kosoka einem pockennarbigen alten Weib abgekauft, das auf einem Auge blind war und auf der Stirn eine Wucherung so groß wie ein Gänseei hatte. Tatsächlich aber hatte Kosoka den Handel zuwege gebracht. Sie hatte zwölf Münzen in die eigene Tasche gesteckt und die Alte mit sechs Münzen abgespeist.

Kosoka war die geborene Geschichtenerzählerin und konnte sich noch an alles erinnern, was sie von den alten Tataren gelernt hatte, wenn sie abends am Feuer saßen und sangen. Nosek hatte für Kosokas Geplauder nichts übrig, Cybula hingegen hörte ihr gern zu, wenn sie auf seine Fragen mit weitschweifigen Erzählungen antwortete. Sie sang traurige Weisen, die eine gewisse Ähnlichkeit mit dem Jodeln der lesnikischen Berghirten hatten. Sie erzählte ihm Geschichten von Männern mit Krummsäbeln und von Frauen, deren Gesicht verschleiert war. Kosokas Vater, ein betagter Mann mit langem weißem Bart, hatte zwei Ehefrauen gehabt, eine alte und eine junge. Als Kosoka sechs Jahre alt gewesen war, hatte er seiner jungen Frau, Kosokas Mutter, wegen einer Verfehlung den Kopf abgeschlagen.

Cybula fühlte sich zu Kosoka hingezogen und liebte ihre Geschichten, obwohl er vermutete, daß nicht alle der Wahrheit entsprachen. Auch wenn sie Lügen erzählte, änderte das nichts daran, daß er ihr gern zuhörte und ihr gern beiwohnte. Als er Nosek um Erlaubnis bat, sagte dieser: »Mach mit ihr, was du willst, aber schwängere sie nicht, weil sie sonst für Krol Rudy wertlos wäre.« Worauf Cybula erwiderte, er habe gelernt, seinen Samen auf ihren Bauch und zwischen ihre Brüste zu spritzen.

Wenn Cybula bei ihr lag, plauderte Kosoka unentwegt weiter. Manchmal stieß sie im Rausch der Leidenschaft einen Schrei aus und sagte, sie werde bald sterben. Dann solle ihre Seele bis ans Ende der Welt fliegen, wo Finsternis die Erde bedecke und der Geist ihrer Mutter auf sie warte. Manchmal trieb die Wollust sie dazu, wehmütige Lieder zu singen, die sie selber nicht verstand. Sie erzählte gern davon, wie sie von jenem Wojaken, der später gehängt wurde, geprügelt worden war. Wenn sie etwas gesagt oder getan hatte, um ihn zu ärgern, hatte er sie mit seinem Stock geschlagen und ihr danach das Blut vom Körper geleckt. Er hatte ihr erzählt, er habe das Fleisch seiner Feinde gegessen und seinen eigenen Bruder getötet.

Kosoka konnte das Schicksal eines Menschen aus dessen Hand lesen. Sie sah Cybulas Ende voraus, wollte ihm aber nicht sagen, wie er sterben würde. Und obwohl sie den Frauen nie begegnet war, wußte sie allerlei über Jasna, seine verstorbene Frau, und über Kora und Jagoda.

Nach vielen Verzögerungen und nachdem der Handwerker, der an Noseks Wagen arbeitete, alle Versprechen gebrochen hatte, stand fest, daß der Wagen erst im Frühling fertig sein würde. Nun mußten sich die beiden Männer auf den Heimweg machen. Nosek beschloß, in den nächsten drei Tagen so viele Waren einzukaufen, wie die Pferde tragen konnten, und dann ins Lager zurückzureiten. Sie waren mit drei Pferden nach Miasto gekommen, jetzt hatten sie sieben. Nosek tauschte Krol Rudys Silber und Gold bei einem Goldschmied gegen Saatgut, Pferde, Hämmer, Nägel, Heugabeln und Scheren für die Schafschur ein. Er hatte vor, nicht nur Rinder, sondern auch Schafe zu züchten. Auf den Wiesen rund um das Lager wuchs ja genug saftiges Gras. Im Sommer konnten dort Pferde, Ochsen, Kühe und Schafe weiden und groß und kräftig werden. Man mußte lediglich dafür sorgen, daß sie im Winter genug Heu zu fressen hatten.

Dworak, der Herbergswirt, und Pociecha, seine Frau, hatten Nosek schon oft gesagt, daß er von den Händlern und Handwerkern in Miasto betrogen werde: Sie verlangten für ihre Waren Höchstpreise und kauften seine Ware zum niedrigsten Preis. Da Cybula und Nosek jetzt zum Aufbruch rüsteten, versprach ihnen Dworak, die Waren, die schon im voraus teuer bezahlt worden waren, bei den Händlern abzuholen. Im Frühling sollten Cybula und Nosek dann alles auf den Wagen laden. Der Wirt war allem Anschein nach ein redlicher Mensch, aber Nosek kam das Gerücht zu Ohren, daß auch Dworak unehrlich sei.

Nach allem, was Cybula in Miasto erlebt hatte, gab er den wenigen Lesniken, die im Gebirge geblieben waren und sich nicht mit den Polen hatten vereinen wollen, nachträglich recht. Er beschloß, sich ihnen so bald wie möglich anzuschließen.

5

Einige Tage vor ihrem Aufbruch bekam Cybula von Nosek zwei Goldstücke, um Geschenke zu besorgen. Für Laska kaufte er einen goldenen Armreif. Er überlegte sich lange, was er Jagoda mitbringen könnte, und entschied sich schließlich für Schuhe. Er hatte noch vor Augen, wie schön Laska in ihren Schuhen gewesen war, als sie ihm eine gute Reise gewünscht hatte. Aber um ein Paar Schuhe für Jagoda anfertigen zu lassen, mußte man die Maße ihrer Füße angeben. Cybula wußte nur, daß Jagoda sehr kleine Füße hatte, kleinere als ihre Mutter, als Laska und Jasna, seine verstorbene Frau. Mehrmals ging er an den Hütten, in denen die Schuhmacher arbeiteten, vorbei, dann erst entschloß er sich einzutreten. Es war ein kalter, trüber Tag. Durch einen Wolkenspalt warf die untergehende Sonne einen rötlichen Schimmer auf den Schnee.

In der Werkstatt saß ein schmächtiger Schuhmacher auf einer niedrigen Bank und schnitt aus einem Stück gegerbter Tierhaut eine Sohle zu. Er war kleinwüchsig und dunkelhäutig, ein Typ, wie man ihm in Miasto selten begegnete. Er hatte schwarze Augen und einen schwarzen Bart. Und er trug einen Hut aus Schaffell. Ein Pole war er bestimmt nicht, und wie ein Lesnik sah er auch nicht aus. Vielleicht stammte er aus Kosokas Heimat. Er war so in seine Arbeit vertieft, daß er Cybula noch gar nicht bemerkt hatte. Plötzlich sprang er auf, legte die Tierhaut und das Messer beiseite, streckte die Hände aus und reinigte sie sorgfältig im Schnee vor der Hüttentür. Dann trocknete er sie mit einem Lederlappen ab und stellte sich vor die Wand.

Was soll das? fragte sich Cybula. Hat er sich zum Wasserlassen dort hingestellt? Nein, der Schuhmacher blieb mit gesenktem Kopf vor der Wand stehen und murmelte vor sich hin. Manchmal wiegte er den Oberkörper hin und her. Dann hob er die Hand, ballte sie zur Faust und schlug sich damit an die linke Seite des Brustkorbs. Cybula sah ihm verwundert zu. Das mußte ein Hexenmeister oder ein Irrer sein! Der Mann blieb noch eine ganze Weile mit dem Gesicht zur Wand stehen, dann verneigte er sich tief und machte ein paar Schritte rückwärts. Erst jetzt blickte er auf und sah Cybula, murmelte aber noch immer vor sich hin.

»Was treibst du denn da?« fragte Cybula. »Mit wem redest du? Ich möchte ein paar Schuhe für ein Mädchen bestellen.«

Der Schuhmacher murmelte noch ein Weilchen, dann sagte er: »Wo ist denn das Mädchen? Ich muß ihre Füße ausmessen. Aber es wird ohnehin bald Nacht. Kommt morgen früh, Panje – mit dem Mädchen.« Er sprach die Sprache der Einheimischen, aber aus seinem Mund klang sie sonderbar. Manche Silben verschluckte er, und er hatte einen anderen Tonfall als die Einwohner von Miasto. »Ich schließe bald.«

Bisher hatte noch niemand Cybula mit »Panje« angeredet. »Woher weißt du, daß ich ein Pan bin?«

»Ach, das weiß man, das weiß man. Ihr wohnt in der Herberge, zusammen mit dem anderen Pan, der Pferde gekauft und einen Wagen bestellt hat. Die Leute meinen, Miasto sei groß, aber wo ich herkomme, würde man es als sehr klein bezeichnen. Die hiesigen Händler sind nicht redlich. Man hat Euch betrogen. Aber verratet ihnen nicht, daß ich Euch das gesagt habe. Die würden mich sofort umbringen, diese Halsabschneider. Die Menschen hier sind schlecht – Diebe, Räuber, Mörder. Sie dienen ihren Götzen, nicht dem wahren Gott. Sie machen sich ein Abbild aus Holz oder Stein, verneigen sich davor und beten es an. Aber es ist nur ein lebloses Götzenbild, nicht der lebendige Gott.«

»Wer bist du? Wie heißt du? Stammst du aus Miasto?«

»Nein. Ich heiße Ben Dosa und bin ein Jude.«

»Was ist das, ein Jude?«

»Ein Sohn des Volkes, das Gott vor allen anderen Völkern erwählt und dem er das Land Israel gegeben hat. Aber unsere Vorväter haben gesündigt und wurden aus dem Land vertrieben.«

Er sagte das alles in einem Atemzug und gebrauchte Wörter, die Cybula nicht verstand. Aber er kannte es ja aus seinen Gesprächen mit Kosoka, daß Menschen aus fernen Ländern ein Mischmasch sprachen und Wörter durcheinanderbrachten.

»Wie heißt der Ort, aus dem du kommst?«

»Ach, Panje, Ihr habt bestimmt noch nie davon gehört. Es ist eine Stadt namens Sura.«

»Wo liegt sie?«

»In weiter Ferne. Das Land heißt Babylonien. Dort ist es nie so kalt wie hier. Und es gibt dort keinen Schnee, nur Regen.«

»Warum bist du hierhergekommen?«

»Ich bin nicht freiwillig gekommen. Dort war ich Kaufmann, nicht Schuster. Ich ging an Bord eines Schiffes, um nach Sidon zu reisen, aber Räuber brachten mich um meine ganze Habe und verkauften mich an kanaanitische Seefahrer. Ich mußte Schwerstarbeit für sie machen, und sie zwangen mich, Schweinefleisch zu essen, obwohl mir das nicht erlaubt ist. Monatelang habe ich für sie geschuftet, dann wurde ich krank. Wenn ein Sklave erkrankt und nicht mehr arbeiten kann, werfen ihn die Kanaaniter ins Meer. So machen es alle Götzendiener. Sie sind Bestien. Ich glaubte, mein Ende sei gekommen, aber Gott, der Schöpfer aller Dinge, hatte Erbarmen mit mir und ließ mich genesen. Und so verschleppten sie mich von einem Land ins andere, bis wir schließlich in die Gegend gelangten, wo die Weichsel ins Meer mündet. Dort wurde ich an Männer verkauft, die polnisch sprachen. Ich mußte einem Herrn nach dem anderen dienen, bevor ich nach Miasto gebracht wurde, um Schuhmacher zu werden. Mein jetziger Dienstherr streicht das Geld ein, das ich verdiene. Er gibt mir Brot, zuweilen auch einen Rettich, eine Zwiebel oder eine Gurke. Das Fleisch, das ich von ihm bekomme, darf ich nicht essen, weil es unrein ist.«

»Was meinst du mit ›unrein‹?«

»Daß das Tier gegen den Willen Gottes geschlachtet wurde. Wir nennen das *t'rejfa* oder *n'welah*.«

»Wer ist dieser Gott?«

»Der Schöpfer des Himmels und der Erde, der Menschen und der Tiere.«

»Wo ist dieser Gott?«

»Im Himmel und auf Erden, in den Tiefen des Meeres, in den Herzen aller guten Menschen, auf den Gipfeln der Berge und drunten in den Tälern.«

»War er auch auf dem Schiff, auf dem man dich zwang, Schweinefleisch zu essen?«

»Er ist überall. Kommt morgen wieder, mit dem Mädchen.«

»Sie ist nicht in Miasto.«

»Wo ist sie denn?«

»Daheim im Lager. Im Gebirge.«

»Wie soll ich Schuhe für sie machen, wenn ich nicht Maß nehmen kann?«

»Sie hat kleine Füße, die kleinsten im ganzen Lager.«

»Dann ist sie wohl noch ein Kind?«

»Nein, eine erwachsene Frau.«

»Ich kann diese Schuhe nicht anfertigen. Was für den einen klein ist, ist für den anderen groß. Wenn ich nicht Maß nehmen kann, werden die Schuhe entweder zu weit oder zu eng. Dann würde ich Eure Münzen nehmen, und Ihr hättet nichts dafür erhalten. Das wäre Betrug.«

»Dann komm doch mit in unser Lager und nimm dort Maß!«

Der Mann horchte auf. »Meint Ihr das ernst, Panje?«

Cybula überlegte einen Augenblick. »Ja. Wir haben viele Tierhäute, aber keinen Schuhmacher. Unsere Frauen machen sich ihre Schuhe selber, aber dieses plumpe Schuhwerk ist nicht zu vergleichen mit den Schuhen, die in Miasto hergestellt werden. Wir können dir eine Hütte geben und dich verpflegen. Wenn du willst, kannst du eine unserer Schwestern oder Töchter zur Frau nehmen.«

»Es ist mir aber nicht erlaubt, euer Schlachtfleisch zu essen. Und ich darf keine Götzendienerin heiraten. Außerdem habe ich daheim in Sura bereits eine Frau und Kinder.«

»Hm. Aber sie sind dort, und du bist hier.«

»Ja, aber Gott ist überall«, erwiderte Ben Dosa. »Er sitzt im Himmel auf dem Thron der Herrlichkeit und sieht alles, was hier auf Erden geschieht. Er kennt auch die geheimsten Gedanken der Menschen. Sterbliche lassen sich täuschen, nicht aber Gott, der ewig lebt.« Er schwieg eine Weile, dann sagte er: »Kommt morgen wieder, Panje. Falls man mich freiläßt, gehe ich vielleicht mit Euch ins Gebirge. Diese Stadt ist voll schlechter Menschen. Vielleicht hat Gott Euch zu mir geschickt.«

Die Meuterei der Wojaken

I

Es herrschte Bodenfrost, aber der Himmel hatte sich aufgeklärt und die Sonne schien, als Cybula und Nosek die Heimreise antraten. Mit den Waren, die Nosek eingekauft hatte – vornehmlich Saatgut und Waffen – hatten sie die sieben Pferde beladen. Und sie hatten auch einen Mann und eine Frau bei sich: Ben Dosa und Kosoka. Nosek hatte sich dazu überreden lassen, den Schuhmacher mitzunehmen, der auch das Schneider- und das Kürschnerhandwerk erlernt hatte. Er behauptete sogar, die Kunst des Schreibens auf Pergament zu beherrschen. Er hatte sich eine Schriftrolle, auf die er Buchstaben und Wörter geschrieben hatte, um den Hals gehängt. Als Knabe hatte er allerlei gelernt, zum Beispiel Rechnen. Obwohl er Wörter aus seiner Muttersprache in das in Miasto gesprochene Polnisch einstreute, konnte er sich einigermaßen verständlich machen. In seiner Heimat war Ben Dosa Händler gewesen. Er konnte nicht nur Polnisch, sondern auch etwas Deutsch, die Sprache der Niemiec, die er in der Knechtschaft gelernt hatte, bevor er an Polen verkauft worden war.

Im Lager konnte man jemanden wie Ben Dosa brauchen. Er rechnete Nosek vor, wie ihn die Händler in Miasto betrogen hatten, und lehrte ihn, wie er das in Zukunft vermeiden konnte. Zwar redete Ben Dosa oft von dem Volk, das wegen seiner Sünden in die Verbannung hatte gehen müssen; von dem Tempel, den Frevler zerstört hatten; von dem Gott, dessen Namen zu nennen ihm verboten war, und von anderen seltsamen Dingen. Aber wen kümmerte das schon? Cybula und Nosek hatten ihn und sein Schuhmacherwerkzeug für zwei Gulden gekauft – das war nicht viel mehr, als ein Pferd kostete.

Weil der Schnee gefroren und der Weg spiegelglatt war, gingen die vier Reisenden neben ihren Pferden her. Während Ben Dosa vorsichtig einen Fuß vor den anderen setzte, lobte er Gott und zählte dessen Wohltaten auf. Immer wenn er etwas zu sich nahm – ein Stück Brot, einen Apfel – pries er Gott vor und nach dem Essen. »Ob er all das, was ich ringsum sehe, wirklich nicht sieht?« fragte sich Cybula. »Oder tut er nur so?«

So vergänglich und gefahrvoll das Leben des Menschen war – die Berge, Täler und Wasserfälle strahlten an diesem schönen Tag Unvergänglichkeit aus. Der Schnee auf den Bergen funkelte im Sonnenschein. Da und dort sickerte Schmelzwasser die felsigen Abhänge hinunter. Unter dem Schnee auf den Kiefern- und Tannenästen schimmerte frisches Grün. Der sanfte Wind aus den Wäldern trug Frühlingsduft in diesen Wintertag. Vögel, die nicht in wärmere Länder gezogen waren, segelten in der winterlichen Bläue, flatterten zwischen den Anhöhen auf und nieder. In Miasto war der Schnee matschig und von zertretenen Abfällen verschmutzt gewesen, in den Bergen war er so makellos weiß, als wäre er eben erst gefallen.

Eine Weile gab sich Cybula der Hoffnung hin, daß eine so herrliche Welt nicht verflucht sein könne. Aber dann sagte ihm seine innere Stimme, daß ihn im Lager schlechte Nachrichten erwarteten. Was konnte geschehen sein? Hatte Jagoda ihn wegen eines anderen verlassen? War Krol Rudy von den anderen Kniezen gegen ihn aufgehetzt worden? Planten sie, ihm nach der Rückkehr den Kopf abzuschlagen? Er konnte diese düsteren Gedanken nicht mehr für sich behalten. »Ich fürchte mich vor der Rückkehr ins Lager«, stieß er hervor. »Ich wollte, ich könnte geradewegs in die Berge gehen, zurück zu meiner Höhle.«

Nosek sah ihn verwundert an. »Weshalb machst du dir Sorgen? Im Lager weiß man doch, daß eine Reise wie die unsrige lange dauert.«

»Im Lager ist etwas geschehen.«

Jetzt mischte sich Ben Dosa ein: »Tut, was Jakob getan hat.«

»Jakob? Wer ist das?« fragte Cybula. »Und was hat er getan?«

»Jakob ist der Vater aller Juden. Als er – zusammen mit seinen Ehefrauen, seinen Konkubinen und seinen zwölf Stämmen – seinen Oheim Laban verließ und befürchtete, von seinem Bruder Esau angegriffen zu werden, teilte er seine Leute in zwei Gruppen, damit wenigstens eine unversehrt entkommen könnte, falls die andere von Esau geschlagen würde.«

Ben Dosa gebrauchte so viele fremde Ausdrücke, daß Cybula nicht begriff, was er meinte. »Sprich klar und deutlich, statt zu plappern wie die Niemiec!«

»Das ist kein Geplapper. Es ist die heilige Sprache, in der die Thora geschrieben wurde.«

»Ich weiß immer noch nicht, was du meinst.«

»Daß wir nicht gemeinsam dort eintreffen sollten«, sagte Ben Dosa. »Wenn ihr im Lager Feinde habt, dann verhindert, daß sie uns alle auf einen Schlag vernichten.«

»Kein schlechter Rat«, sagte Nosek. »Wenn du einverstanden bist, Cybula, werde ich mit zwei Pferden vorausreiten. Obwohl ich nicht glaube, daß uns jemand etwas antun will.«

»Wir haben genug Zeit, um alles zu planen«, sagte Cybula. Und plötzlich ahnte er, was im Lager passiert war. Der Winterweizen war nicht ausgesät, sondern aufgegessen worden. Und wenn der Sommerweizen nicht rechtzeitig gesät worden war, dann würde es dieses Jahr keine Ernte geben. Cybula beschloß, Nosek nichts davon zu sagen. Sein Verdacht konnte sich ja als falsch erweisen. Er war drauf und dran, Ben Dosa zu sagen, sich um seine eigenen Angelegenheiten zu kümmern, doch er beherrschte sich. Immerhin hatte Ben Dosa ihnen einen guten Rat gegeben. Cybula tat es leid, daß er mit seinen Sorgen herausgeplatzt war, zugleich aber fühlte er sich ein wenig erleichtert. Hin und wieder warf er Kosoka einen Blick zu. Sie war eine Plaudertasche, wenn sie mit ihm allein war, in Noseks Gegenwart aber hielt sie den Mund. Sie musterte Ben Dosa halb ängstlich, halb neugierig.

Ben Dosa trug den Sack mit seinem Werkzeug auf dem Rücken. Cybula hatte ihn schon mehrmals aufgefordert, den Sack einem Pferd aufzuladen, doch Ben Dosa hatte das jedesmal abgelehnt und erklärt, es sei keine schwere Last. Ganz gleich, was man zu ihm sagte oder was man ihn fragte – immer antwortete er mit Sprüchen aus einem heiligen Buch. Manchmal versetzte er Cybula in Staunen. Er hatte sein Zuhause und seine Familie verloren, mußte in der Fremde leben und konnte sich nie satt essen, weil ihm so viele Nahrungsmittel als »unrein« verboten waren. Und dennoch lag auf seinem Gesicht ein Ausdruck inneren Friedens und tiefer Zuversicht. Sein Blick war sanft, aber hellwach. »Wer weiß? Vielleicht ist er ein Zauberer«, dachte Cybula. »Oder ein Sterndeuter.«

Der Aufstieg im Winter mit den schwerbepackten Pferden und mit Kosoka und Ben Dosa war mühsam. Bergauf dauerte die Wegstrecke viel länger als abwärts. Die Wanderer und die Pferde hinterließen Spuren im Schnee, denen Räuber und Mörder nur allzu leicht hätten folgen können. Aber die Reisenden blieben unbehelligt. Sie waren ihrem Ziel schon sehr nahe und hätten das Lager noch in dieser Nacht erreichen können, doch Cybula und Nosek beschlossen, im Wald zu kampieren und auf den Tagesanbruch zu warten.

Am Morgen entdeckten sie den ersten Hinweis auf das, was im Lager geschehen war. Als Cybula beim Feld ankam, sah er, daß weder gepflügt noch gesät worden war. Dann erblickte er Kora. Sie schien zu warten, als hätte sie damit gerechnet, daß er an diesem Tag zurückkehren würde. Als er sie genauer erkennen konnte, blieb er wie angewurzelt stehen. Ihr Gesicht war fahl und hohlwangig. Sie wirkte ausgemergelt und vorzeitig gealtert. Sie war barfuß. Als sie ihn erblickte, schrie sie auf, faßte sich an den Kopf und begann zu heulen wie ein Tier. Cybula stockte der Atem. Ehe er ein Wort herausbringen konnte, schlug Kora die Hände zusammen und rief gellend: »Sie sind da! Sie sind zurückgekommen! Mein Gefühl hat mich nicht getrogen!«

Sie schien fast zu tanzen, als sie Cybula entgegenging. Dann krümmte sie sich und sank auf die Knie, als hätte sie plötzlich Bauchschmerzen bekommen. Cybula, Nosek, Ben Dosa und Kosoka starrten sie verwundert an. Sogar die Pferde schüttelten den Kopf und blickten sich unruhig um. Nosek und Ben Dosa strafften die Zügel. Cybula fragte spöttisch: »Was ist denn geschehen, Kora? Ist der Himmel eingefallen?«

»Krol Rudy hat den Verstand verloren. Die Wojaken haben wieder ein Blutbad angerichtet. Sie haben deine Schwiegermutter Mala geschändet und getötet.«

»Die alte Mala geschändet?«

»Ja. Geschändet und dann erstochen. Im Dunkeln kann man ja nicht sehen, ob jemand jung oder alt ist. Einige Wojaken wollten nicht mehr hierbleiben. Sie haben sich gegen Krol Rudy erhoben. Und uns haben sie nicht erlaubt, die Felder zu bestellen. Sie haben das Saatgetreide beschlagnahmt, um Schnaps daraus zu brennen. Sie wollten Krol Rudy umbringen, aber Kniez Kulak hat ihm die Treue gehalten und etliche Wojaken getötet. Als unsere Leute in den Bergen davon erfuhren, sind sie herunter ins Tal gekommen und haben gegen die Wojaken gekämpft. Jagoda und ich versteckten uns im Wald – sonst wären wir jetzt tot. Wenn ihr beide hier gewesen wärt, dann hätte man auch euch umgebracht. Man konnte in der Dunkelheit gar nicht sehen, wer von wem getötet wurde. Dann setzte plötzlich der Regen ein, und alles war überschwemmt. Danach kam der Frost, und nun konnte nicht mehr gesät werden. Nur zwanzig Wojaken sind im Lager übriggeblieben, die sich jetzt Pans und Knieze nennen. Sie haben das ganze Ackerland in Besitz genommen und uns zu ihren Sklaven gemacht. Die wenigen überlebenden Männer unseres Stammes müssen Waldbäume fällen, damit die Wojaken noch mehr Ackerland bekommen. Wir mußten Hütten für sie errichten. Jemand hat behauptet, daß Ihr, Kniez Nosek, Krol Rudys Gold gestohlen hättet und nie mehr zurückkommen würdet. Jagoda weint Tag und Nacht.«

»Wo ist Jagoda?« fragte Cybula.

»Nicht im Lager.«

»Wo ist sie?«

Kora schwieg.

»Was ist mit ihr? Heraus damit!«

Kora blickte nach rechts und links und hinter sich, um sich zu vergewissern, daß sie nicht belauscht wurden. Dann sagte sie leise: »Sie hält sich versteckt.«

»Weshalb?«

»Krol Rudy will sie haben. Er ist ständig betrunken. Er schlägt Laska ins Gesicht, obwohl sie die Mutter seines Kindes ist. Er brüllt, daß er sie köpfen lassen wird, falls du nicht zurückkommst.«

»Wann ist Laska niedergekommen? Ist es ein Sohn oder eine Tochter?«

»Ein rothaariger Knabe. Er hat deine Augen, aber Krol Rudys Haarfarbe. Als der Krol erfuhr, daß es ein Knabe ist, hat er einen Freudentanz aufgeführt und allen Leuten Schnaps und Brezeln spendiert. Die Mutter hat ihrem Sohn den Namen Ptaschek gegeben, und von Krol Rudy wird er Ptaschek Rudy genannt. Als dann die Meuterei begann, geriet der Krol völlig von Sinnen. Er hat seine eigenen Knieze geschlagen. Und er befahl, die jungen Weiber zu ergreifen, damit er sie zu seinen Ehefrauen machen könne. Sechs Wojaken bewachen ihn Tag und Nacht. Als er sich an Jagoda erinnerte, wollte er, daß sie den Platz deiner Tochter einnimmt. Deshalb ist Jagoda geflohen.«

»Wo hält sie sich versteckt?«

»Das kann ich dir nicht sagen.«

»Wo ist sie? Diese Leute sind meine Freunde, du kannst ihnen trauen.«

»Ich flüstre es dir ins Ohr. Beug dich zu mir herunter.«

Cybula neigte den Kopf. Kora zischelte, bis sein Ohr ganz feucht von ihrem Speichel war. Er konnte nur wenig von ihrem Wortschwall verstehen. Sie erwähnte einen Felsen und einen Baum. Und daß sie Jagoda das Essen bringe.

»Wenn wir hierbleiben, werden wir alle umgebracht!« sagte Nosek barsch.

»Was sollen wir denn tun?« fragte Cybula.

»Umkehren.«

»Edle Herren, verlaßt uns nicht!« winselte Kora. »Sie werden uns alle töten. Sie sind wahnsinnig geworden. Jagoda ist krank. Sie sagt nichts, sie ißt nichts. Sobald ich ihr einen Bissen in den Mund stecke, spuckt sie ihn wieder aus. Den ganzen Tag fragt sie: ›Wo ist er? Wo ist er?‹ Auf uns liegt ein Fluch, ein gräßlicher Fluch. Unsere eigenen Stammesbrüder sind irrsinnig geworden. Ach, der Zorn der Götter ist über uns gekommen! Wir haben der Baba Jaga dieses Jahr kein

Opfer gebracht, und jetzt rächt sie sich dafür. Es heißt, daß neue Wojaken kommen und uns niedermetzeln werden. Wir haben keine Männer mehr, die uns beschützen könnten. Die Gebirgslesniken haben uns wie Feinde behandelt und sogar Leute ihres eigenen Stammes getötet. Von uns sind nur ganz wenige übriggeblieben.«

»Wir haben Saatgut mitgebracht«, sagte Cybula.

Ben Dosa, der bisher schweigend zugehört hatte, fragte: »Knieze, darf ich etwas sagen?«

»Ja, sprich«, sagte Cybula.

»Edle Knieze, Ihr seid meine Gebieter, ich bin Euer Sklave. Aber ich gehöre einem Volk an, bei dem Sklaverei nicht erlaubt ist. Selbst wenn einer von uns in die Knechtschaft verkauft wird, muß er nach sechs Jahren Frondienst freigelassen werden. Wir sind Knechte Gottes, nicht Knechte von Knechten. Ich habe gehört und verstanden, was hier gesprochen wurde, und möchte Euch einen Rat geben.«

»Was für einen?« unterbrach ihn Cybula. »Fasse dich kurz!«

»Edle Herren, Ihr und ich und die Pferde haben nicht mehr genug Kraft für den langen Rückweg nach Miasto. Wir sind vielen Gefahren entronnen, und das beweist, daß Gott der Allmächtige uns nicht sterben, sondern leben lassen will.«

»Was rätst du uns?« unterbrach ihn Cybula. »Sag's kurz und bündig!«

»Daß einer von Euch zum Krol gehen und ihm berichten sollte, daß wir mit Saatgut, Pferden und Geschenken eingetroffen sind und daß niemand sein Gold gestohlen hat. Ich schlage vor, daß Ihr, Pan Nosek, mit ihm redet, weil Ihr seine Sprache am besten beherrscht. Ich kann als Pan Noseks Knecht mit zum Krol gehen. Falls er in Wut gerät, wird einer von uns beiden davonlaufen und Euch, Pan Cybula, Bescheid sagen. Sollte keiner von uns beiden zurückkommen, dann wißt Ihr, daß Ihr fliehen müßt. Aber ich weiß, daß uns kein Leid geschehen wird.«

»Woher willst du das wissen?« fragte Cybula.

»In der Mischna steht geschrieben: Wenn einem unserer großen Meister beim Beten die Worte ohne Stocken über die Lippen kamen, dann wußte er, daß seine Gebete im Himmel erhört wurden. Ich habe auf unserer Reise für uns alle zu Gott gebetet, und da mir die Worte glatt und rasch über die Lippen kamen, weiß ich, daß Euer Krol uns huldvoll empfangen wird.«

»Was sagt Ihr dazu, Nosek?« fragte Cybula.

»Vielleicht hat er recht. Aber weiß der Teufel, was Krol Rudy tun wird, wenn er wirklich von Sinnen ist!«

»Wenn Ihr Angst davor habt, gehe ich gern an Eurer Stelle zu ihm. Meine Tochter ist seine Gemahlin, und ich glaube nicht, daß er seinem Schwiegervater etwas antun wird.«

»Geh nicht zu ihm, Cybula!« rief Kora entsetzt. »Er hat versucht, deine Tochter umzubringen, als sie im neunten Monat war. Er ist ständig betrunken und brüllt so laut, daß es im ganzen Lager zu hören ist! Er hat ein Haus voller Weiber, aber zu denen geht er nur, um sie zu schmähen und zu erniedrigen. Nachts kann man ihn brüllen und grunzen und mit der Peitsche auf ihr nacktes Fleisch einschlagen hören. Deine Tochter …«

»Hör auf! Ich will nichts mehr davon hören!« schrie Cybula. »Wo ist Jagoda?«

»Soll ich dich zu ihr führen?«

»Ja. Wenn wir zum Sterben verurteilt sind, dann laß mich zusammen mit euch beiden sterben.«

»Willst du jetzt gleich zu ihr gehen?«

»Bald.«

»Cybula, du mein Gott! Mein Gatte! Schwiegersohn,

Vater, Herr und Meister, Erlöser!« Kora begann wieder zu schluchzen. »Ich dachte schon, die Raben hätten dir deine lieben Augen ausgepickt – und plötzlich bist du da ...« Sie schwankte und stöhnte.

Auf einmal hörten sie ein großes Getöse, und im Nu war ihnen klar, daß Nosek jetzt nicht mehr vorausgehen konnte, um mit Krol Rudy zu reden. Jetzt lag die Entscheidung, was zu tun sei, nicht mehr in ihrer Hand.

2

Offenbar hatte jemand die Ankömmlinge gesehen und eilends im Lager Bescheid gesagt. Lautes Geschrei und Jubelrufe ertönten, und von überall her kamen Leute gerannt. Frauen weinten, Kinder schrien, alte Männer winkten mit ihren Stöcken. Krol Rudy kam, inmitten von Kniezen und Wojaken. Er trug einen langen Zupan und eine Kappe aus Fuchspelz, von der zu beiden Seiten seines Gesichts ein Fuchsschwanz herabhing. Er hatte sich mit zwei Schwertern gegürtet und hielt in der rechten Hand einen Dolch. In den vergangenen Monaten war er sichtlich gealtert. Sein Bart hatte jetzt graue Strähnen. Der einzige Kniez, den Cybula wiedererkannte, war Kulak. Noch ehe Nosek und Cybula niederknien und den Krol begrüßen konnten, begann dieser, mit seinem Dolch herumzufuchteln und zu brüllen. Seine Stimme hatte sich verändert: Sie klang jetzt heiser, zuweilen auch schrill. Seine Nase war auffallend rot und kreuz und quer von blauen Adern durchzogen. Er stieß Flüche und Drohungen aus, gestikulierte wie verrückt und war kaum zu verstehen.

Nosek wartete mit gesenktem Kopf, bis der königliche Zorn nachließ, dann sagte er: »Unser König möge uns verzeihen, daß wir länger fortgeblieben sind, als er uns aufgetragen hatte. Unsere Reise war beschwerlich, der Hinweg ebenso wie der Rückweg. Manches, was wir für Euch erwerben wollten, ist nicht rechtzeitig fertig geworden, so daß wir tagelang, ja wochenlang darauf warten mußten. Aber schließlich waren alle Hindernisse überwunden. Wir sind wieder da und bereit, Euch weiterhin zu dienen.«

Offenbar hatte er sich gut auf seine Ansprache vorbereitet. Krol Rudy sah ihn mit seinen blutunterlaufenen, von zerzausten roten Brauen überwölbten Augen an. »Wo bist du gewesen? Ich war überzeugt, du wärst von Wölfen verschlungen worden oder hättest dich zusammen mit den anderen Rebellen in irgendeiner Höhle versteckt. Und wer ist das?« Er deutete mit der Spitze seines Dolchs auf Cybula.

»Mein Krol, erkennt Ihr ihn nicht wieder? Es ist Kniez Cybula. Der Mann, der Frieden mit Euch schloß und mit seinen Lesniken aus den Bergen ins Tal kam.«

»Cybula? Hm. Und wer ist der Dunkle mit dem Sack auf dem Rücken? Ein Gefangener?«

»Kein Gefangener, Krol, sondern ein Schuhmacher, der Schuhwerk für Männer und Frauen anfertigt. Außerdem ist er Kürschner und verfügt auch noch über andere Fertigkeiten. Kniez Cybula hat ihn mitgebracht, damit er für Euch arbeitet.«

»Woraus machst du denn Schuhe – aus Schnee?« fragte Krol Rudy und lachte über seinen eigenen Witz. Das Gebrüll und Gewieher, das er ausstieß, hatte kaum mehr etwas Menschliches an sich. Kulak, im Lager bekannt dafür, daß er seinen Gebieter nachahmte und dessen Redeweise, Eigenheiten und Marotten nachäffte, brach sogleich in prustendes Gelächter aus, das direkt aus seinem Fettwanst zu kommen schien und wie ein gewaltiger Schluckauf klang.

Ben Dosa, der den Schimmel am Zaum hielt, ging auf

Krol Rudy zu, verneigte sich tief und sagte: »Erlaubt mir, Krol, einen Segensspruch auf Euch auszubringen: ›Gepriesen sei Gott, der Sterblichen etwas von seinem Ruhm verliehen hat.‹ Ja, König, es stimmt, daß ich auf meiner Irrfahrt in eine Stadt verschlagen wurde, wo ich Schuhmacher geworden bin. Aber in meiner Heimatstadt Sura, die im Lande Babylonien liegt, bin ich Kaufmann gewesen. Ich wurde von bösen Menschen entführt, übers Meer in ferne Länder verschleppt und als Sklave verkauft. Eure Knieze, Pan Cybula und Pan Nosek, waren gut zu mir. Sie haben mich nicht wie einen Gefangenen, sondern wie einen Freund behandelt.«

»Hm. Wer braucht denn schon Schuhe …«, sagte Krol Rudy zu Ben Dosa und den anderen. »Aber Schuhe werden aus Leder gemacht, und Leder wird aus Tierhaut gemacht, und Tiere müssen erlegt werden, bevor man ihnen die Haut abziehen kann. Ist es nicht so, Kulak?«

»Ja, mein Krol, so ist es!« rief Kulak mit dröhnender Stimme.

»Aber von uns Männern sind nur wenige übriggeblieben«, fuhr Krol Rudy fort. »Und Frauen können nicht auf die Jagd gehen und Tiere erlegen. Wir Polen haben Saatgut und Pflüge in diese Gegend gebracht. Wir wollten die Lesniken mit den besten Früchten der Erde versorgen. Aber die Menschen, denen wir helfen wollten, haben gegen uns gekämpft, haben unser Blut und das Blut unschuldiger Frauen und Kinder vergossen und so viel Unheil angerichtet, daß wir im Herbst keinen Weizen säen konnten.«

»Mein König«, sagte Cybula, »wir haben Saatgut mitgebracht – Weizen, Roggen, Gerste und Hafer. Wir können im Frühjahr säen, und wenn wir eine gute Ernte haben, ist noch nicht alles verloren.«

»Nein, nicht alles. Wie heißt du?«

»Cybula.«

»Der Vater von Laska?«

»Ja, mein König.«

»Was ist bloß mit mir?« Krol Rudy schlug sich an die Stirn. »Wir haben hier so viel durchmachen müssen, daß ich nicht einmal meinen eigenen Schwiegervater erkannt habe! Du bist doch wirklich mein Schwiegervater? Warum stehst du wie ein Fremder vor mir? Komm her und laß dich küssen, Schwiegervater! Deine Tochter hat mir einen Sohn geboren – mein Ptaschek Rudy ist dein Enkel! Verzeih, daß ich so durcheinander bin. Hier ist so viel Unheil geschehen, daß ich nur durch ein Wunder der Götter noch am Leben bin. Meine Brüder haben mich verraten und sind meine Todfeinde geworden. Sie wollten mein Haus anzünden und mich bei lebendigem Leib verbrennen lassen. Wäre mein treuer Freund Kulak nicht gewesen, dann wäre ich schon längst in den dunklen Schlünden der Erde. All das Unheil ist schuld daran, daß sich meine Sinne verwirrt haben. Als Wochen und Monate vergangen waren und du, Cybula, immer noch nicht zurückgekehrt warst, haben böse Menschen mir eingeredet, ihr beide, du und mein alter Freund Nosek, hättet euch den Rebellen angeschlossen. Sogar gegen deine Tochter haben sie falsche Beschuldigungen erhoben. Ich war schon bereit, Laska dorthin zu schicken, wohin ich die anderen geschickt habe – zu den Teufeln, für die Tod und Blut wie Brot und Wein sind. Übrigens, wer ist dieser kleine dunkle Mann?«

»Er heißt Ben Dosa.«

»Was für ein seltsamer Name! Brüder, Schwestern, heute ist für uns ein Freudentag! Seht, was für prächtige Pferde unsere Knieze mitgebracht haben! Hier bei uns gibt es Wojaken, die wollen sich über die anderen erheben, Pans werden und allen Grund und Boden an sich reißen. Aber ich, Krol

Rudy, werde das nicht zulassen. Die Erde gehört den Göttern, nicht den Menschen! Ist es nicht so, Kulak?«

»So ist es, mein Krol!«

»Mein Vater war kein Pan, sondern ein armer Ackerbauer«, verkündete Krol Rudy. »Wir dienten einem Grundherrn, einem Kniez oder Pan – weiß der Teufel, was er gewesen ist. Er ließ seine Launen an meinem Vater aus, befahl ihm, die Hose herunterzulassen, und peitschte ihn aus. Als ich das sah, hob ich einen schweren Stein auf und schlug dem Kerl damit den Schädel ein. Das war der Grund dafür, daß ich loszog, um zu plündern und zu rauben. Was blieb einem armen Ackerbauern denn anderes übrig? Meine Mutter und meine Geschwister ließ ich daheim zurück. Ich wurde ein Draufgänger, ein Bandit. Aber ich habe nie vergessen, woher ich stamme. Wer ist denn das Mädchen mit den hohen Backenknochen und den Schlitzaugen? Die Tochter des Schuhmachers?«

»Nein, Krol, sie ist nicht seine Tochter. Sie gehört Euch.«

»Bring sie zu mir, Nosek. In mein Haus. He, Schuhmacher! Mach ihr ein Paar Schuhe! Kulak, sorg dafür, daß er eine Hütte bekommt, in der er wohnen und arbeiten kann.«

3

Nosek und Kulak nahmen die Pferde, die Säcke mit dem Saatgut und die anderen Traglasten in Verwahrung. Im Lager gab es einige neue Edelleute: ehemalige Wojaken, die Krol Rudy zu Kniezen ernannt hatte, um diejenigen zu ersetzen, die von ihm geköpft worden oder die geflohen waren. Der »Palast«, der schon vor vielen Monaten für den Krol hätte gebaut werden sollen, war immer noch nicht errichtet. An

Krol Rudys Holzhaus war ein Wohnraum angebaut worden, für Laska und seine Nebenfrauen. Obwohl Cybula sich danach sehnte, seine Tochter und seinen neugeborenen Enkel zu begrüßen, verschob er den Besuch auf später. Zuerst mußte er Jagoda wiedersehen. Nosek hatte einen Sack voll altbackener Brotlaibe und Semmeln mitgebracht, die er jetzt an die hungrigen Lesniken – Frauen, Kinder und mehrere alte Männer – verteilte. Im Gedränge und Gerangel um ein Stück Brot nahm Cybula die Satteltasche mit den Geschenken für Jagoda an sich und machte sich mit Kora auf den Weg.

Sie führte ihn hinaus in den Wald, durch den er gerade erst ins Lager gekommen war. Während sie ihn zu Jagodas Versteck führte, redete sie unentwegt von dem Unheil, das während Cybulas Abwesenheit über das Lager hereingebrochen war. »Cybula, mein Gebieter und Beschützer, es ist nicht mehr das Lager, das es einmal war! Früher, als Fremde unser Lager überfielen und unser Blut vergossen, wußten wir: Das sind unsere Feinde. Als wir dann aber von unseren lesnikischen Brüdern angegriffen wurden, blieb uns nur noch der Tod. Die Polen haben gemeinsame Sache gemacht und wollten uns alle abschlachten, ein großes Grab schaufeln und uns darin verscharren. Die Götter haben diese Pläne zwar durchkreuzt, doch viele von uns sind der Gewalt zum Opfer gefallen, verhungert oder an Krankheiten gestorben. Krol Rudy, unser großer Schutzherr, hat den Verstand verloren. Heute hat er zwar einigermaßen vernünftig gesprochen, aber meistens redet er irre und führt sich wie ein Tobsüchtiger auf. Und zu allem Unglück hat er sich plötzlich an Jagoda erinnert und will jetzt auch sie haben.«

»Wo ist sie?«

»Hier im Wald. Ich habe einen alten Eichbaum entdeckt – nicht den, der eine Gottheit ist, sondern einen anderen. Sein Stamm ist ausgehöhlt – vom Blitzschlag. Jagoda kam weinend zu mir und hat mich angefleht: ›Mutter, ich will keinem anderen als Cybula gehören. Wenn er tot ist, möchte ich bei ihm in den Schlünden der Erde sein.‹ Ich bringe ihr täglich etwas zu essen. Sie selbst legt Fallen aus und fängt soviel sie kann. Sie ist zwar klein, aber gelenkig und kräftig. Sie erklimmt Bäume so geschickt wie ein Eichhörnchen. Vielleicht hat Krol Rudy, dieser alte Bock, sie schon wieder vergessen, aber es ist durchaus möglich, daß er sich bald wieder an sie erinnert. Ach Cybula, mein Liebster, was soll aus uns werden?«

»Es wird nicht gut ausgehen.«

»Warum sagst du das?«

»Wir haben keine Männer mehr. Jeden Tag kann ein neuer Feind auftauchen.«

»Was sollen wir dann tun?«

»Wir müssen bereit sein zu sterben.«

»An meinem eigenen Leben liegt mir nichts. Ich habe genug erlebt – zu viel. Aber ich mache mir Sorgen um dich und Jagoda. Sie ist so jung. Und sie hat noch kein Kind geboren. Warum schwängerst du sie nicht?«

»Wozu? Ich spritze meinen Samen auf ihre Schenkel.«

»Warum tust du das? Du sündigst wider die Götter.«

»Ich tue es, weil wir dem Untergang geweiht sind. Das war mir schon nach dem ersten Blutbad klar.«

»Du kannst Dinge voraussagen, die erst viel später geschehen. Aber ein junges Mädchen ist wie ein Baum. Es möchte Früchte tragen und ahnt nicht, daß es vielleicht schon morgen gefällt oder vom Sturm gebeugt wird. Ich hätte gern ein Kind von dir gehabt, Cybula. Ich bin jetzt schon zu alt, um Kinder zu bekommen, aber ich kann stärker lieben als junge Frauen. Selbst Jagoda liebt dich nicht so leidenschaftlich wie ich. Doch ich weiß, daß die Männer junge Frauen begehren.«

»Bist du auf die eigene Tochter eifersüchtig?«

»Solange ich dich mit ihr teilen darf, bin ich zufrieden.«

»Wo ist dieser Eichbaum?«

»Wir sind gleich da. Laß mich deinen Beutel tragen. Du mußt die Hände frei haben, um Jagoda zu begrüßen.«

Cybula reichte ihr den Beutel. Stumm standen sie einander gegenüber. Es war jenes Schweigen, das heftiger Begierde entspringt.

»Du hast andere gefunden, die unseren Platz eingenommen haben, stimmt's?« fragte Kora.

Nach einigem Zögern sagte Cybula: »Eine Küchenmagd in der Herberge.«

»War sie besser als wir?«

»Keine kann besser sein als ihr beide. Sag deiner Tochter nichts davon.«

»War sie jung?«

»Jünger als du, aber älter als Jagoda.«

»Wir sind dir treu geblieben. Die Wojaken waren hinter mir her, aber ich konnte ihnen entkommen. Ich wußte gar nicht, wie schnell ich laufen kann. Ein Wojak hat seinen Speer nach mir geschleudert und mich nur um Haaresbreite verfehlt. Unsere ehemaligen Nachbarn stürzten sich auf mich, aber ich konnte mich losreißen.« Dann fragte sie in einem völlig anderen Ton: »Wie lange haben wir noch zu leben?«

»Nicht mehr lange.«

»Was sollen wir denn bloß tun?«

»Smierc dienen, dem Gott des Todes.«

»Wie dienen wir ihm?«

»Indem wir die Säfte des Lebens trinken«, sagte Cybula und staunte über seine eigenen Worte. Ein solcher Gedanke war ihm noch nie gekommen. Es war, als hätte ein Geist aus seinem Munde gesprochen.

Kora bückte sich und küßte ihm die Füße. »Du bist kein Mensch, du bist ein Gott!«

»Nein, Kora, nur ein Mensch.«

»Nein, ein Gott. Ich möchte, daß du mich tötest.«

»Warum?«

»Ich möchte mich dir als Opfer darbringen.«

»Nein, Kora, ich brauche dich jetzt.«

»Wann wirst du es tun?«

»Wenn wir von Feinden umzingelt sind.«

»Dann wird es zu spät sein.«

»Nein, Kora, es wird nicht zu spät sein.«

»Du wirst mein Opfer annehmen?«

»Ja, Kora.«

»Und auch das meiner Tochter?«

»Ja.«

»Töte mich zuerst. Schwör es mir! Ritze mit deinem scharfen Messer ein Zeichen in mein Fleisch!«

»Später.«

»Nein, jetzt!« Sie sank vor ihm auf die Knie. Der Beutel fiel ihr aus der Hand. Cybula hob ihn auf und zog ein Messer heraus, das er in Miasto erstanden hatte. Ihm zitterten die Hände, und er konnte seine Zähne klappern hören. »Wo soll ich das Zeichen einritzen?« fragte er. Und Kora sagte: »In meine linke Brust.«

Ben Dosa, der Lehrer

I

Da Krol Rudy fast immer betrunken war, ging die Macht an einige Knieze über, insbesondere an Kulak, der dafür sorgte, daß die Wojaken ihrem Krol ergeben blieben. Kulak befehligte die bewaffneten Wojaken, die Krol Rudys Hütte Tag und Nacht bewachten und einander regelmäßig ablösten. Und er war auch zuständig für das Waffenlager, obgleich er selten mit Waffen gekämpft hatte. Wenn er töten mußte, tat er es mit den bloßen Händen. Oder er warf sich mit der vollen Wucht seines massigen Körpers auf sein Opfer und begrub es unter sich, bis es zerquetscht oder erstickt war.

Ein Kniez namens Czapek (im Lager »Piesek« genannt, weil er Ähnlichkeit mit einer Bulldogge hatte), war Feldaufseher und stand als solcher nur eine Stufe unter Krol Rudy. Ehe er sich dessen Wojaken angeschlossen hatte, hatte er in einer Gegend nahe des Flusses Wieprz im Dienst eines Pans gestanden, der ihn mit der Aufsicht über die Felder, Getreidespeicher, Pferde und Kinder betraut hatte. Kniez Czapek war so rund wie ein Faß. Er hatte ein breites Gesicht, weit auseinanderstehende Augen und eine platte Nase mit großen Nasenlöchern. Seine Beine waren so kurz, daß sein Gang eher als Hoppeln zu bezeichnen war. Czapek war der älteste Kniez im Lager und nannte die jüngeren »Schlingel«. Von den alten Lesniken und den Frauen ließ er eine Scheune errichten, in der er den Rest Getreide aufbewahrte, der von der Ernte übriggeblieben war. Oft saß er höchstpersönlich vor der Scheune und bewachte den Weizen vor den hungrigen Lesniken und die Gerste vor den betrunkenen Wojaken, die mehr Bier brauen wollten. Es hieß, er habe sogar Krol Rudy die Stirn geboten, als dieser angeordnet hatte, das Getreide zu verwenden, um die trunksüchtigen Wojaken zu beschwichtigen. So unförmig Czapek auch wirkte, er war als ungemein tüchtiger Kämpfer bekannt, der bei kriegerischen Auseinandersetzungen den Feinden mit zwei Schwertern – er trug in jeder Hand eines – die Schädel spaltete. Czapek hatte auch darauf gedrungen, daß die lesnikischen Frauen im Winter Bäume fällen sollten, damit mehr Felder angelegt werden konnten.

Kniez Nosek war zuständig für alles, was einen scharfen Verstand erforderte. Dazu gehörten der Umgang mit Zahlen und die Fähigkeit vorauszuplanen. Er hatte eine Sonnenuhr angefertigt, an der er – je nachdem, auf welche Markierung der Schatten fiel – die Tageszeit ablesen konnte. Daß er sich gut aufs Ausmessen und Abwiegen verstand, so daß jeder den ihm zustehenden Anteil am Proviant und an den Tierfellen erhielt, war allgemein bekannt. Er wurde auch mit dem Richteramt betraut. Im Lager wurde oft gemunkelt, Nosek sei imstande, einen kühlen Kopf zu bewahren, weil ihm der Sinn nicht nach Frauen stehe und weil es im Lager keine jungen Männer gebe, die ihn hätten reizen können.

Kniez Cybula war Nosek bei einigen dieser schwierigen Aufgaben behilflich und fungierte als Mittelsmann zwischen Krol Rudy und den Lesniken. Er setzte sich beim Krol für seine Stammesgenossen ein und machte ihn auf ihre Sorgen aufmerksam. Er war jetzt nicht mehr der einzige Jäger im Lager. Um bis zur Aussaat im Frühling und bis zur Ernte im Spätsommer überleben zu können, mußte das Lager mit Fleisch versorgt werden. Was in den Fallen gefangen wurde, die von den alten Männern und den Frauen ausgelegt worden waren, reichte bei weitem nicht aus, um alle zu ernähren.

In diesem Winter zeigten sich die Götter gnädig. Die Schneefälle und der Frost waren nicht so schlimm wie im vergangenen Jahr. Tagsüber war es oft sonnig und mild. Die Waldtiere vermehrten sich schnell. Es verging kein Tag, an dem Cybula nicht mindestens einen Hirsch oder eine Hirschkuh erlegt hätte. Meistens kam er mit reicher Beute zurück. Selbst den Wojaken, die schlechte Jäger waren, gelang es dann und wann, mit ihren Speeren Wild zu erlegen. Die Anzahl der im Gebirge gebliebenen Lesniken verringerte sich ständig, und schließlich waren es nur noch ganz wenige. Es stand kaum zu befürchten, daß sie, deren Frauen fast alle der Kälte und dem Hunger zum Opfer gefallen oder im Kindbett gestorben waren, das Lager überfallen und von neuem morden würden – jedenfalls nicht, bevor es wieder Sommer geworden war.

Die vielen Geschichten, die ihnen Cybula über Miasto erzählte, hatten die Lesniken anscheinend aus einem tiefen Schlaf geweckt. Im Lager keimte jetzt wieder Hoffnung. Die Leute waren voller Verwunderung über die Pferde mit den schönen Sätteln und dem fein gearbeiteten Zaumzeug, die Nosek und Cybula mitgebracht hatten; sie bestaunten die Kupfermünzen, die zinnernen Löffel und Messer, die Hämmer, Sägen und all die anderen Werkzeuge. In Czapeks Scheune waren hölzerne Pflüge zu sehen, Sensen, Sicheln, Hacken, Spaten und sogar ein Pflug mit einer eisernen Pflugschar. Von Nosek erfuhren die Leute, daß – sobald der Winter vorüber, der Schnee geschmolzen und der Schlamm getrocknet sei – ein großer, in Miasto gebauter Wagen, Britschka genannt, im Lager eintreffen werde, beladen mit Werkzeugen zum Zimmern von Tischen, Bänken, Stühlen und anderen Möbelstücken. Und er erzählte ihnen von den

Spinnrocken, auf denen Flachs gesponnen, und von den Webstühlen, auf denen Tuch aus Wolle oder Flachs gewebt wurde. Allein schon etwas über die Stadt zu erfahren machte die Leute zuversichtlicher. Wenn eine solche Siedlung unversehens da draußen aus dem Boden schießen konnte, warum dann nicht auch hier?

Daß Cybula ihnen auch von den Schattenseiten des Lebens in Miasto erzählte – von den überfüllten Straßen, von Schmutz und Unrat, von Lärm und Gestank –, konnte ihr Verlangen, all das mit eigenen Augen zu sehen, nicht dämpfen. Tag für Tag mußte Czapek das Scheunentor öffnen und ihnen die Schätze zeigen, die Nosek und Cybula aus Miasto mitgebracht hatten.

Nicht weniger Neugier erregte bei den Lagerbewohnern der dunkelhäutige Schuhmacher Ben Dosa. Er hatte in fernen Ländern gelebt und Städte gesehen, die noch größer als Miasto waren. Unentwegt lagen die Leute ihm mit Fragen in den Ohren: Woher er stamme; wer seine Eltern seien; wo er die sonderbare Sprache der Niemiec, der Küstenbewohner, gelernt habe. Ben Dosa antwortete bereitwillig auf alle Fragen. Seine Eltern seien Juden, deren Gott ihren Vorvätern auf dem Berge Sinai die Thora gegeben, dann aber die Kinder Israel wegen ihrer Sünden in die Verbannung geschickt habe. Er sei jedoch bereit, ihnen, falls sie ihre Sünden bereuten, den Messias zu schicken, der sie heimholen werde nach Jerusalem, wo sie den heiligen Tempel wiederaufbauen würden.

Obwohl Ben Dosa fremdartige Ausdrücke gebrauchte, hörten ihm die Leute gern zu. Er strich den Kindern über den Kopf und wünschte ihren Müttern Glück und Gesundheit. Immer wieder erklärte er, es gebe nur einen einzigen Gott – den Gott, der die Welt in fünf Tagen erschaffen habe: die Sonne, den Mond und die Sterne, die Berge und Flüsse, die Fische, die Fliegen und die Würmer. Am sechsten Tag habe er den Menschen erschaffen und ihm die größte aller Gaben verliehen: die Willensfreiheit, die es ihm ermögliche, sich für das Gute oder für das Böse zu entscheiden. Ben Dosa redete und arbeitete gleichzeitig. Man konnte ihn Tag und Nacht hören. Die Finger bewegten sich flink und geschickt. Dem Mund – halb bedeckt von einem schwarzen Schnurrbart – entströmten Worte, die staunen machten und trösteten, die Einbildungskraft beflügelten und den Verstand weckten.

Selbst Würdenträger wie Cybula, Nosek und Czapek kamen zu Ben Dosa, um Schuhwerk zu bestellen und sich mit ihm, der so viel wußte, zu unterhalten. Cybula nahm Laska, Jagoda und Kora mit zu dem Schuhmacher, der jetzt in einer kleinen Hütte arbeitete.

Eines Tages wurde Ben Dosa zu Krol Rudy befohlen, um Schuhe für ihn und seine Frauen anzufertigen. Während er Maß nahm, fragte ihn der Krol nach seinem Heimatland, seiner Familie und seinem Gott. »Bist du ein Mensch oder ein Gott?«

»Ein Mensch, mein Krol – ein Wesen aus Fleisch und Blut. Es gibt nur einen einzigen Gott, und alle Menschen sind seine Kinder.«

»Und wo sind die anderen Götter?«

»Es gibt keine anderen Götter.«

»Und die Baba Jaga?«

»Es gibt keine Baba Jaga.«

»Du bist wohl bis zu den Gipfeln der Berge hinaufgeflogen, um dich davon zu überzeugen?«

»Nein. Unsere Propheten haben uns das gelehrt.«

»Wer sind diese Propheten?«

»Sie weilen nicht mehr unter den Lebenden. Unsere Generation ist keines Propheten würdig.«

»Woher weißt du das alles?«

»Aus der Thora.«

»Was ist das?«

»Das Wort Gottes, niedergeschrieben auf Pergament.«

»Pergament? Was ist das?«

»Es wird aus Tierhaut gemacht.«

»Du lügst. Du hast dir diese Geschichten ausgedacht. Aber wenn du mir gute Stiefel machst, gebe ich dir Brot.«

»Ich danke Euch, Krol.«

»Du kannst dir hier ein Eheweib nehmen.«

»Danke, mein Krol, aber ich habe schon eine Frau.«

»Wo?«

»In Babylonien. In der Stadt Sura.«

»Wo liegt Babylonien?«

»In weiter Ferne. Im Osten. Jenseits des Meeres.«

»Und du kannst deine Arme weit genug ausstrecken, um einem Weib jenseits des Meeres beizuwohnen?« Krol Rudy blinzelte ihm zu und brach in schallendes Gelächter aus.

2

Ben Dosa erhielt von Cybula und Nosek die Erlaubnis, die Kinder im Lager das Lesen und Schreiben zu lehren. Er richtete in seiner Hütte einen *cheder* ein. Aus Balken zimmerte er einige lange Tische, an die er schmale Bänke stellte. Die Kinder kamen gern zu ihm. Wenn ihre Mütter nicht im Wald arbeiten mußten, fanden auch sie sich zum Unterricht ein. Um sich in der Kunst des Lesens und Schreibens zu üben, wurden Cybula und Nosek ebenfalls Ben Dosas Schüler. Als erstes brachte er den Kindern ein Gebet in der heiligen Sprache bei: »Ich danke Dir, lebendiger und ewiger Gott, daß Du mir in Deiner großen Gnade und Zuversicht meine Seele wiedergegeben hast.« Er wies die Kinder an, hinauszugehen und sich im Schnee die Hände zu reinigen. Dann sprach er ihnen die fremdartigen Wörter langsam und deutlich vor, und die Kinder mußten sie wiederholen. Danach übersetzte er den Text ins Polnische, wie es von den Lesniken gesprochen wurde. »Seele« übersetzte er mit *ducha*, was soviel wie »ein kleiner Geist« bedeutete. Seine Schüler fragten: »Wo wohnt die Seele? In der Nase? Im Kopf? Im Magen? Wie sieht sie aus?«

Ben Dosa erklärte ihnen, daß man die Seele nicht sehen könne, daß sie keine Form und keine Farbe habe, sondern die Kraft sei, durch die der Mensch lebe. Selbst wenn sie den Leib des schlafenden Menschen verlassen habe, bleibe etwas von ihr zurück, das *nefesch* genannt werde und nicht nur den Menschen, sondern auch den Tieren eigen sei.

Später holte Ben Dosa eine Tafel, auf die er die Buchstaben des hebräischen Alphabets geschrieben hatte. Mit einem Zeigestock deutete er auf einen Buchstaben nach dem anderen und sagte, wie sie genannt wurden: Alef, Bet, Gimel, Dalet, He, Waw, Sajin und so weiter bis zum Buchstaben Taw. Dann hängte er die Tafel an die Wand und forderte die Kinder und die Erwachsenen auf, die Namen zu wiederholen und dabei auf die richtigen Buchstaben zu deuten.

Cybula versuchte, sich die Buchstaben einzuprägen, aber für ihn sahen sie alle gleich aus. »Ich werde sie nie auseinanderhalten können«, dachte er, »auch wenn ich sie tausendmal sehe.« Erstaunt stellte er fest, daß es mehreren Kindern gelang, die Buchstaben richtig zu benennen. Er war stolz darauf, daß er es war, der diesen Mann ins Lager gebracht hatte, aber es entmutigte ihn, daß Kinder eine bessere Auffassungsgabe bewiesen als er selbst. »Die sind halt noch jung genug zum Lernen«, tröstete er sich. »Kinder sind wie frisch vom Baum gepflückte Früchte oder wie Rettiche, die gerade erst aus der Erde gezogen wurden.«

Etwas später kamen ihm allerdings ernste Bedenken. Merkwürdig – Nosek war nicht mehr jung, doch er konnte die Buchstaben mühelos richtig benennen. Cybula sah ihn bewundernd an. Nosek lächelte und blinzelte ihm zu. Ben Dosa hatte ein Stückchen Kreide in der Hand, mit dem er in Windeseile Buchstaben auf ein Stück Eichenrinde zeichnete, und zwar so, daß sie Wörter bildeten – in seiner Muttersprache wie auch in der Sprache der Polen und Lesniken. Von rechts nach links schrieb er fünf Namen: Krol Rudy, Cybula, Nosek, Kora, Jagoda. Und schließlich noch seinen eigenen.

Nach einer Weile schickte Ben Dosa die Kinder nach Hause und sagte, sie sollten im Freien spielen. Zu seinen erwachsenen Schülern sagte er: »Es ist wichtig, diese Buchstaben zu kennen. Damit hat Gott Himmel und Erde erschaffen.«

Cybula hätte gern gefragt: »Und wie hat Gott das gemacht? Mit einem Stück Kreide?« Aber er scheute sich, das laut zu sagen.

»Von welchem Gott sprichst du?« fragte Nosek. »Vom Gott deines Heimatlandes?«

»Er ist der Gott aller Länder, aller Welten«, erwiderte Ben Dosa. »Ohne Sein Wort würde auf der Welt wieder Finsternis und Leere herrschen.«

»Die Finsternis beschwört unsere Baba Jaga herauf, wenn sie zornig auf uns ist!« rief ein alter Lesnik.

»Eure Baba Jaga kann weder Finsternis noch Licht in die Welt bringen. Der wahre Gott ist unser aller Gott – eurer und meiner. Die falschen Götter sind taub und blind. Ihre Augen können nicht sehen, ihre Ohren können nicht hören. Sie haben Füße, können aber nicht laufen.«

»Kann dein Gott denn laufen?« fragte ein anderer Lesnik.

Ben Dosa überlegte. »Er hat es nicht nötig zu laufen. Er ist überall. Die ganze Welt ist von seiner Gegenwart erfüllt.«

Cybula war ganz benommen, als er wieder draußen war. Ihm schwirrte der Kopf. Er hatte das Gefühl, daß für ihn und alle im Lager eine neue Zeit angebrochen war. Er betrachtete die Kinder. Eines zeichnete mit einem Stock einen Buchstaben in den Schnee, ähnlich denen, die Ben Dosa mit Kreide geschrieben hatte. »Was ist das?« fragte Cybula.

Und der kleine Junge antwortete: »Ein Alef.«

Nosek nahm ihm den Stock aus der Hand und zeichnete einen anderen Buchstaben in den Schnee.

»Was ist das?« fragte Cybula.

Und Nosek antwortete: »Ein Bet.«

»Ich muß das lernen«, nahm sich Cybula vor. »Und koste es mein Leben.« Er ging wieder in die Hütte des Schuhmachers und bat ihn, das Alphabet noch einmal aufzusagen. Ben Dosa nahm die Buchstaben so lange mit ihm durch, bis Cybula sie richtig benennen konnte. Nur mit einigen wenigen tat er sich schwer. Für ihn sahen die Buchstaben Nun und Gimel gleich aus, und ebenso ging es ihm mit den Buchstaben Dalet und Resch.

Ben Dosa zeigte ihm, worin sich diese Buchstaben unterschieden. »Buchstaben sind wie Gesichter«, sagte er. »Von weitem kommen sie uns ähnlich vor, aber bei näherem Hinsehen merken wir, daß sie alle verschieden sind.«

Er reichte Cybula das Stück Kreide und forderte ihn auf, die Buchstaben abzuschreiben, die auf der Alef-bet-Tafel standen. Cybulas Hand begann zu zittern. Er hielt den Atem an. Doch es gelang ihm, alle zweiundzwanzig Buchstaben richtig abzuschreiben. Ihm war warm geworden, obwohl es in der Hütte kalt war. Hin und wieder tanzten Pünktchen vor seinen Augen. Ihm war, als ob aus dem Lager eine Stadt und aus ihm selbst ein gebildeter Mensch geworden sei. Er umarmte Ben Dosa und küßte ihn auf die Stirn. »Wenn ich der Krol wäre, würde ich dich zum Kniez und zu meinem engsten Berater ernennen. Eigentlich solltest du unser Krol sein.«

»Ich möchte kein Krol sein«, erwiderte Ben Dosa. »Ein König lebt sein Leben und stirbt. Gott aber lebt ewig, und seine Gnade währet immerdar. Es steht geschrieben: ›Gott ist gütig zu seinen Geschöpfen, und Seine Gnade waltet über Seiner Schöpfung.‹«

Cybula dachte einen Augenblick nach, dann sagte er: »Wie kann das sein? Wir töten seine Geschöpfe und verspeisen sie. Der Wolf verschlingt das Schaf. Wir Menschen töten den Wolf. Gott ist nicht immer gütig zu seinen Geschöpfen.«

»Er ist gütig zu ihnen«, sagte Ben Dosa. »Aber wir Menschen sind nicht immer imstande, die Güte Gottes zu verstehen.«

»Warum läßt dein Gott kleine Kinder krank werden und sterben? Warum hat er den Wojaken erlaubt, unser Lager zu überfallen und unsere Leute niederzumetzeln?«

»Gott braucht uns nicht all seine Geheimnisse zu enthüllen.«

»Ich muß jetzt gehen. Morgen komme ich wieder, mit meiner Tochter Laska – der Krolowa –, meinem Eheweib Jagoda, ihrer Mutter Kora und anderen, die Lesen und Schreiben lernen möchten.«

»Ja, Kniez. Kommt alle zu mir.«

»Ich lasse dir etwas zu essen bringen. Warum ißt du nicht mit uns, wenn wir unsere Jagdbeute heimbringen?«

»Das kann ich nicht, Kniez«, sagte Ben Dosa nach einigem Zögern.

»Warum nicht? Du bist doch jetzt einer von uns.«

»Es ist mir nicht erlaubt, das Fleisch eines unreinen Tieres zu essen.«

»Welche Tiere sind unrein?«

»Wir dürfen kein Schweinefleisch essen.«

»Warum nicht? Wenn man Schweinefleisch abwäscht, wird es genauso sauber wie Schaffleisch.«

Ben Dosa wollte ihm erklären, daß nur Wiederkäuer mit gespaltenen Hufen als rein galten, aber er kannte die entsprechenden polnischen Wörter nicht. »Euch, Kniez, ist es erlaubt«, sagte er. »Mir nicht.«

»Warum denn nicht?«

»Weil ich ein Sohn des Volkes Israel bin. Gott hat uns auf dem Berge Sinai die Thora gegeben. Auch anderen Völkern, den Nachkommen Esaus und Ismaels, wollte er sie geben, aber die haben sie nicht angenommen. Dennoch müssen auch Menschen wie Ihr, Nachkommen Noahs, sieben Gebote Gottes befolgen.«

»Welche Gebote?« fragte Cybula. Und Ben Dosa antwortete: »Du sollst nicht bei deiner Mutter, Schwester oder Tochter liegen.«

Cybula schwieg.

3

Laska bewohnte mit ihrem Kind einen Raum, der oft mit Favoritinnen des Krols überfüllt war. Immer wenn Cybula sich an den rings um Krol Rudys Holzhaus postierten Wachen vorbeigedrängt hatte, um ein paar ruhige Minuten mit seiner Tochter zu verbringen, rief sie verzweifelt: »Vater, rette mich! Ich bin einem Irren in die Hände gefallen!«

Der Raum roch nach Qualm, Schweiß, verdorbenen Speiseresten und Exkrementen. Die Felle, auf denen Laska mit ihrem Säugling lag, stanken. Aus dem Raum nebenan, den Krol Rudy bewohnte, kamen Geräusche, die wie das Grunzen eines Tieres klangen. Wie Laska ihrem Vater berichtete, ging Krol Rudy aus Angst davor, daß seine Feinde ihm auflauern könnten, nicht einmal mehr hinaus, um seine Notdurft zu verrichten. Kniez Kulak mußte nachts neben ihm schlafen, um ihn vor Überraschungsangriffen zu schützen.

Ptaschek, Laskas kleiner Sohn, schrie unaufhörlich. Laska gab ihm die Brust, doch Cybula stellte fest, daß der Säugling fast jeden Schluck wieder ausspuckte. Cybula dachte daran, wie gut sich Jasna, seine verstorbene Frau, darauf verstanden hatte, Kinder großzuziehen. Noch nie hatte er sich so unglücklich und hilflos gefühlt wie während dieser Besuche bei seiner einzigen Tochter.

Jagoda, die sich an ihr Versteck in der alten Eiche gewöhnt hatte, weigerte sich, ins Lager zurückzukehren. Die Frauen dort spotteten über sie, weil sie wußten, daß Cybula sowohl mit ihr als auch mit ihrer Mutter ehelichen Verkehr hatte. Sie nannten Jagoda eine Närrin und einen unfruchtbaren Acker und wunderten sich darüber, daß sie, hinter der so viele Männer her seien wie Rüden hinter einer läufigen Hündin, nicht schwanger wurde. Ruhe fand Jagoda nur in dem ausgehöhlten Eichenstamm.

Mit Fellen zugedeckt, lag sie manchmal stundenlang in ihrem Versteck, dachte an gar nichts, lauschte nur dem Wind, dem Krächzen der Krähen und dem Tschilpen der Vögel, die in diesem Winter aus irgendeinem Grund nicht fortgezogen waren. In der Dunkelheit glaubte sie zu hören, wie die Wurzeln des Eichbaums jene Säfte einsogen, die im Frühling Blätter und Knospen sprießen lassen würden. Bäche gluksten unter der Schneedecke. In dem Teppich aus Moos und moderndem Laub wimmelte es von winzigen Lebewesen, die – wie Jagoda – stumm den Frühling herbeisehnten. Jagoda wurde es nie müde, auf Cybula zu warten.

Der Hohlraum im Eichenstamm war eng, sogar für Jagoda.

Aber wie ein Maulwurf wühlte sie – mit bloßen Händen – die Erde zwischen den Wurzeln heraus und schaffte ein wenig Platz für sich und ihren Ehemann. Der Unterschlupf, den sie mit Blättern, Gräsern und Fellen auspolsterte, war so schmal, daß sie beide dort immer dicht aneinandergeschmiegt waren. Cybulas Lippen berührten Jagodas Ohr. Draußen war es kalt, beieinander war ihnen warm. Hitze strömte aus seinem Körper in ihren und aus ihrem Körper in den seinen. Nach seiner Rückkehr aus Miasto hatte Cybula Jagoda gestanden, daß er dort, in der fernen Stadt, mit einer anderen geschlafen hatte. Und Jagoda wußte auch, daß er oft mit ihrer Mutter zusammen war. Doch sie nahm es ihm nicht übel. Wie hätte sie, ein unbedeutendes Geschöpf, einem Gott etwas verübeln können? Und außerdem war ihre Mutter ihr so lieb und wert wie das eigene Leben.

Cybula enthüllte Jagoda alle seine Geheimnisse, seine Pläne für das Lager, seine Meinung über jeden der Bewohner. Manchmal sprach er auch von den Göttern. Hatte es einst wirklich eine Zeit gegeben, in der nichts existiert hatte – kein Himmel, keine Erde, keine Berge, keine Flüsse? Würde eines Tages wirklich alles enden? Er berichtete Jagoda wörtlich, was Ben Dosa über die Juden gesagt hatte, die irgendwo im Osten lebten. Daß es für sie nur einen einzigen Gott gebe, der sie auserwählt habe. Daß sie für ihn einen goldenen Tempel errichtet hätten. Und daß er, als sie sich später gegen ihn versündigten, diesen Tempel zerstört und sie in die Verbannung geschickt habe.

»Was haben sie denn getan?« fragte Jagoda.

»Gestohlen, getötet, bei ihren Müttern und Töchtern gelegen.«

»Ist das schlimm?«

»Er nennt es schlimm.«

»Alles, was du tust, ist gut.«

»Er hält unsere Götter für taub und blind, und er glaubt, daß nur sein Gott sehen und sprechen kann.«

»Ist das wahr?«

»Wie kann so etwas wahr sein? Es gibt keine Götter.« Und dennoch wußte Cybula so viel über die Götter, als gäbe es sie tatsächlich.

Manchmal nannte er die Welt eine Stätte des Verderbens und den Tod das größte Geschenk. Und dennoch versprach er Jagoda, daß sie beide das Gebirge überqueren und dann in einem von Feldern, Gärten, Seen und Bächen umgebenen Haus wohnen würden. Er erzählte ihr eine – wie er später zugab – erfundene Geschichte von einem Krol so groß wie eine Kiefer, dem der Bart bis zum Nabel reichte und der ein Hirschgeweih und auf der Stirn ein einziges Auge hatte. Dieser Krol konnte fliegen wie ein Vogel und mit Bäumen, Felsen, Schweinen, Hunden und Ochsen reden. Er flog zum Himmel empor und heiratete eine Göttin, die ebenfalls Jagoda hieß und ihm unzählige Kinder gebar, die sich in Sterne verwandelten.

Als Cybula ihr eines Tages eine Geschichte von einem Gott erzählte, fragte Jagoda: »Was ist ein Gott?«

Und er antwortete: »*Wszystko* – alles.«

»Alles?«

»Der Eichbaum, Krol Rudy, Nosek, Ben Dosa, ich, du, deine Haare, deine Brüste, deine Gedanken, deine nächtlichen Träume.«

»Wie ist das möglich?«

»Es ist einfach so.«

Plötzlich begann Cybula ein Lied zu singen, das Jagoda noch nie gehört hatte. Halb sang, halb sprach er die Worte, die sie zum Lachen brachten, aber auch ängstigten. In dem Lied hieß es, daß »Alles« ein Mann sei und »Immer« eine Frau, und daß »Alles« und »Immer« ein Ehepaar seien.

»Haben sie Kinder?« fragte Jagoda.

»Ja. Wir sind ihre Kinder.«

»Ach, das macht mir angst.«

»Aber warum denn?«

»Ist Kora denn nicht meine Mutter?«

»Doch, das ist sie.«

»Und wer war Kostek?«

»Dein Vater.«

»Wo ist er jetzt?«

»›Alles‹ hat ihn verschlungen.«

»Ist ›Alles‹ ein Tier?«

»›Alles‹ ist alles.«

»Wer hat dir das gesagt? Ben Dosa?«

»Nein, ich bin selbst darauf gekommen. Wenn ich nachts wachliege, gehen mir manchmal seltsame Gedanken durch den Kopf. Woher ist alles gekommen? Was war, bevor ich geboren wurde? Und was wird sein, wenn ich nicht mehr bin? Und plötzlich kam mir der Gedanke, daß ›Alles‹ und ›Immer‹ eins sind. Wie Mann und Frau.«

»Wie wir beide?«

»Ja.«

»Cybula, ich wollte, es wäre immer Nacht und du wärst immer bei mir.«

Kosoka zählte zu denen, die morgens an Ben Dosas Unterricht teilnahmen. Nachdem Krol Rudy sie aus einem ihr unverständlichen Grund hinausgeworfen hatte, wollte niemand im Lager sie aufnehmen. Sie lief ziellos umher, hauste in einer verlassenen, halb abgebrannten Hütte und machte sich aus Stroh, das noch auf den Feldern herumlag, ein Nachtlager. Auf dem Erdboden zwischen zwei Ästen machte sie Feuer und briet sich ihren täglichen Fang.

In Ben Dosas Unterrichtsstunde ging es an diesem Morgen um die Opfergaben, die im Tempel zu Jerusalem dargebracht worden waren. Er sprach von den Brandopfern, die – nachdem sich die Priester das Fleisch genommen hatten – auf dem Altar von den Flammen verzehrt wurden. Und er sprach auch von den Dankopfern, die aus den besten Feldfrüchten oder aus einem Paar Turteltauben bestanden hatten. Ein Junge namens Wilk fragte: »Warum gibt es so etwas nicht auch bei uns?«

Ben Dosas schwarze Augen funkelten. »Mein Kind, man kann alles haben, wenn man es wirklich will. Hier haben wir ein Lager, in dem Menschen fast wie Tiere leben und barfuß gehen. Aber etliche Tagereisen von hier entfernt ist eine Stadt errichtet worden, mit Wohnhäusern und Läden und mit Werkstätten, in denen Handwerker ihr Gewerbe ausüben können. Wenn wir alle es wollen, können wir auch hier eine solche Stadt errichten. Wir haben alles, was wir brauchen: Bäume, Früchte, fruchtbaren Boden. Wir können Häuser, Straßen, Läden und Werkstätten bauen, Flachs spinnen, Tuch weben und Leder gerben. Wenn wir wollen, können wir uns Schafe halten, sie scheren und aus der Wolle Kleidungsstücke machen.«

Ben Dosa sagte das alles zu Wilk, blickte aber, als er weitersprach, zu Cybula und Nosek hinüber. »Die Frauen hier beklagen sich bitterlich: ›Wir haben nicht genug Männer.‹ Aber in den ›Sprüchen Salomos‹, niedergeschrieben vom weisesten aller Menschen, dem König Salomo, lesen wir, daß die tugendhafte Frau Flachs und Wolle gesponnen, gewebt und schöne Gewänder getragen hat. Ihr Mann konnte bei den Ältesten am Stadttor sitzen, während sie Geschäfte mit den Händlern abschloß oder Decken nähte. Und sie hatte auch noch Zeit dafür, etwas Neues zu lernen und den Armen zu helfen. Es steht geschrieben, sie sei so fleißig gewesen, daß sie das Licht in ihrem Haus die ganze Nacht nicht ausgelöscht habe.«

»Lehre uns, was wir tun sollen!« rief eine Frau. Sie sah wie ein junges Mädchen aus, war aber schon schwanger.

»Zuerst mußt du die Geburtswehen überstehen. Dann sollst du dein Kind versorgen und es nähren – mit leiblicher und geistiger Nahrung. Es steht geschrieben, die größte Tugend der tugendhaften Frau sei die Gottesfurcht. Ein Mensch, der aufgehört hat, Gott zu fürchten, steht auf einer niedrigeren Stufe als das Tier, das keinen freien Willen hat.«

Eine ältere Zuhörerin fragte Ben Dosa: »Wo ist sie, diese tugendhafte Frau? Laß sie kommen und uns Unterricht erteilen!«

Ben Dosa lächelte. »Sie weilt schon lange nicht mehr unter den Lebenden. Ihr Leib ist in Staub zerfallen, ihre Seele aber wohnt bei den tugendsamen Frauen im Paradies.«

»Wo ist das? In Miasto?«

»Im Himmel.«

Die in Ben Dosas Hütte Versammelten verstummten. Cybula flüsterte Nosek etwas ins Ohr, und Nosek schüttelte den Kopf. »Ben Dosa«, sagte Cybula, »komm in meine Hütte, wenn du die Buchstaben mit uns durchgenommen hast. Nosek und ich möchten mit dir reden.«

»Ja, Kniez Cybula.«

Ben Dosa nahm seine Kreide und ging mit den Schülern noch einmal die Buchstaben durch. Der begabteste Schüler war der zwölfjährige Wilk, der das Alphabet aufsagen und seinen Namen schreiben konnte. Sein Vater war während der Meuterei von einem Wojaken getötet, seine Mutter von demselben Wojaken geschändet und auf dem linken Auge geblendet worden. Wilk hatte blaue Augen, goldblonde Haare und – wenn er lächelte – Grübchen in den Wangen. Die anderen Knaben hänselten ihn und gaben ihm Mädchennamen.

Die Frauen jedoch hatten eine Schwäche für den vaterlosen Jungen und überhäuften ihn mit Küssen. Wilk war ein geschickter Jäger und ging oft mit Pfeil und Bogen auf die Pirsch. Einmal hatte er einen jungen Hirsch erbeutet. Er kletterte auf Bäume, um nach Bienenstöcken zu suchen, und wenn er einen gefunden hatte, brachte er seiner Mutter und den anderen Lagerbewohnern den Honig mit. Während Ben Dosas Unterrichtsstunden fiel Cybula auf, daß Nosek oft zu Wilk hinüberblickte und jede seiner Bewegungen beobachtete. Als Ben Dosa den Jungen lobte, lächelte Nosek. Cybula konnte sich nicht entsinnen, Nosek jemals zuvor lächeln gesehen zu haben.

Als der Unterricht zu Ende war und die Schüler Ben Dosas Hütte verlassen hatten, ging die Tür auf, und Kosoka stand an der Schwelle – barfuß, halbnackt, Hüften und Brüste nur von einem Fell bedeckt.

»Willkommen, Kosoka«, sagte Ben Dosa.

Kosoka, die einen Korb aus geflochtenen Ranken am Arm trug, ging hinüber zu der Bank, auf der Ben Dosa saß.

»Ich habe dir etwas mitgebracht.« Sie lüpfte die kleine Tierhaut, die über den Korb gebreitet war, und Ben Dosa sah, daß sie ihm ein totes Kaninchen gebracht hatte. Er stand auf.

»Kosoka, das darf ich nicht essen. Es ist mir verboten, weil es unrein ist.«

»Was soll ich dann damit machen?«

»Was du willst. Du kannst es selber essen.«

»Du hast gesagt, daß Gott es verbietet.«

»Es ist nur für Juden verboten. Du bist keine Jüdin, also darfst du es essen.«

»Ich möchte sein, was du bist – ein Jude.«

»Ein Jude? Du? Warum?«

»Ich möchte in den Himmel kommen, wenn ich gestorben bin.« Sie zeigte mit dem Finger nach oben.

Ben Dosa lächelte. »So bald wirst du nicht sterben. Du bist noch jung.«

»Auch junge Menschen sterben. Bald werde ich tot sein.«

»Willst du deshalb Jüdin werden?«

»Ja.«

»Wie bist du zu diesem Glauben gekommen?«

»Du hast ihn uns gelehrt.«

»Ein Jude muß aufrichtig an Gott glauben, nicht an das, was irgend jemand lehrt. Heute lehre ich dich etwas, morgen lehrt dich vielleicht ein anderer etwas anderes. Du mußt selbst über diese Dinge nachdenken und zu dem Glauben gelangen, daß der einzige, wahre Gott kein Götzenbild aus Stein ist, sondern der Gott, der Himmel und Erde erschaffen hat. Glaubst du an den einzigen Gott?«

»Ja.«

»Unser Kniez Cybula hat mir gesagt, daß ich die Leute im Lager nicht diesen Glauben lehren soll. Er will ein Götzendiener bleiben und möchte, daß auch die anderen bleiben, was sie sind. Wenn er erfährt, daß du Jüdin werden willst, bestraft er vielleicht uns beide. Das ist das erste, worüber du dir klar sein mußt. Und zweitens: Seit der Zerstörung des Tempels in Jerusalem sind wir unter den Völkern verstreut, werden wir erniedrigt und bedroht und müssen wie Lämmer unter Wölfen leben. Wer den jüdischen Glauben annimmt, bürdet sich eine schwere Last auf. Es gibt zweihundertachtundvierzig Gebote, die wir befolgen, und dreihundertfünfundsechzig Vergehen, die wir meiden müssen. Bist du gewillt, eine solche Bürde auf dich zu nehmen?«

»Ja.«

Beide schwiegen eine ganze Weile. Dann sagte Kosoka: »Ich möchte deinem Gott als Opfer dargebracht werden.«

»Als Opfer? Was meinst du damit?«

»Du hast uns von den Opfergaben im Tempel erzählt. Von den Opfern, mit deren Blut der Altar besprenkelt wurde.«

»Das waren Tiere, keine Menschen.«

»Ich möchte dir mein Blut geben.«

Ben Dosa war so bestürzt, daß er kein Wort herausbrachte. Er sah Kosoka verwundert an. Seit Seeräuber ihn vor vielen Jahren auf dem Schiff nach Sidon seiner Freiheit beraubt hatten, war er Barbaren verschiedenster Art begegnet. Er hatte miterlebt, wie die Seeleute aufeinander losgingen und sich gegenseitig die Knochen brachen. Er hatte Gewalttätigkeit erlebt. Unzucht zwischen Männern, Götzendienst und viele andere Schändlichkeiten. Aber daß jemand sich als Opfer anbot, das hatte er noch nie erlebt. Es drängte ihn, Kosoka zu rügen, doch irgend etwas hielt ihn davon ab. Er fragte sich, wie ein menschliches Wesen auf solche Gedanken kommen konnte. Vielleicht waren Kosokas Vorfahren irrsinnig gewesen.

Eigentlich hätte sich Ben Dosa gar nicht zu wundern brauchen. Götzendiener hatten von jeher Menschenopfer dargebracht. Väter und Mütter hatten ihre Kinder bereitwillig den Feuern des Moloch übergeben. Männer hatten ihre Töchter und Ehefrauen der Prostitution ausgeliefert – als Opfergabe für die Priester und falschen Propheten Baals und Astartes. All das stand in der Thora und anderen heiligen Büchern geschrieben: die Sünden der Generation, die mit der Sintflut bestraft wurde; die Missetaten der Sodomiter und derer, die sich – wenn sie den Tod eines Familienmitglieds betrauerten – im Gesicht Wunden zufügten und Fleischklumpen aus dem Körper rissen. Über die Generation vor der Sintflut stand geschrieben, daß sie sogar ihre Tiere mit anderen Tierarten gepaart habe.

»Mädchen«, sagte Ben Dosa, »der Herr der Welt verlangt

keine Opfer. Sei rechtschaffen und tue Gutes! Mehr ist nicht vonnöten.«

»Was soll ich tun?« fragte Kosoka.

»Heiraten und deinem Mann ein treues Weib sein.«

»Ich möchte dein Weib werden.«

Ben Dosa erschauderte. »Ich habe Weib und Kinder.«

»Im fernen Babylonien, nicht hier.«

Die Macht Koras

I

Cybula machte sich große Sorgen um die Leute im Lager wie auch um seine eigene Stellung. Von seiten Krol Rudys drohte zwar gerade keine Gefahr: Er begehrte Jagoda nicht mehr und versicherte Nosek, Cybula könne ungestraft mit ihr oder jeder anderen Frau zusammenleben. Gefahr drohte jetzt aber von den jüngeren Wojaken, die Krol Rudy, Kulak und Nosek stürzen und die Macht an sich reißen wollten. Cybula wußte, daß die Wojaken ihn, den Lesniken, verabscheuten.

Sorgen bereitete ihm auch, daß Jagoda nicht mehr im Lager leben wollte. Weder er noch Kora konnten sie von ihrem Entschluß abbringen. Sie wurde immer schweigsamer. Wenn Cybula zu ihr kam, küßte und liebkoste sie ihn, aber es war schwierig, sie zum Reden zu bringen. Wenn er sie etwas fragte, antwortete sie im Flüsterton. Ihre Stimme war heiser geworden, nachts hustete sie. Obwohl sie nach wie vor kleine Tiere fing und wenngleich Cybula und Kora die eigene Beute oft mit ihr teilten, wurde sie immer magerer. Wenn Cybula sie in den Armen hielt, konnte er ihre Rippen spüren. Ihr Körper strahlte nachts eine seltsame Wärme aus, die Cybula anfangs für das Feuer der Leidenschaft hielt. Jagoda klammerte sich an ihn und bedeckte ihn mit Küssen, doch die Hitze ihres Körpers und ihr heißer Atem machten ihm allmählich angst.

Im Lager hatte er schon oft Fieberanfälle, Krankheiten, von denen Menschen vorzeitig dahingerafft wurden, ja sogar verschiedenen Erscheinungsformen des Wahnsinns miterlebt. Seiner Überzeugung nach war Krol Rudy bereits verrückt. Schon seit Jahren beobachtete Cybula, daß manche Lesniken grausamen Schicksalsschlägen, dem Elend, dem Hunger und der Schmach standzuhalten vermochten, während andere über eine unbedeutende Zänkerei oder Beleidigung in Schwermut verfielen und wenig später starben. Im Lager gab es Menschen, die, obwohl ihre Körper mit Blasen, Beulen, Geschwüren und Schorf bedeckt waren, ein hohes Alter erreichten, während anderen bloß wegen irgendeines Wehwehchens schon bald das Grab geschaufelt werden mußte. Ja, er wußte, daß Menschen, weil man sie beleidigt, verraten, geschmäht und verspottet hatte, daß Menschen an gebrochenem Herzen, aus unglücklicher Liebe oder aus Sehnsucht nach einem verlorenen Freund oder Verwandten gestorben waren.

In Koras Hütte schreckte Cybula eines Nachts aus dem Schlaf hoch. Kora hatte sich aufgesetzt und wisperte vor sich hin.

»Warum zischelst du wie eine Hexe? Beschwörst du Dämonen?«

»Cybula, ich kann es nicht mehr ertragen! Während du schläfst, liege ich wach. Meine Tochter bringt mich vorzeitig ins Grab!«

»Was willst du denn?«

»Laß sie nicht sterben, Cybula! Sie ist alles, was mir geblieben ist.«

Cybula zog seine Beinkleider aus Tierhaut an und schlüpfte in die Sandalen, die Ben Dosa für ihn angefertigt hatte.

»Wohin gehst du?« fragte Kora. »Draußen ist es noch dunkel.«

Er antwortete nicht.

»Treib dich nicht in der Finsternis herum! Dort wartet die Göttin Zla auf dich.«

»Woher willst du das wissen? Hast du sie gesehen?«

»Hörst du die Hunde bellen? Die können sie sehen.«

»Unsinn! Es gibt keine Göttin Zla.«

Er verließ die Hütte und machte sich auf den Weg zu Jagoda. Es blies ein kalter Wind, aber Cybula konnte riechen, daß der Frühling schon in der Luft lag. Bald würde der Sommerweizen gesät werden müssen. Es drängte ihn, zum Feld zu gehen und es wieder einmal im Mondschein zu betrachten. Aber was war denn schon Besonderes an einem Stück Land, das noch eingeschneit war? Er wußte, daß er – obwohl er ein Kniez war – im Lager keinen Einfluß hatte. Seit Krol Rudy seiner Sinne nicht mehr mächtig war, wurde das Lager von einer Horde Halsabschneidern beherrscht. Es war beinahe, als würde der Krol von ihnen gefangengehalten.

Cybula ging weiter, den Pfad entlang, der zu Jagodas Eiche führte. Plötzlich sah er jemanden auf sich zukommen – einen Wojaken. Im Licht der Sterne konnte er ihn erkennen: Es war Lis, einer von drei Wojaken, die, obzwar sie nicht zu Kniezen ernannt worden waren, mit eiserner Hand über die Lesniken herrschten. Er war derjenige, der die Frauen dazu zwang, im Wald Bäume zu fällen. Er und die beiden anderen, Drewnik und Ptak, hatten das Siedlungsgebiet der Lesniken unter sich aufgeteilt, sich den Titel »Pan« zugelegt und wollten die Lesniken versklaven. Cybula hatte gehört, daß Lis und seine Komplizen vorhatten, Krol Rudy, Kulak, Nosek und wahrscheinlich auch ihn selbst zu ermorden.

»*Kto tam*?« rief Lis. »Wer da?«

»Ich bin's. Cybula.«

»Cybula? Aha! Und warum kriechst du im Dunkeln herum wie eine Maus?«

Cybula konnte seine Zunge nicht mehr im Zaum halten.

»Ich bin nicht dein Knecht. Ich brauche dir nicht zu antworten.«

»Du bist unser Feind. Ein Spitzel! Ein stinkender Lesnik!«

»Ich bin ein Kniez, und du bist bloß ein ...«

Bevor er ausreden konnte, schlug ihn Lis mit der Faust ins Gesicht. Cybula stürzte sich auf ihn, aber Lis war größer, stärker und jünger als er. Mit beiden Fäusten schlug er auf Cybulas Gesicht und Kopf ein, gleichzeitig versetzte er ihm Fußtritte. Cybula sackte zusammen. Lis gab ihm noch einen letzten Fußtritt und brüllte: »Wenn du dein dreckiges Maul noch einmal aufmachst, zerquetsche ich dich wie einen Wurm!«

Nie zuvor war Cybula zusammengeschlagen worden. So viele Lesniken getötet, verstümmelt, durchbohrt oder verwundet worden waren, ihm war es immer gelungen, unversehrt zu entkommen.

Obwohl er sich weigerte, an die Existenz von Göttern zu glauben, hatte er stets das Gefühl gehabt, von einer göttlichen Hand beschützt zu werden. Jetzt aber war das geschehen, was er schon seit vielen Jahren befürchtet hatte. Er lag im Dreck wie ein geprügelter Hund. Er versuchte aufzustehen, doch er hatte nicht die Kraft dazu. Während er auf dem Boden lag, konnte er spüren, wie ihm auf Stirn, Nase und Hinterkopf Beulen schwollen. »Ich bin überall voller Blut«, dachte er. Das Gefühl, zutiefst gedemütigt worden zu sein, übermannte ihn. Nur mit dem Blut seines Feindes konnte diese Demütigung getilgt werden. Jetzt sah er ein, daß die Lesniken im Gebirge recht gehabt hatten: Zwischen den Lesniken und den Polen würde es niemals Frieden geben.

Irgendwie schaffte er es doch aufzustehen. Zu der Eiche, in

der Jagoda hauste, konnte er jetzt nicht gehen. Und bei Kora konnte er sich erst blicken lassen, wenn er das Blut und den Schmutz abgewaschen hatte. Er schleppte sich den Pfad entlang, der zu seiner Hütte führte. Dort waren sein Schwert und sein Spieß. Ihm kam der Gedanke, Lis in dessen Hütte aufzulauern, ihn zu überfallen und umzubringen. Doch diesen Plan gab er gleich wieder auf. Selbst wenn es ihm gelänge, Lis, der stärker war als er, zu überwältigen – sobald die anderen Wojaken davon erfuhren, würden sie ihn bestimmt foltern, kastrieren oder vielleicht sogar köpfen, wie sie es mit anderen Herausforderern getan hatten. Seine Rache mußte überraschend kommen.

Es war noch lange vor Tagesanbruch, als er bei seiner Hütte anlangte. Vor der Tür lag Schnee, der noch nicht festgetrampelt war. Cybula wusch sich damit das Gesicht, dann nahm er eine Handvoll Schnee und trank das Schmelzwasser. Kaum war er in der Hütte, da gaben seine Knie nach, und er fiel auf die Lagerstatt. Er hatte so heftige Kopfschmerzen, daß er nicht mehr denken konnte. Als er aus tiefem Schlaf erwachte, war es draußen immer noch dunkel. Als er sich bewegte, spürte er einen schneidenden Schmerz, aber der Schlaf hatte ihn offenbar etwas gekräftigt. Von draußen waren Koras Schritte zu hören. »Cybula, wo bist du?«

Er wollte antworten, doch seine Oberlippe war geschwollen, und seine Zunge versagte ihm den Dienst.

»Warum bist du nicht wieder zu mir gekommen?« rief Kora. »Ist etwas geschehen?«

Cybula wußte, daß er ihr die Wahrheit nicht verschweigen konnte. »Ich bin überfallen worden. Er hat mich niedergeschlagen.«

Kora schlug die Hände zusammen. »Wer? Wo? O heilige Götter!«

Cybula erkannte seine eigene Stimme nicht wieder. Sie

klang so dumpf. Kora begann zu schreien, zu jammern und zu seufzen. Cybula brachte sie zum Schweigen. »Sei still! Ich will nicht, daß das Lager meine Schmach sieht.«

»Mein Herz hat mir gesagt, daß dir etwas Schlimmes zustoßen wird. Als du mein Bett verlassen hast, wußte ich, daß Zla auf dich lauert.«

Sie beugte sich über ihn. Sobald sie eine seiner Wunden oder Beulen berührte, stieß er einen dumpfen Schrei aus. Sie ging hinaus und kam mit zwei Armvoll Schnee zurück. Vorsichtig wusch sie seinen schmerzenden Körper. Sie schluckte ihren Jammer hinunter. Tränen rannen ihr über die Wangen und tropften auf Cybulas Gesicht. Weil er ihr eingeschärft hatte, still zu sein, brach sie nicht in lautes Wehklagen aus.

»Weh mir!« flüsterte sie. »Wer hat dir das angetan?«

»Lis.«

»Warte!« Sie rannte hinaus.

Cybula blieb regungslos liegen. War Kora zu Lis' Hütte gelaufen, um Rache zu nehmen? Dann war sie verloren, denn Lis würde sie auf der Stelle töten. Aber Cybula hatte nicht die Kraft, ihr nachzulaufen und sie aufzuhalten. Bald würde der Morgen dämmern, und dann würden die Wojaken auch über ihn herfallen. »Ich muß meinem Leben ein Ende machen.« In seinem Beutel hatte er einen Trank, den er aus giftigen Beeren gebraut hatte. Für den Fall, daß die Wojaken wieder ein Blutbad anrichten würden, hatte er sich geschworen, sich mit diesem Trank das Leben zu nehmen. Doch inzwischen waren Wochen und Monate vergangen, und der Gifttrank war verdunstet. Cybula war so verzweifelt, daß er Smierc, den Gott des Todes, anflehte, zu erscheinen und ihn zu holen. Kurz darauf sank er in tiefen Schlaf und begann zu träumen.

Es war Sommer, und er lief über ein grünes Moor und wollte ein Wesen töten, das in dem trüben Wasser hauste. Das Wasser stieg, umspülte seine Knöchel und reichte ihm schließlich fast bis zu den Knien. Aber das Tier (ein Krebs, eine Schlange, eine Schildkröte?) schwamm immer weiter, trieb sein Spiel mit ihm und forderte ihn mutwillig dazu heraus, ihm auf der Spur zu bleiben. Es gab schnaubende, prustende Laute von sich – ganz so, als mache es sich über Cybulas Ungeschicklichkeit und Hilflosigkeit lustig.

Cybula erschauderte und öffnete die Augen. Kora war wieder da. Als sie sah, daß er wach war, sagte sie: »Die Tat ist vollbracht.«

»Was? Ist Lis tot?«

»Ich habe ihm mit einem Stein den Schädel eingeschlagen. Er hat nur einen einzigen Schrei ausgestoßen.«

Cybula schwieg. Eigentlich hätte er sich freuen sollen, doch er empfand nur Verwunderung über die Vorfälle der letzten Tage und darüber, wie schnell sich das alles ereignet hatte.

Kora sagte: »Ich bin zu seiner Hütte gegangen und habe gehört, wie er sich auf seinem Bett herumgewälzt und gebrüllt hat wie ein Ochse. Da bin ich mit dem Stein in der Hand hineingehuscht und habe ihm mit einem einzigen Schlag den Schädel zertrümmert.«

»Vielleicht lebt er noch«, flüsterte Cybula.

»Sein Hirn ist zwischen meinen Fingern herausgequollen.«

Cybula lag regungslos da, den Kopf voller wirrer Gedanken. Er war nicht eingedöst, aber auch nicht hellwach. Ihm war, als ob etwas in ihm versteinert wäre. Kora hatte zu schnell gehandelt, als daß ihre Tat seinen Rachedurst hätte stillen können. Er empfand jetzt sogar so etwas wie Mitleid mit dem grobschlächtigen Hünen, der ihn so rasch übermannt hatte. Bald würde die Sonne aufgehen, dann würde es zu einem neuen Blutbad kommen.«

»Kora, wir müssen fliehen.«

»Nicht ohne Jagoda.«

»Nein.«

Mühsam setzte sich Cybula auf. »Ich packe ein paar Sachen ein«, sagte Kora und ging hinaus. Cybula stützte sich auf sein Bett und stand auf. Im Dunkeln tastete er nach seinem Schwert und seinem Spieß, nach Pfeil und Bogen. Er steckte die Waffen und ein gebratenes Kaninchen in seinen Sack. »Das ist mein ganzes Hab und Gut auf dieser Welt«, sagte er sich. Um die Schultern schlang er sich das Fell eines Bären, den er im Gebirge erlegt hatte. Der Himmel war rot, im Osten begann er schon zu glühen. Kora brauchte länger, als nötig war, um ein paar eigene Sachen einzupacken.

»Mein Leben ist eigentlich schon zu Ende«, dachte Cybula. »Es kommt eben alles so, wie es kommen muß.«

Kora kam herein, mit einem großen Bündel, um das sie eine Strohmatte gewickelt hatte. »Komm«, sagte sie, »wir nehmen Jagoda mit.«

Er tappte hinter ihr her, so schicksalsergeben, wie er es nie für möglich gehalten hätte. Jegliche Angst war von ihm gewichen. Es war ihm gleichgültig, ob man ihn erwischen, vierteilen und in Stücke reißen würde. Kora nahm ihn beim Arm, schweigend gingen sie weiter. »Allen habe ich Unglück gebracht«, dachte Cybula. »Vielleicht rächen die Wojaken sich sogar an Laska.« Es wurde immer heller. Er dachte daran, daß ihn die Lesniken im Gebirge einen Verräter genannt hatten. Er war einer Gefahr entronnen, nur um in die nächste zu geraten, aber jetzt fürchtete er den Tod nicht mehr. »Ich hätte das alles vermeiden können«, sagte er sich, »wenn ich bei Kora im Bett geblieben wäre.« Hin und wieder warf er einen Blick über die Schulter, um festzustellen, ob ihnen jemand folgte. Nein, noch schliefen sie alle.

Bei der Eiche wartete Jagoda barfuß und fröstelnd auf die beiden. »Warum bist du denn hier draußen?« rief ihr Kora zu.

»Ich konnte nicht drinnen bleiben. Da ist alles naß.«

»Das ist jetzt einerlei! Wir fliehen. Wir laufen um unser

Leben.« Kora deutete auf Cybula. »Schau, was man ihm angetan hat!«

»Wer hat das getan?«

»Der Kerl, der Cybula niedergeschlagen hat, ist bereits ins Tal der Toten hinabgestiegen.«

Schweigend gingen die drei weiter, bis sie plötzlich wie angewurzelt stehenblieben. Hinter einem Dickicht ertönten singende Frauenstimmen. Sie wußten alle drei, was das zu bedeuten hatte: Eine Gruppe von Frauen wurde von einem Wojaken in den Wald geführt, um ein Stück Land für den Getreideanbau zu roden. Der Wojak hatte ihnen befohlen zu singen, worauf sie ein Klagelied angestimmt hatten, eine schwermütige Weise, die bei Begräbnissen und Feuerbestattungen gesungen wurde. Cybula hielt den Atem an. Kora legte warnend den Finger auf die Lippen. Cybula wußte zwar, zu welcher Arbeit die Frauen gezwungen wurden, hatte ihnen aber noch nie dabei zugesehen. Ihr Gesang an diesem kalten Wintermorgen ließ ihn erschaudern. Er vergaß darüber seine eigenen Sorgen. Dies waren die müden Stimmen derer, die keine Hoffnungen und Träume mehr hatten; dies war der Gesang von Waisen, Witwen, Sklaven. Cybula hatte das Gefühl, daß diese Frauen auf dem Weg zu ihrem eigenen Grab waren. Der Gesang verklang allmählich in der Ferne.

Plötzlich kam Cybula ein Gedanke, ein so naheliegender, daß er sich wunderte, warum er nicht schon eher darauf gekommen war. »Kora, für dich und Jagoda besteht gar keine Notwendigkeit zu fliehen.«

»Was sagst du da?«

»Wenn sie mich und meine Verletzungen sehen, werden sie merken, daß ich etwas mit Lis' Ermordung zu tun hatte. Eine Frau werden sie bestimmt nicht verdächtigen – weder dich noch Jagoda. Warum also solltet ihr mit mir fliehen? Ihr solltet hierbleiben.«

»Was hast du vor?«

»Ich warte, bis meine Wunden verheilt sind, dann komme ich zurück.«

Jetzt brach Jagoda ihr Schweigen. »Cybula, laß mich nicht hier zurück!«

»Nein, nein, nein. Aber deine Mutter …«

»Was soll das heißen?« unterbrach ihn Kora. »Daß es unrecht von mir war, Lis zu töten?«

»Nein, Kora. Aber wir müssen uns entweder dieser ganzen Wojakenhorde entledigen oder unserem Leben ein Ende machen. Wenn sie am Leben bleiben, können wir nicht überleben.«

»Was schlägst du vor?«

»Ich gehe zu unseren Stammesbrüdern im Gebirge und bitte sie um Hilfe.«

»Wenn du denen unter die Augen kommst, reißen sie dich in Stücke. Als sie ins Tal kamen und die eigenen Frauen und Kinder niedermetzelten, waren sie eigentlich hinter dir her. Deinen Kopf wollten sie haben. Außerdem sind jetzt nur noch wenige von ihnen am Leben. Und die sind hungrig und krank. Sie werden dir bestimmt nicht helfen. Wie Wölfe werden sie über dich und Jagoda herfallen. Und ich werde dann ganz allein sein. Nein, Cybula, wenn uns der Tod bestimmt ist, dann soll er durch deine liebe Hand zu uns kommen.«

»Ja, Cybula«, sagte Jagoda, »töte uns! Jetzt.«

Cybula blickte auf das Heft seines Schwertes. Er war zu erschöpft, zu zerknirscht, zu beschämt, um sich oder denen, die er liebte, das Leben zu nehmen. Auch der Tod verlangte einem Kraft ab. Er hörte sich sagen: »Bevor wir sterben, sollten wir etwas essen.« Und dann mußte er über seine eigenen Worte lachen.

Es war Koras Entschluß, nicht seiner: Die Frauen sollten sich auf eigene Faust befreien. Es sei nicht nötig, die Lesniken im Gebirge um Hilfe zu bitten. Wenn sie, Kora, es fertiggebracht habe, Lis zu töten, dann würden sechzig kräftige Frauen es bestimmt schaffen, siebzehn oder achtzehn Wojaken den Garaus zu machen. Cybula staunte über Koras leidenschaftliche Entschlossenheit, das Problem auf diese Weise zu lösen.

Statt noch weiter ins Gebirge hinaufzusteigen, machten sich die drei auf den Weg zu einer Höhle, in der sie übernachten konnten. Die Wolken verdichteten sich, es blies ein eisiger Wind, dann begann es heftig zu schneien. Bei diesem Schneegestöber bestand keine Gefahr, daß die Wojaken das Lager verlassen und nach ihnen suchen würden. Vor Jahren, als Cybula noch Jäger gewesen war, hatte er diese Höhle oft benützt. Wenn man im Gebirge auf die Pirsch ging, war es lebenswichtig, rasch einen Unterschlupf zu finden, besonders im Winter. Die drei waren den ganzen Tag unterwegs und gelangten gegen Abend zu der Höhle. Cybula hatte befürchtet, daß Jagoda den Anstrengungen des Fußmarsches nicht gewachsen sein würde, doch sie steckte voll jugendlicher Kraft. Sie konnte die Felsen viel schneller erklimmen als er. Daß sie mit ihm und Kora zusammensein durfte, schien sie neu belebt zu haben. Nie wieder, so sagte sie, sei sie so glücklich gewesen wie damals, als sie mit Cybula und ihrer *matka* in der Höhle droben im Gebirge gelebt habe.

Als sie die Höhle betraten, entdeckte Cybula zu seiner Überraschung einige – inzwischen halb vermoderte – Felle, die er hier vor Jahren benützt hatte. Auch Holzstöße und die Steine, die er damals für seine Feuerstelle verwendet hatte, waren noch da. Er rieb zwei Holzscheite aneinander und machte Feuer. Diese Höhle war weitläufiger als die anderen und hatte gewundene Gänge, die abwärts führten und so eng waren, daß man sich darin nur kriechend fortbewegen konnte. Auf dem Grund der Höhle brauste ein Wildbach, dessen Rauschen die drei hören konnten. Cybula kam der Gedanke, daß es hier ein Leichtes wäre, sich das Leben zu nehmen: Man brauchte sich nur in die kalte Strömung dort unten zu stürzen.

Während sie sich am Feuer aufwärmten und das mitgebrachte Fleisch aßen, sprach Kora von ihrem Plan. Sie wollte ins Lager zurückkehren, nicht bei Tage, sondern erst lange nach Anbruch der Dunkelheit, wenn die Wojaken betrunken in ihre Betten gefallen waren. Sie wollte mit all jenen Frauen reden, die kräftig und zuverlässig waren – insbesondere mit denen, die Wojaken geheiratet hatten und ihre Ehemänner haßten. Mit ihnen wollte sie sich verschwören, die Wojaken zu erschlagen. Jede Frau, die genug Mut aufbrachte, sollte sich mit einem Messer, einer Axt oder sonst etwas Brauchbarem bewaffnen, sich in die Hütte eines Wojaken schleichen und ihn im Schlaf umbringen. Um zu verhindern, daß die Verschwörung vorzeitig aufgedeckt werde, sei es unbedingt notwendig, sämtliche Wojaken in derselben Nacht zu töten.

Kora kannte die Frauen im Lager genau. Sie kannte ihre Wesensart und ihre Ängste. Um das Lager von achtzehn Wojaken zu befreien, würde sie nicht auf die Hilfe aller sechzig Frauen angewiesen sein. Sie wollte nur die geeignetsten auswählen, die kräftigsten, vielleicht die jüngsten – diejenigen, denen sie trauen konnte. Als sie über die Einzelheiten ihres Planes sprach, konnte sie sich das Lachen nicht verkneifen. »Diese Wojaken«, sagte sie, »werden einen schnellen Tod haben und gar nicht wissen, von wem ihnen der Garaus gemacht wird. Am Morgen danach werden wir Frauen das Lager regieren. Dann tragen wir selbst Schwerter und Speere. Nie wieder werden wir Bäume fällen! Du, Cybula, wirst unser

Krol sein. Jagoda wird unsere Krolowa und ich die Königinmutter sein. Warum haben wir unseren Racheplan nicht schon früher geschmiedet – das Ganze ist doch so einfach!«

Jagoda, die trübselig vor sich hingebrütet hatte, lebte plötzlich auf. »Die Krolowa sollst du sein, Mutter! Ich werde deine Magd sein.«

Cybula hörte zu, lächelte hin und wieder, sagte aber kein Wort. Er wußte, daß das, was einem so einfach erscheint, sich am Ende oft als schwierig, wenn nicht sogar als unmöglich erweist. Die Götter hatten den Frauen weder den Mut noch die Fähigkeit verliehen, Widerstand zu leisten, zu rebellieren, einen Pakt zu schließen oder Krieg zu führen. Frauen eigneten sich besser zum Reden als zum Handeln. Man konnte ihnen keine Geheimnisse anvertrauen. Diese oder jene im Lager würde bestimmt etwas über die Verschwörung ausplaudern, und dann würde es unweigerlich zu einem Blutbad kommen. Und selbst wenn die Verschwörung nicht aufgedeckt würde, war zu erwarten, daß einige Frauen im letzten Moment den Mut verlieren würden. Und er hatte noch weitere Bedenken: Einige Frauen waren von den Wojaken schwanger. Laska, seine eigene Tochter, die Krolowa, hatte Krol Rudys Kind zur Welt gebracht. Würde sie bereit sein, ihren Ehemann zu erstechen und ihr Kind zur Halbwaise zu machen? Und was sollte aus Nosek werden, wenn alle Polen im Lager ermordet wurden? Obwohl Cybula die Tyrannei der Wojaken verabscheute, empfand er es als unrecht, unbewaffnete Männer im Schlaf zu töten. Und Bedenken hatte er auch deshalb, weil er, Cybula, Krol Rudy Treue geschworen hatte.

Schließlich sagte er: »Falls ihr Frauen den Sieg erringt, warum dann einen Mann zum Krol machen? Du, Kora, solltest dann das Lager regieren.«

»Ich möchte nicht regieren. Ich möchte dir die Füße waschen und dann das Waschwasser trinken.«

»Ach, Mutter«, rief Jagoda, »was redest du denn da?«
»Es ist die Wahrheit.«

Jagoda begann zu gähnen und schlummerte kurz darauf ein. Kora bettete sie auf ein Fell beim Feuer, deckte sie zu und setzte sich dann wieder zu Cybula. Dann und wann warf sie ihm einen Blick zu. Er wußte, was diese Blicke zu bedeuten hatten. Was Kora am Morgen für ihn getan hatte und das, was sie für die Zukunft plante, hatte ihr Verlangen nach ihm entzündet. Und auch in ihm regte sich, obwohl er von Lis zusammengeschlagen worden und nach dem langen Fußmarsch müde war, das Verlangen nach ihr. Doch sie beide brauchten jetzt Ruhe. Cybulas Augen waren trüb, seine Arme und Beine hingen schlaff herunter. Er und Kora legten sich hin. Sie umarmte ihn. Ihr Gesicht, ihre Brüste, ihr Bauch, sogar ihre Hände strömten Hitze aus. Cybula schloß die Augen und sank sofort in tiefen Schlaf. Stunden später weckte ihn jemand. Kora. Sie lutschte an seinem Ohr und biß ihn ins Ohrläppchen. Durch den Höhleneingang konnte er sehen, daß es noch Nacht war. Aber er war erfrischt erwacht. Die fiebrige Hitze, die Koras Körper ausstrahlte, brachte sein Blut in Wallung. »Cybula, du mein Gott!« flüsterte sie. »Komm zu mir!« Dann stürzte sie sich auf ihn, fast wie ein Tier.

3

Am Morgen hörte er ein Heulen und Pfeifen und Fauchen. Vom Gebirge her brauste ein Sturm, der Schnee, vermischt mit Graupeln, brachte. Kora war schon aufgestanden. Sie hatte Brennholz nachgelegt und war damit beschäftigt, ein Stück Fleisch zu braten. Cybula hatte eigentlich auf die Jagd gehen wollen, aber bei diesem Wetter war das unmöglich. In

der Höhle roch es nach Fleisch, Blut und Rauch. Der Feuer-
schein fiel auf Koras nackte Waden, auf ihre Arme und ihr
Gesicht. Sie erinnerte Cybula an die heldenmütige Frau, von
der Ben Dosa erzählt hatte. Kora hatte ihn, Cybula, oft einen
Gott genannt, doch es schien ihm, als besäße sie selbst die
Macht einer Göttin. Sie hatte sich ihm in der Nacht hingegeben, aber schon wieder erwachte in ihm das Verlangen nach
ihr. Jagoda schlief noch. Er forderte Kora auf, sich zu ihm zu
legen, doch sie weigerte sich. »Nicht jetzt, mein Herr und
Gebieter. Heute muß viel getan werden. Ich muß meine
Kräfte dafür aufsparen.«

»Was kannst du in diesem Sturm denn schon tun?«

»Zuerst muß ich deinen kostbaren Magen mit Essen füllen.
Dann mache ich mich auf den Weg.«

»In diesem Schneesturm? Wie denn? Dein Weg wird dich
in die Schlünde der Erde führen.«

»Wie es die Götter bestimmt haben, so sei es. Wenn sie
mich holen, hast du ja immer noch meine Tochter.«

Cybula setzte sich auf. »Was willst du im Lager tun? Die
Wojaken werden dich in Stücke reißen.«

»Entweder werden sie mich töten oder ich sie. Es gibt keinen Mittelweg. Gib mir dein Schwert!«

»Kora, ich will nicht, daß du stirbst. Ich brauche dich.«

»Keine Bange, Liebster! Die Sterne sind auf meiner Seite.«

»Wie kannst du das wissen?«

»Die Baba Jaga ist zu mir gekommen, aber nicht bloß im
Traum. Sie hat sich mir gezeigt. Du warst eingeschlummert,
dein Kopf ruhte zwischen meinen Brüsten. Ich wollte gerade
deinen lieben Kopf heben, die Arme um dich schlingen und
einschlafen – da sah ich sie plötzlich. Sie hatte ein fürchterliches Gesicht, wirres, rabenschwarzes Haar, Augen und
Klauen wie ein Habicht. Sie sagte zu mir: ›Geh hin, meine
Tochter, und merze sie aus! Vergieß das Blut deiner Feinde!‹«

»Sie hat eine menschliche Sprache gesprochen?«

»So, wie du und ich miteinander sprechen.«

»Das mußt du geträumt haben.«

»Nein, Cybula. Ich war wach, als ich sie erblickte. Ich habe ihren Mörser und ihren Stößel gesehen. Die Haare standen ihr zu Berge, so, als wüchsen ihr Dornen aus dem Kopf. Als sie sprach, sprühte ihre Zunge Flammen. Ihre Augen loderten wie Blitze. Cybula, du mußt mir dein Schwert leihen!«

»Warte. Noch gehst du nicht fort.«

»Ich gehe.«

Plötzlich richtete sich Jagoda auf. »Mutter, geh nicht!«

»Was soll das?« fragte Kora. »Das Ei will wohl klüger sein als die Henne?«

»Matka, ich habe geträumt, daß du im Sterben lagst und Aasgeier dir die Augen aushackten.«

»Eine Sinnestäuschung! Die üblen Machenschaften eines Babuks oder Dämons.«

Cybula redete auf Kora ein, doch sie gab nicht nach. Sie griff nach seinem Schwert, zog es aus der Scheide und schwang es so heftig, als wolle sie ihren Feinden die Köpfe abschlagen. Und gleichzeitig redete sie. »Du, Cybula, kennst die Wahrheit. Als diese Mörder über uns herfielen, stürzten sie uns in Dunkelheit. Wie oft wollte ich mich mit ihnen versöhnen! Aber ich kann es nicht. Sie haben uns für immer vernichtet. Wir glaubten, sie brächten uns den Segen des Brotes, statt dessen haben sie Unheil und Haß über uns gebracht. Wie Wölfe haben sie uns belauert und nur auf eine Gelegenheit gewartet, uns auszurotten.«

»Du hast bei ihnen gelegen, nicht ich«, sagte Cybula und wunderte sich über die eigenen Worte.

»Diese Wojaken haben bereits dafür bezahlen müssen.« Damit hatte Kora alles gesagt, was sie sagen wollte.

Cybula ging hinaus, um sich zu erleichtern. Er riß einen

Eisklumpen von einem Ast und kaute darauf herum. Er hätte sich gern mit frisch gefallenem Schnee gewaschen, ging aber gleich wieder in die Höhle und sagte: »Kora, du wirst das Lager nie erreichen.«

»Wart's ab! Der Tag hat eben erst begonnen.«

Sie saßen am Feuer und bissen Stücke vom halb durchgebratenen Fleisch ab. Cybula lutschte den Eisklumpen, den er mit in die Höhle genommen hatte. Kora war in Schweigen versunken, und er dachte über Smierc, den Todesgott, nach. Jedermann versuchte vor ihm zurückzuweichen, tatsächlich aber bewegte man sich immer näher auf ihn zu. Wenn alles – wie Cybula glaubte – Gott war, dann war auch der Tod ein Teil Gottes. Wenn allem – wie er ebenfalls glaubte – Leben innewohnte, dann mußte selbst der Tod Leben in sich bergen. Aber wie konnte das sein? Er beschloß, Ben Dosa danach zu fragen. Dieser Jude aus dem fernen Land wußte auf jede Frage eine Antwort. Aber war Ben Dosa überhaupt noch am Leben? Cybula war überzeugt, daß die Wojaken, sobald sie Lis tot auffanden, wieder mit dem Morden beginnen würden – und ihr erstes Opfer würde Ben Dosa sein.

Von den Frauen im Lager hatte er erfahren, daß Kosoka sich ständig bei Ben Dosas Hütte herumtrieb und ihm Geschenke brachte, die er nicht annahm. In Miasto hatte Cybula ihr zwar beigewohnt, aber keine besondere Zuneigung für sie empfunden. Kosoka plapperte zuviel; sie hatte einen Körpergeruch, den andere Frauen nicht hatten; ihre Brüste waren steinhart, ihre Brustwarzen länger und steifer als die anderer Frauen; und unterhalb ihres Bauches, dort, wo die Schamhaare wuchsen, stand der Knochen zu weit hervor. Als Cybula dann aber im Lager bemerkt hatte, wie schnell Kosoka lernte, Buchstaben zu lesen und mit Kreide auf Baumrinde zu schreiben, war in ihm das Verlangen nach ihr erwacht. »Falls Ben Dosa tot ist und ich dann noch am Leben bin«, sagte er sich, »nehme ich sie als Magd zu mir.«

Er wußte schon seit langem, daß schlechte Saat schlechte Sämlinge hervorbringt. Wegen eines Urgroßvaters, der an jeder Hand sechs Finger gehabt hatte, gab es im Lager zwölf sechsfingrige Lesniken. Was für den Körper galt, galt auch für den Geist. Aus dem Samen von Mördern, Säufern, Tagedieben und Narren gingen Nachkommen hervor, die ihnen glichen. Wenn Cybula nachts bei Kora lag, offenbarte er ihr oft seine geheimsten Gedanken, seine männlichen Begierden. Er scheute sich vor ihr nicht einmal zu gestehen, daß es ihn manchmal sogar nach seiner Tochter Laska gelüstete. Ben Dosa hatte ihm von einem König in jenem fernen Land Israel erzählt, der tausend Ehefrauen und Konkubinen hatte. Jakob, der Urvater des Stammes, dem Ben Dosa angehörte, hatte vier Frauen gehabt, darunter zwei, die Schwestern gewesen waren. Aus den Lenden dieses Mannes war ein ganzes Volk hervorgegangen – so zahlreich wie die Sandkörner am Meer und die Sterne am Himmel. Kora unterstützte Cybula und spottete über jene Frauen, die es ihren Männern nicht gönnten, auch andere Frauen zu lieben. »Sündigt ein Mann denn wider die Götter, wenn er sich nicht nur an einer einzigen Speise labt?«

Während draußen der Sturm heulte und Kora sich rüstete, drunten im Lager ihr Leben aufs Spiel zu setzen, wollte Cybula lieber am Feuer sitzen und mit offenen Augen träumen. Was sonst hätte man an einem solchen Tag denn schon tun können? Er stand am Rand des Verderbens, in Gedanken jedoch beschwor er alle Freuden des Lebens herauf: junge Weiber, Nächte voller Leidenschaft, einen Palast, eine Karosse, Dienstboten, Pferde. Die Kinder, die herumtollten und spielten, waren jetzt alle seine eigenen Kinder. Sämtliche Wojaken waren getötet worden, und er, Cybula, zeugte ein neues Geschlecht. Alle Frauen im Lager waren seine Konkubinen oder seine Ehefrauen und brachten seine Kinder zur Welt. Er war ein Stammvater geworden, der Ahnherr eines neuen Königreiches der Felder. Er lag sogar bei seinen eigenen Töchtern, und er probierte seine Schwiegertöchter aus, bevor sie seine Söhne heirateten. Große Flächen bewaldeten Landes waren gerodet worden, und das Lager war nun von Feldern, Gärten und Obstgärten umgeben. Aus dem Lager war eine Stadt wie Miasto geworden, mit hohen Häusern, einem gewaltigen Turm, Werkstätten …

Cybula nickte ein, und als er aufwachte, hatte sich der Sturm gelegt. Die Luft, die in die Höhle strömte, war eiskalt. Im Schein des Herdfeuers sah Cybula, daß Kora sich mit seinem Schwert gegürtet hatte. Um die nackten Arme und Beine hatte sie Tierhäute geschlungen. Jagoda hockte am Feuer und briet einen Hasen, den sie aus ihrem vorigen Unterschlupf mitgebracht hatte.

Kora war aufbruchsbereit. Cybula starrte sie an, und im Schatten, der auf ihr Gesicht fiel, lächelte sie ihm zu.

»Willst du wirklich gehen?« fragte er.

»Ja, ich gehe.«

»Warum muß es denn heute sein?«

»Weil der Himmel bewölkt ist und der Mond heute nacht nicht scheinen wird.«

»Falls du unterwegs nicht erfrierst, wirst du bestimmt von den Wojaken umgebracht.«

»Nein, mein Krol. Die Götter sind auf meiner Seite.«

ZWEITER TEIL

Krol Cybula

I

Der eisige, qualvolle Winter – eine ewig lange Nacht voller Alpträume – war vorüber. Als es Frühling geworden war, wunderte sich Cybula, daß sie es überhaupt geschafft hatten, die bittere Kälte zu überstehen. Jetzt strahlte die Sonne und erwärmte das Lager und das Stück Land, auf dem sie den Sommerweizen gesät hatten. Der von Kora angeführte Aufstand war geglückt, und das Lager war endlich von den Wojaken befreit. Kora und ihre Mitstreiterinnen hatten zehn von ihnen abgeschlachtet. Eines Nachts hatten sie sich in deren Hütten geschlichen, ihnen mit dem Schwert den Kopf abgehauen oder sie mit den Steinen erschlagen, die zum Mahlen des Weizens benutzt wurden. Kora war damit einverstanden gewesen, daß Krol Rudy und Nosek verschont wurden, weil sie keine Unterdrücker waren. Und zudem wußte sie, daß Cybula dagegen war, Laska zur Witwe und Ptaschck zur Halbwaise zu machen. Krol Rudy lag krank und geistig umnachtet darnieder. Die vier Wojaken, die von den Frauen nicht getötet, sondern nur verwundet worden waren, hatten den Widerstand aufgegeben, als ihnen klar wurde, daß es mit ihrer Macht vorbei war. Nach ihrer Genesung hatten sie sich auf den Weg gemacht, um anderswo zu plündern und zu morden. Kulak und Czapek waren dem Tod nur dadurch entronnen, daß sie in jener Nacht nicht ins Bett gegangen waren. Sie hatten die Nacht durchzecht und sich einen Rausch angetrunken, den sie auf dem Scheunenboden ausschliefen. Als sie wieder nüchtern genug waren, um zu begreifen, was geschehen war, schlossen sie sich Nosek und Cybula an.

Im Lager dominierten jetzt die Frauen, denn es gab – abgesehen von den Knaben, den Greisen und den letzten paar Gebirgslesniken, die Cybula bewogen hatte, ins Tal zu kommen – nur noch wenige männliche Bewohner. Gegen seinen Willen wurde Cybula von den Frauen gekrönt. Es sei lächerlich, sagte er, der Krol einer Schar Frauen, Kinder und alter Männer zu sein. Er forderte die Frauen auf, entweder eine von ihnen zur Königin zu wählen oder zu warten, bis Krol Rudy gestorben sei, und dann Laska zur Königin zu ernennen. Die Frauen jedoch setzten Cybula einen Kürbis auf, zündeten ein paar Kerzen an und ernannten ihn zum Krol.

Kora, Laska, Nosek, Kulak, Czapek, Ben Dosa und einer der zurückgekehrten Lesniken wurden Cybulas Knieze. Am nächsten Morgen gingen alle Lagerbewohner barfuß auf die Felder, um zu pflügen. Offenbar waren nach der letzten Ernte Weizenkörner auf den Feldern liegengeblieben, denn hier und dort sprossen bereits grüne Halme. Die Frauen wollten Krol Rudy aus seinem Blockhaus jagen, doch Cybula konnte sie dazu bewegen, den ehemaligen Krol in Ruhe zu lassen.

Cybula wußte sehr wohl, daß die wahre Herrscherin über das Lager Kora war. Da er das neugegründete Königreich aber für nicht viel mehr als eine Spielerei hielt, dachte er sich: »Warum soll man Kinder nicht spielen lassen?« Er hatte sogar den Verdacht, daß es Kora nicht nur nach Männern, sondern auch nach Frauen gelüstete.

Als ihn Ben Dosa daran erinnerte, daß Miasto von einer Stadtmauer umgeben sei, beschloß Cybula sofort, auch um das Lager eine Mauer errichten zu lassen. In dieser Gegend gab es genug Steine, die dafür verwendet werden konnten. Und mit jedem Stein, den man beseitigte, mit jedem Baum, den man fällte, würde man Platz für weitere Felder schaffen. Nosek, der addieren, multiplizieren und dividieren konnte, rechnete aus, daß der Bau einer Mauer, die von keinem Feind zerstört werden konnte, viele Jahre in Anspruch nehmen würde.

Ben Dosa erklärte, man solle unverzüglich mit der Arbeit beginnen, und wies darauf hin, daß es besonders wichtig sei, Brunnen zu graben. Isaak, der Sohn Abrahams, so sagte er, habe mit Vorliebe Brunnen gegraben. Und er erzählte auch die Entstehungsgeschichte Beerschebas.

Der kleine Schuhmacher mit dem dunklen Gesicht, dem dunklen Bart und den funkelnden schwarzen Augen redete aber nicht nur von Gott, vom Himmel und von Jerusalem, sondern auch über Dinge, die jedermann begreifen konnte. Er behauptete zum Beispiel, daß es alles, was es in Miasto gab, auch hier geben und daß sich das Lager sogar zu einer Stadt entwickeln könne. Fast alles Erforderliche sei hier vorhanden: Ackerland, Weideland für Rinder und Schafe, Gartenland für Gemüse und Obst. In den Flüssen wimmle es von Fischen, in den Wäldern von Wild und Vögeln. Man könne mit Nahrungsmitteln und anderen Waren handeln; um eine richtige Stadt zu werden, benötige das Lager aber auch Geld. Um Handel zu treiben, müsse man über den Gegenwert der Waren in Gold, Silber, Zinn oder Kupfer verfügen. Für jedes ihrer Handelsgüter müßten die Lesniken einen Kaufpreis festsetzen. Die Bewohner Miastos und der umliegenden Ländereien benötigten Fleisch, Tierhäute, Wolle, Flachs, Honig, Weizen und Bauholz. Nicht weit von Miasto entfernt würden aneinandergebundene Baumstämme flußabwärts geflößt – auf der Weichsel, die ins Meer münde. Kaufleute aus Ländern, in denen viele Menschen lebten und in denen viele Sprachen gesprochen wurden, bezahlten dieses Holz mit Waren aus Eisen, Kupfer, Glas und Messing, aber auch mit gewebten Teppichen und Kleidungsstücken, ja sogar mit kunstvoll geschmiedetem Schmuck. In den Städten jener Länder, so berichtete Ben Dosa, gebe es Handwerker verschiedenster Art: Schneider, Schuhmacher, Hufschmiede, Tischler, Kürschner, Maurer, Wollspinner, Weber, Holzschnitzer, Färber, Gerber, Flechter, Schleifer und viele andere. In der Mischna seien neununddreißig handwerkliche Tätigkeiten genannt, denen man am heiligen Ruhetag nicht nachgehen dürfe. Eine davon sei das Schreiben. Ja, in Babylonien, im Lande Israel, in Ägypten, Syrien und vielen anderen Ländern gebe es Schreiber, die Texte abschrieben – auf Pergament. Es sei notwendig, Gottes Gebote Tag und Nacht zu studieren, damit die Gläubigen keine Sünde begingen.

Ben Dosa schlug vor, man solle die Knaben des Lagers, sobald sie ein bestimmtes Alter erreicht hätten, bei den Handwerkern in Miasto in die Lehre geben. Des weiteren sprach er sich dafür aus, Händler aus anderen Gegenden ins lesnikische Lager zu holen. Die Unverheirateten könnten sich hier eine Frau nehmen, einen Hausstand gründen, Kinder aufziehen. Auf diese Weise würde das Lager größer und die Gefahr eines Überfalls geringer werden.

Die Lagerbewohner wurden es nie müde, Ben Dosa reden zu hören. Sogar die Kinder, die nicht alles verstanden, hörten ihm zu. Die Frauen sagten immer das gleiche: Es sei ein Jammer, daß er sich weigere, eine von ihnen zu heiraten – er könne ein ganzes Geschlecht kluger Kinder zeugen! Ben Dosa jedoch übte Enthaltsamkeit. Er gestattete keiner Frau, sich mit ihm anzufreunden, und wies oft darauf hin, daß er im fernen Babylonien Weib und Kinder habe. Und selbst wenn er ungebunden wäre, könne er niemals eine Frau heiraten, die sich nicht von ganzem Herzen und von ganzer Seele zum jüdischen Glauben bekenne.

Von allen göttlichen Gesetzen, die Ben Dosa den Lesniken erläuterte, kam ihnen das Beschneidungsgebot am sonderbarsten vor. Warum sollte man einem erst acht Tage alten Knaben ins Fleisch schneiden? Warum einen Teil seines Körpers verkürzen, wenn doch jedermann wußte, daß er im Lauf der Jahre wachsen mußte? Wenn Ben Dosa dieses Gebot erwähnte, lachten die Leute jedesmal, und selbst die Kinder kicherten.

2

In der langen Wartezeit zwischen Säen und Ernten traf Kora Vorbereitungen für die offizielle Vermählung Cybulas mit ihrer Tochter Jagoda. Die Tage waren sonnig und warm. Im Wald wimmelte es von Tieren, die auf der Nahrungssuche oft so nahe ans Lager herankamen, daß sie von Frauen und Greisen mit Pfeil und Bogen erlegt werden konnten. Anderes Wild ging in die Fallen. Eines Morgens erlegte Cybula drei Rehe. Die Knaben des Lagers wetteiferten miteinander bei der Jagd auf Vögel, Feldmäuse, Eichhörnchen, Hasen und Kaninchen. Sie gingen mit ihren Netzen zum Fluß und fingen Fische.

Die Frauen machten sich oft über die schüchterne, unbeholfene Jagoda lustig. Sie hielten sie für eine Närrin. Wenn sie miteinander tratschten, war Jagoda ihr Hauptgesprächsthema. Was reizte Cybula eigentlich an ihr? Warum begehrte er sie? Sie sei klein und mager, habe keine Brüste und keinen Hintern; ihre Arme und Beine seien dürr. Aller Wahrscheinlichkeit nach sei sie unfruchtbar, denn andernfalls hätte sie

Cybula schon längst ein Kind geschenkt. Jagoda war von Natur aus nicht redselig. Manche Frauen hielten sie für taub. Wenn sie ihr eine Frage stellten, bekamen sie selten eine Antwort. Sie fanden, es wäre eine Schande für das Lager, wenn Jagoda die Krolowa würde. Trotzdem bereiteten sie das Hochzeitsfest mit vor. Die Mädchen und Frauen versammelten sich auf einer Wiese, wo Kühe, Ziegen und Schafe weideten, und tanzten die Tänze vergangener Zeiten: einen Wassertanz, einen Zanktanz, einen Babuktanz, einen Ziegentanz, den Tanz des sterbenden Vogels und den Baba-Jaga-Tanz, der früher immer dann getanzt worden war, wenn man der Göttin ein Opfer darbrachte.

Nicht mit Männern, sondern nur miteinander zu tanzen, machte den Frauen keinen besonderen Spaß. Einige von ihnen zerrten die alten Lesniken in ihre Runde, die sich kaum noch auf den Beinen halten konnten. Ein Mädchen tanzte ausgelassen mit einem Ziegenbock, den sie bei den Hörnern gepackt und herbeigezerrt hatte. Cybula kam auf die Wiese, um eine Runde zu tanzen, allerdings nur mit Kora. Für ein Weilchen regte sich wieder der Possenreißer in ihm. Er gab Witze zum besten und äffte die Narren und Nichtsnutze nach, die längst in die Schlünde der Erde gefallen waren. Er versuchte sogar, Purzelbäume zu schlagen, was vom ganzen Lager mit Gelächter quittiert wurde. Einige Frauen lachten Tränen.

Krol Rudy verließ sein Blockhaus tagsüber nie mehr, Laska hingegen gesellte sich zu der fröhlichen Runde und tanzte mit ihrer Stiefmutter und ihrem Vater. Jagoda, für deren Hochzeit das Lager sich rüstete, verkroch sich in ihrer Hütte und weigerte sich herauszukommen. Jemand verglich sie mit einer Feldmaus. Wenn sie schließlich die Hütte verließ, um im Wald Pilze zu sammeln, lief sie so schnell sie konnte und hielt auch nicht inne, wenn man sie rief. Immer wenn sie im Wald war, hielt sie Ausschau nach Stellen, wo sich keine anderen Frauen aufhielten. Trotzdem erwies sie sich als geschickte Jägerin. Die Frauen waren der Meinung, das einzig Reizvolle an Jagoda sei die Form ihres Mundes. Sie hatte ein schmales Gesicht, hohle Wangen und einen Hals so dünn wie ein Vögelchen, doch ihre vollen Lippen und ihr Kinn verrieten Sinnlichkeit.

Durch Cybulas bevorstehende Hochzeit hatte Ben Dosa viel zu tun. Alle Frauen hatten Schuhe bei ihm bestellt. Er verbrachte viele Stunden damit, Maß zu nehmen, wobei er Gebete murmelte, um jeder Versuchung zu widerstehen. Manche Frauen zogen ihre Röcke bis über die Knie hoch und entblößten ihre nackten Schenkel, ja sogar ihren Bauch. Und so manche sagte zu ihm: »Sei nicht töricht, Ben Dosa! Komm in meine Arme!« Dann murmelte er: »Nimm's mir nicht übel, aber das hat Gott verboten.«

»Welcher Gott? Auch Götter amüsieren sich.«

»Das tun nur Götzen und Dämonen. Der Gott Israels ist heilig.«

Ben Dosa schusterte jetzt nicht mehr in der Hütte, in der er wohnte und Unterricht im Lesen und Schreiben erteilte. Er hatte sich in der Nähe eine kleine Werkstatt errichtet. Und er plante, einen Laden zu bauen, in dem er Waren aus Miasto verkaufen und Felle, Honig, Schweineborsten und Wolle ankaufen wollte. Während er Tierhäute zuschnitt und hölzerne Absätze schnitzte, studierte er die Thora, wiegte den Oberkörper hin und her und betete zu seinem unsichtbaren Gott. Wie sollte er diesen Heiden begreiflich machen, daß Gott existierte, der Gott, der sich um jeden Menschen, jede Mücke, jedes Blatt am Baum kümmerte? Es war ihr Los, ihr Leben in Finsternis zu verbringen. Aber war es denn ihre Schuld, daß sie noch nie von Gott gehört hatten? Derjenige, der nach Ben Dosas Einschätzung am ehesten dazu fähig gewesen wäre, seine Gedankengänge zu begreifen, war Cybula. Doch der war ganz von Alltagspflichten in Anspruch genommen und erlag immer wieder den Reizen der Weibsleute, die ihn küßten und liebkosten. Und Noseks Gedanken kreisten um Essen, Werkzeuge und Pferde. Man sagte, er sei Männern mehr zugetan als Frauen. Wo hätte er lernen können, daß sein Lebenswandel sündhaft war?

Merkwürdig, daß ausgerechnet in Kosoka, dem Tatarenhalbblut, ein Funken Gottesfurcht glomm. Unentwegt stellte sie Ben Dosa Fragen nach Gott, den Engeln, der Thora und der Seele. Sie wollte wissen, was genau ein Gebot sei und warum etwas als Vergehen betrachtet werde. So primitiv und unwissend sie auch war, ihre Gedankengänge setzten Ben Dosa oft in Staunen. Obwohl sie keine Jüdin war, weigerte sie sich, Schweinefleisch zu essen und am Sabbat irgendeine Arbeit zu verrichten. Ben Dosa versuchte zwar, ihr auszureden, den jüdischen Glauben anzunehmen, trotzdem gab sie sich alle Mühe, so zu sein wie eine Tochter Israels. Als sie ihm ihren Wunsch gestand, sein Weib zu werden, kam ihm der Verdacht, daß sie nur aus diesem einen Grund Jüdin werden wollte. Aber es heißt ja, daß manchmal sogar aus einer Sünde etwas Gutes entspringt.

3

Es war Noseks Einfall, daß die Bewohner des Lagers ein Haus für Cybula errichten sollten. Viele Bäume, die von den Frauen gefällt worden waren, lagen noch im Wald. Es sei nicht nötig, erklärte Nosek, sie an Ort und Stelle zu behauen oder in Klötze zu zerhacken. Man könne sie aufeinanderstapeln und

mit Lederriemen zusammenbinden. Das Lager verfüge jetzt
über Äxte, Sägen, Hobel, Hämmer und Nägel. Die von ihm
und Cybula in Miasto gekauften Pferde, über die sie jetzt,
nach dem Tod der Wojaken, wieder verfügen könnten, werde
man zum Transport von Bauholz verwenden.

Sobald Nosek geendet hatte, machten sich die zahlreichen
Frauen des Lagers eifrig ans Werk. Sie wollten beweisen, wie
gut und schnell sie arbeiten konnten. Als mit der Errichtung
des Hauses begonnen wurde, arbeiteten Ben Dosa, Nosek,
Kora, Czapek und Kulak gemeinsam mit den anderen. Sie
gruben Lehm aus und behauten Holz. Laska gab ihr Kind in
die Obhut der alten Mila und half auf der Baustelle mit. Auch
Kosoka wollte sich nützlich machen, doch die Frauen stießen
sie weg.

Ben Dosa setzte sich sofort für Kosoka ein. »Was habt ihr
denn gegen sie? Hat sie euch etwas getan? Die Thora lehrt
uns, den Fremden, der mitten unter uns lebt, zu lieben. Als
König Salomo den Tempel in Jerusalem erbaute, schickte ihm
König Hiram Fichtenholz und Handwerker aus Tyrus. Es
waren Heiden, die beim Bau des Tempels für den Allmächtigen mithalfen, und der Allmächtige betrachtete ihr Werk mit
Wohlgefallen.«

»Sie ist kein menschliches Wesen!« rief eine Lesnikin. »Sie
hat Schlitzaugen!«

»Schlitzaugen sind genausoviel wert wie andere Augen.
Wir alle stammen von Adam und Eva ab.«

»Sprich zu uns in der Sprache der Menschen, damit wir
dich verstehen können!« rief ein alter Lesnik.

»Wessen Sprache spreche ich denn? Die der Ochsen?«

Auch die Kinder halfen beim Hausbau mit. Weil Jagodas
Hände zu klein und zu zart für solche Arbeit waren, gab ihr
Kora einen Eimer Wasser und befahl ihr, damit herumzulau-
fen und den durstigen Helfern zu trinken zu geben. Cybula

fertigte eine Leiter an und zimmerte zusammen mit Nosek und Czapek das Dach. Es hatte eine Öffnung für den Schornstein. Später sollte ein Herd gebaut werden. Die am Werk Beteiligten staunten über das, was sie geschaffen hatten. Ben Dosa und Nosek erwiesen sich als ausgesprochen begabt für den Hausbau. Sie wußten genau, wo die Öffnungen für Türen und Fenster plaziert sein mußten. Sie legten ein starkes Fundament, damit das Haus sich nicht in den schlammigen Erdboden senken oder im Wind schwanken würde. Die Frauen sangen bei der Arbeit, und einige entblößten schamlos die Brüste. Sie lachten schallend und machten unflätige Bemerkungen. »Vielleicht haben sie die Frucht vom Baum der Erkenntnis noch nicht gekostet«, dachte Ben Dosa. Nach zehn Tagen war Cybulas Haus fertig – ein Haus, wie man es im Lager noch nie gesehen hatte.

Obwohl die Leute im Lager sich von den Göttern verlassen und auf ewig verdammt geglaubt hatten, war im Frühling wieder Zuversicht eingekehrt. Die Saat keimte auf den Feldern. Die Obstbäume blühten. Die Hühner legten Eier, die Kühe kalbten. Cybulas Vermählung mit Jagoda war ein Freudenfest mit Gesang und Tanz. Es gab Met zu trinken. Mit dem Mehl aus der Weizenernte des Vorjahres buken die Frauen Brezeln und Kuchen. Frisch gefangene Fische wurden in irdenen Töpfen gekocht oder auf glühenden Holzkohlen geröstet. Cybula tanzte auf seinem Hochzeitsfest mit jeder Frau im Lager, und Kora mit jedem Mann, sogar mit Gluptas, dem Narren. Die Schuhe, die Ben Dosa angefertigt hatte, ließen die Füße der Frauen zierlich erscheinen. Es wurde so ausgelassen getanzt, daß selbst die Alten und die Krüppel in Stimmung kamen. Die alten Weiber, die die Fellkleider für das Lager nähten, hatten ein Brautgewand angefertigt, das sich bauschte und herumwirbelte, wenn Jagoda mit Cybula tanzte. Die Frauen klatschten in die Hände, sie lachten oder lächelten. Aber auch bei diesem Fest konnte niemand die lesnikischen Brüder und Schwestern vergessen, die den blutrünstigen Wojaken zum Opfer gefallen waren.

Vier *goralen* (wie die aus den Bergen ins Tal gekommenen Lesniken jetzt genannt wurden) stemmten Cybula hoch und tanzten. Einige Frauen machten es ebenso mit Jagoda. Es wurden Loblieder auf Götter und Göttinnen, auf Cybula, Jagoda und Nosek gesungen. Ein paar Kinder wollten Ben Dosa hochheben, aber er war zu schwer für sie. Sie küßten ihn und riefen im Chor: »Rabbi! Rabbi! Rabbi!« Ben Dosa legte ihnen die Hände auf den Kopf und segnete sie, als wären sie jüdische Kinder. »Möge Gott euch so werden lassen wie Efraim und Menachem! Werdet so wie Sara, Rebekka, Rachel und Lea.« Und er versprach, Schuhe für sie alle zu machen, ehe es wieder Winter wurde.

Ein paar Frauen betranken sich, und eine von ihnen zog sich aus, ließ ihre Brüste wippen und forderte die Männer auf, zu ihr zu kommen. Ein Gorale riß sich die Hose herunter. Cybula befahl, all jene, die die anderen aufstachelten, sofort wegzuführen, doch dafür war es bereits zu spät. Der Aufruhr der Gefühle war nicht mehr einzudämmen. Männer, die eben noch altersschwach gewirkt hatten, schrien plötzlich aus voller Kehle, schwenkten die Arme, schüttelten die Fäuste, schnitten Grimassen und gestikulierten. Ob sie es aus Freude oder aus Kummer taten, war schwer zu sagen. Beschwipste Frauen fielen einander in die Arme, bekamen Lachanfälle und Weinkrämpfe. Ben Dosa befürchtete, daß die ausgelassene Stimmung in Gewalttätigkeit umschlagen könnte. Eine Lesnikin hatte bereits an seinem Bart gezerrt und beleidigende Bemerkungen gemacht. Eine andere schlang die Arme um ihn und wollte ihn zu Boden werfen. Plötzlich hörte er Kosoka seinen Namen rufen, dann sah er, wie jemand sie ins Gesicht schlug und an den Haaren zerrte. Ben Dosa rannte zu ihr und entriß sie dem Übeltäter. Dann zitierte er auf polnisch, was Moses gesagt hatte, als er sah, wie ein Jude über einen anderen herfiel: »Warum schlägst du deinen Bruder?«

4

Noch immer war Cybula nur ungern Krol und wußte, daß Kora die Oberhand hatte. Aber sie hatte so viel für ihn getan, daß er glaubte, sich ihren Wünschen fügen zu müssen. Was sie verlangte, würde ja auch zu seinem Besten sein. Und was wollte sie denn anderes, als ihm Freude zu machen und dafür zu sorgen, daß alle im Lager ihn liebten und verehrten? Es war, als sei ihre Seele mit seiner verschmolzen. Seine männlichen wurden zu ihren weiblichen Bedürfnissen. Manchmal redete sie, als sei sie halb Mann, halb Frau – wie jene Geister, Babuks und Blutsauger, von denen alte Weiber bei Mondschein erzählten.

Früher, als das Lager sich noch vieler Männer hatte rühmen können, hatte Cybula jeden Frühling zu einer Großwildjagd aufgerufen. Bewaffnet mit Pfeilen, Bogen und Wurfspießen, waren die Männer in den Wald gezogen und mit ihrer Beute – einem Bären, einem Wildschwein oder einem Hirsch – zurückgekehrt. Den Tieren wurde das Fell abgezogen, dann briet man sie über dem offenen Feuer. Beim Festmahl tat man sich an Fleisch und Met gütlich, dann tanzten die Männer und Frauen bis Mitternacht oder länger. Obwohl das Familienleben der Lesniken von strengen Regeln bestimmt war, hatten

Männer und Frauen in der Nacht nach der großen Jagd immer gemeinsam gefeiert, gesungen und getanzt. Und so manches Paar war hinaus in den Wald gegangen, um sich nach Herzenslust zu vergnügen. Die Gottheiten waren, so glaubte man, am Tag der großen Jagd gnädig gestimmt und verziehen den Lesniken die Torheiten, die sie in der Dunkelheit oder im Sternenlicht begingen. Da zudem alle Lesniken ohnehin miteinander blutsverwandt waren, konnte es doch kein allzu abscheuliches Vergehen sein, wenn dann und wann heimlich Inzucht getrieben wurde.

Jetzt erklärte Kora, man solle, bloß weil es an Männern mangle, nicht auf die große Jagd verzichten. Cybula und einige alte Männer besäßen noch ihre Bogen. Und man habe ja auch noch die Pfeile und Bogen der getöteten Lesniken und der Wojaken, die während der großen Hungersnot versucht hatten, Wild zu erlegen. Geradezu besessen redete Kora auf die Frauen ein, um sie dazu zu bewegen, nun selbst auf die Jagd zu gehen. Dies erfordere keine außergewöhnliche Körperkraft. Man müsse nur gute Augen haben und sich einigermaßen geschickt anstellen. Sie selbst habe schon etliche Tiere erlegt.

Cybula wandte zunächst ein, das Jagen sei Männersache, weil es Mut und Tatkraft erfordere und weil man als Jäger sehr schnell laufen und springen können müsse. Aber Kora wollte sich nicht entmutigen lassen. Die Frauen, so argumentierte sie, könnten durch einen plötzlichen Wojakenüberfall jederzeit gezwungen sein, Widerstand zu leisten. Sie habe von anderen Lagern gehört, in denen die Männer niedergemetzelt worden seien und die Frauen den Kampf aufnehmen und sich mit Schwertern und Speeren verteidigen mußten. Und Ben Dosa habe doch von einer Seherin erzählt, die das Volk Israel regiert und in den Kampf geführt habe. Und von einer anderen Frau, die dem Feldherrn der

Feinde Israels eine Sichel in die Stirn gestoßen habe, als er ihr zu Füßen lag.

Schließlich gab Cybula sein Einverständnis.

Als Kora verkündete, daß eine große Jagd stattfinden werde, an der sich unter der Führung von Cybula und Nosek Männer und Frauen beteiligen sollten, brach das Lager in Jubel aus. Sämtliche Frauen wollten das Bogenschießen erlernen, und auch die älteren Kinder bereiteten sich auf den großen Tag vor. Aus Stöcken konstruierte man eine große Figur, auf die mit Pfeil und Bogen gezielt wurde. Als Ben Dosa von der großen Jagd erfuhr, bezeichnete er sie sogleich als Sünde. Die Bibel, so erklärte er, berichte von dem gewaltigen Jäger Nimrod, dessen Name darauf hindeute, daß er zu jenen gehört habe, die sich gegen Gott auflehnten. Ben Dosa warnte die Kinder davor, ihre Pfeile auf die Holzfigur abzuschießen, weil dies den menschlichen Hang zu Grausamkeiten fördere. Cybula jedoch wies Ben Dosa barsch zurecht und erinnerte ihn daran, daß er, Cybula, der Krol sei und daß einzig und allein er Anordnungen mache. Das Lager werde sich nichts von irgendeinem Gott aus Jerusalem befehlen lassen.

Als einige Tage später die große Jagd stattfand, staunte Cybula über die Geschicklichkeit der Frauen. An einem einzigen Tag wurden mehr Tiere erlegt, als die Lagerbewohner in einem Monat verspeisen konnten. Selbst die Kinder trafen mit ihren Pfeilen alles, worauf sie anlegten. Voller Stolz luden sich die Frauen ihre Jagdbeute auf den Rücken. Die Kinder schleiften erlegte Kaninchen und Hasen hinter sich her, ja sogar einen Fuchs, der nicht schlau genug gewesen war, aus seinem Bau zu fliehen. Unter Cybulas Anleitung durchbohrten die Frauen mit ihren Messern und Spießen einen großen Bären und einen Keiler. Da das Lager jetzt reichlich mit Fleisch versorgt war, wollten einige Frauen auch Kosoka etwas von der Beute zukommen lassen, doch die lehnte ab und erklärte, sie sei jetzt Jüdin und dürfe weder Bären- noch Schweinefleisch essen. Bald, so erzählte sie den Frauen, werde Schawuot gefeiert, zur Erinnerung an den Tag, an dem Moses auf dem Berg Sinai die Thora erhalten hatte. Die Frauen zuckten die Achseln. »Wann bringt er dir so etwas bei? Nachts im Bett?«

»Nein. Er berührt mich nie.«

»Warum denn nicht? Weil du Schlitzaugen hast?«

»Weil ich noch nicht durch und durch jüdisch bin.«

»Wann wirst du das sein?«

»Dann, wenn sein Gott es will.«

»Redet Ben Dosa mit den Göttern?«

»Es gibt nur einen einzigen Gott.«

Die Frauen schüttelten den Kopf. »Wenn du nichts ißt, wirst du bald verhungern.«

»Gott kann die Toten wieder zum Leben erwecken.«

Die Frauen blickten einander verwundert an. Nie zuvor hatten sie dieser Sklavin zugehört. Nosek hatte diese schlitzäugige Mißgeburt als Geschenk für Krol Rudy mitgebracht, aber der wollte sie nicht haben. Eine der Frauen fragte Kosoka: »Warum kehrst du nicht in das Land zurück, aus dem du stammst?«

»Weil dort alle Menschen Heiden sind. Wo Ben Dosa ist, da will auch ich sein.«

Ben Dosa beging alle Feiertage nach seinen eigenen Berechnungen, wobei das Aufgehen des neuen Mondes für ihn der Beginn eines Monats bedeutete. Kora warf ihm vor, er vernachlässige an diesen Tagen seine Arbeit, und beschwerte sich darüber, daß er zwei Tage hintereinander faulenze, weil er gleich nach Schawuot den Sabbat feiere. Ben Dosa versprach, die versäumte Arbeitszeit nachzuholen, und rackerte sich am folgenden Tag ab, ohne auch nur eine Essenspause einzulegen. Er arbeitete von Sonnenaufgang bis Sonnenuntergang. Erst als er in der Werkstatt seine Abendgebete aufgesagt hatte, kehrte er in seine Hütte zurück und aß, was Kosoka für ihn zubereitet hatte – ausschließlich Speisen, die ihm erlaubt waren: Gemüse, Obst, ein auf Holzkohlen gerösteter Fisch. »Diese Frau«, sagte er sich, »hat eine fromme Seele. Sie möchte gute Werke tun und die Gesetze meines Volkes einhalten.« Er hatte ihr versprochen, eine Jüdin aus ihr zu machen, falls sie ihrem Wunsch, den jüdischen Glauben anzunehmen, treu bliebe.

Kosoka hatte sogar versucht, ihn zur Flucht aus dem Lager zu bewegen. »Wir werden nie frei sein, wenn wir hierbleiben«, hatte sie gesagt. »Wir sind ihre Sklaven.« Sie wollte sich in der Nacht davonstehlen und sich auf dem Weg nach Miasto mit ihm treffen. Aber Ben Dosa hatte sich nicht darauf eingelassen.

»Dann werde ich den wahren Glauben nie annehmen können«, hatte Kosoka erklärt.

»Wie es bestimmt ist, so wird es sein«, hatte Ben Dosa erwidert, worauf Kosoka in Tränen ausgebrochen war.

Erschöpft von der Arbeit sank Ben Dosa an diesem Abend auf seine Lagerstatt und schlief sofort ein. Er hatte kaum noch die vorgeschriebenen Segenssprüche rezitieren können.

Seine Träume waren oft kummervoller als seine wachen Stunden. In dieser Nacht träumte ihm, er sei wieder auf dem kanaanitischen Schiff, auf das man ihn verschleppt hatte. Nochmals durchlebte er die Grausamkeit der Piraten, die ihn schlugen und verhöhnten. Auch böse Dämonen suchten ihn heim, und als er aus dem Traum erwachte, war er schweißnaß und seine Männlichkeit erregt. Er spürte ein Gewicht auf seinen Beinen, und er berührte ein Gesicht, einen Kopf und Haare. Er war entsetzt. War es Lilith, die in der Nacht Besitz von ihm ergriffen hatte? Oder Schibta? Oder Naama? »Wer bist du?« rief er.

Und er erhielt die Antwort: »Ich bin's. Kosoka.«

Ben Dosa fuhr hoch, und ein heiserer Jammerlaut drang aus seiner Kehle. »Was hast du getan?«

»Ich bin Ruth, deine Magd«, sagte Kosoka.

Ihn schauderte. Vor dem Schawuot-Fest hatte er ihr die Geschichte von Boas und Ruth erzählt. Und jetzt war Kosoka noch weiter gegangen als Ruth in jener Nacht, als sie sich zu Füßen Boas', ihres Erretters, hingelegt hatte. Ben Dosa stand auf, sein Körper war schweißüberströmt. »Beschmutzt bin ich! Besudelt!«

»Errette mich, mein Boas!« flüsterte Kosoka. »Vergib mir, daß ich deine Füße aufgedeckt habe, mein Gebieter.«

Er hob die Faust, um Kosoka zu schlagen, doch dann ließ er die Hand wieder sinken. Er zitterte am ganzen Körper und hörte seine Zähne klappern. Dieses Tatarenmädchen, das er in die jüdische Glaubensgemeinschaft hatte aufnehmen wollen, hatte ihn zum Sündigen verleitet. Er dachte an einen Spruch aus der Gemara: »Wer eine Aramitin nimmt, über den werden die Zeloten herfallen.« Tränen strömten aus seinen Augen und brannten auf seinen Wangen. Ja, er hatte einen Fehler begangen, als er Kosoka diese heilige Geschichte erzählt hatte.

»Hure!« Es würgte ihn in der Kehle.

»Ich möchte deine Ruth sein.«

»Du handelst nicht wie Ruth, sondern wie Orpa oder wie Kosbi, Tochter des Sur, die vom heiligen Pinchas durchbohrt wurde.«

»Ich möchte dein Eheweib werden.«

»Hinaus!« Er packte sie am Nacken und stieß sie aus der Hütte. Draußen fiel sie mit einem dumpfen Schlag zu Boden. Sein Fuß stieß an einen Stein. Mit der Stirn prallte er gegen den Türpfosten. Er wußte nicht, was ihm größeren Schmerz bereitete, die Sünde oder der Schlag. Er humpelte zurück in seine Hütte. »Hoffentlich hast du sie nicht getötet!« quälte ihn seine innere Stimme. Ehe er auf das Lager sinken konnte, gaben seine Knie nach. Er brach zusammen. »Vater im Himmel«, betete er, »nimm mich …«

Als Kora vor Sonnenaufgang aus Cybulas Hütte kam, um die kühle Morgenluft zu atmen und ihre Brüste mit Tau zu waschen (ein Mittel gegen das Welken der Haut), sah sie von weitem eine Gestalt vor Ben Dosas Hütte liegen. Sie näherte sich ihr vorsichtig. Es war eine Frau, die – mit dem Gesicht nach unten und mit ausgestreckten Armen und Beinen – wie tot dalag. Kora drehte sie auf den Rücken und erkannte Kosoka. Ihr Gesicht war schmutzverschmiert, die Augen geschlossen. Kora hob sie auf. Kosokas Körper war schlaff und so leicht wie der eines Kindes. Ob Ben Dosa sie hinausgeworfen hatte? Oder war ihr vielleicht von jemandem im Lager Gewalt angetan worden? Weil Kora Cybula nicht aufwecken wollte, schleppte und zerrte sie das Mädchen in die ausgebrannte Hütte, die sie früher mit ihrem Ehemann Kostek bewohnt hatte und wo sie noch ein Lager hatte. Sie befeuchtete sich die Hand mit Tau und strich Kosoka damit über die Lippen.

Das Mädchen erschauerte und öffnete die Schlitzaugen. »Hat dich jemand überfallen?« fragte Kora. »Hat dir jemand Gewalt angetan?« Sie goß einen Krug Wasser auf Kosokas Hals und Körper und rieb ihr die Schläfen. Das Mädchen zitterte immer noch. »Was ist dir zugestoßen? Wer hat dir das angetan?« Kora half ihr, sich aufzusetzen, und stützte sie. »Wer hat das getan? Antworte mir!«

Kosoka schwieg. Kora schlug sie auf die Wangen und kniff sie in die Nase, wie man es mit Ohnmächtigen tut. Ein ächzender, rasselnder Laut drang aus Kosokas Kehle.

»Wer hat dich niedergeschlagen?«

»Niemand.«

»Bist du betrunken gewesen?«

»Nein.«

»Weshalb hast du vor Ben Dosas Hütte gelegen?«

»Ich weiß es nicht.«

»O doch, du weißt es! Komm mit!«

»Wohin? Nein, nein!«

»Wir alle kennen deine Machenschaften. Unser Krol Cybula und Kniez Nosek haben dich in Miasto gekauft, damit du für uns arbeitest und nicht, damit du dich mit Ben Dosa amüsierst. Unser Krol hat meine Tochter geheiratet, und die beiden brauchen eine Magd. Du wirst bei ihnen wohnen und tun, was sie dir befehlen. Die Wojaken sind wir los, jetzt sind wir die Herren. Wenn du nicht tust, wie dir geheißen wird, hacken wir dich in Stücke und werfen dich den Hunden zum Fraß vor!«

»Laß mich gehen!«

»Komm mit, oder du stirbst auf der Stelle!« Kora packte sie bei den Haaren und zerrte sie zu Boden. »Ich bin die Mutter der Krolowa und kann mit dir machen, was ich will. Wer hat dich in den Schmutz geworfen?«

»Niemand.«

»Wer war es?«

Sie hielt Kosoka mit der einen Hand an den Haaren fest und schlug mit der anderen auf ihr Gesicht ein. Während das Mädchen die Schläge schweigend erduldete, kam Kora der Gedanke, daß Kosoka ein geeignetes Opfer für die Götter wäre.

Kosoka krallte sich mit den Füßen in den Erdboden, doch Kora schleifte sie hinter sich her. Kosokas Fellkleid hing inzwischen in Fetzen vom Leib. In der Nacht hatte es geregnet, und der Erdboden war schlammig. Sie brach in krampfhaftes Stöhnen und Schluchzen aus. Die Türen der nahen Hütten öffneten sich, und halbnackte, schlaftrunkene Frauen kamen heraus und glotzten.

»Was hat die Schlitzäugige denn angestellt?«

»Sie quiekt wie ein Schwein im Morast«, zischelte Kora.

Die Frauen sahen verdutzt zu und rieben sich die Augen. Eine schrie gellend: »Diese Hure aus Miasto!«

»Wir wollen diesen fremden Abschaum nicht mehr bei uns haben«, sagte Kora. Sie hatte sich in eine maßlose Wut hineingesteigert. Früher war es im Lager Brauch gewesen, denen, die geopfert werden sollten, die besten Speisen aufzutischen und sie liebevoll zu behandeln. Kosokas Schweigen aber ließ Kora diesem Mädchen, das keine Verwandten im Lager hatte und das niemand bei sich aufnehmen wollte, nach dem Leben trachten.

Jemand rannte los, um Cybula zu wecken, der sofort barfuß aus seiner Hütte kam.

»Was geht hier vor?«

»Ich werde sie töten!« schrie Kora. »Wir brauchen hier keine Tataren! Wir sind Lesniken, keine Polen und keine Juden!«

»Kora, laß sie los!«

»Wenn du sie haben willst, kannst du sie haben!« Sie versetzte Kosoka einen Fußtritt ins Gesicht. Wieder wurden Türen geöffnet. Ben Dosa kam, ebenfalls barfuß, aus seiner Hütte. Schwankend und zitternd stand er da. »Was ist geschehen?« Als er Kosoka sah, hob er die Arme und stieß einen furchtbaren Schrei aus: »Sodom und Gomorrha!«

Der blondhaarige Fremde

I

Der Monat, den sie jetzt *czerwiec* nannten, war heiß, doch abends wehte ein kühler Wind. Der Schnee auf den Gipfeln war geschmolzen. Felsbrocken wurden vom Schmelzwasser die Abhänge hinuntergespült, knickten Bäume um, versperrten die Pfade. Vor langer Zeit hatten die Lesniken geglaubt, jenseits der Berge hause ein Stamm riesenhafter Götter, die zwei oder drei Köpfe, ein Auge auf der Stirn und vier Hände hatten. Inzwischen wußten die Lesniken, daß jenseits der Berge die Tschechen ansässig waren, Menschen wie sie, deren Sprache sogar Ähnlichkeit mit der lesnikischen hatte. Die Tschechen huldigten anderen Göttern. Ihre Herrscher wurden ebenfalls »Krol« genannt. Schon lange vor den Lesniken hatten die Tschechen Felder bestellt und Brot gegessen. Dann und wann war einer von ihnen im Lager der Lesniken aufgetaucht. Wenn diese Fremden nicht sofort getötet wurden, wurden sie krank und starben. Das gleiche Schicksal ereilte jene Lesniken, die übers Gebirge wanderten und zu den Tschechen gelangten: Sie kehrten nie zurück.

Mitten im Sommer fiel in den Bergen Schnee. Manchmal hagelte es, und die Nachtluft war so kalt, daß den Menschen fast die Finger und Zehen erfroren. Der Sturmwind brauste um die Gipfel. Göttinnen ruhten auf Wolkenbetten, flochten einander die Haare, lockten Männer in ihren Schoß und schleuderten sie dann in die Tiefe. Im Tal hingegen waren die

Tage warm. Offensichtlich spendeten die Götter ihren Feldern, Gärten und Wäldern reichlichen Segen. Es gab Brombeeren, Himbeeren und alle möglichen Pilze. Bienen summten um jede Blüte und sogen aus dem Kelch den köstlichen Saft, den sie später in Honig verwandelten. Unkraut wucherte auf den Feldern und mußte täglich von den Frauen gejätet werden. Jedermann wußte, daß dieses Unkraut von boshaften kleinen Babas und Dziaden gedüngt wurde, genau wie die giftigen Pilze und Beeren. Die Frauen auf den Feldern scherzten, tratschten und zeigten einander ihre nackten Bäuche und Brüste. Einige waren noch von den Wojaken geschwängert worden, und alte Weiber sagten voraus, diese Frauen würden Wechselbälger mit Zähnen, Klauen und Schwänzen zur Welt bringen.

Kora hatte so lange genörgelt, bis Cybula ihr versprochen hatte, daß ihre Tochter im Frühling schwanger sein würde. Inzwischen waren Jagodas Monatsblutungen tatsächlich ausgeblieben, und Kora hängte ihr Glücksbringer und Amulette um den Hals, die bewirken sollten, daß ihre Tochter einen Knaben gebar. Obwohl Kora durch ihren liederlichen Lebenswandel und ihr lüsternes Verlangen nach Cybula ihren Ehemann Kostek betrogen hatte, war sie fest entschlossen, ihrem Enkel seinen Namen zu geben. Auf diese Weise wollte sie den Geist Kosteks beschwichtigen, damit er dem Kind nur ja nichts zuleide täte. Und um vor der Geburt ihres Enkelkindes die Götter gnädig zu stimmen, war Kora fester denn je entschlossen, Kosoka der Baba Jaga zu opfern.

2

Kurz vor der Ernte geriet das Lager in große Aufregung: Plötzlich tauchte ein Fremder auf. Es war nicht etwa einer jener Händler aus Miasto, die einen Sack mit Waren auf dem Rücken trugen, sondern jemand, der wie ein Kniez oder Pan, wenn nicht sogar wie ein Krol gekleidet war. Der Mann war jung und hochgewachsen, hatte einen blonden Bart und trug einen langen Mantel, einen federgeschmückten Hut und gespornte Stiefel. Er ritt auf einem Schimmel, dessen Sattel mit Troddeln verziert war. Er hatte ein schmales, blasses Gesicht und blaue Augen. Alle Lagerbewohner kamen aus ihren Hütten, um ihn zu begrüßen.

Ben Dosa schlief, als der Fremde eintraf. Erst die lauten Stimmen weckten ihn auf. Als er den hohen Gast erblickte, erschauderte er. War dies vielleicht der Messias? Aber der Messias würde doch nicht auf einem Pferd, sondern auf einem Esel angeritten kommen. Und er würde arm sein, in Lumpen gekleidet – nicht reich und in teure Gewänder gehüllt.

Der Fremde wartete, bis alle sich um ihn geschart hatten. Hoch aufgerichtet und schweigend saß er auf seinem Pferd, mit der Gelassenheit eines Königs, der weiß, daß das Volk darauf wartet, seine Worte zu vernehmen.

Cybula war barfuß. Neben Roß und Reiter stehend, wirkte er nicht wie ein Krol, sondern eher wie ein Knecht. Er bat den Fremden abzusitzen, doch dieser erwiderte: »Ich steige erst vom Pferd, wenn ihr alle vernommen habt, was ich euch zu sagen habe.« Sein Polnisch klang noch sonderbarer als das der Bewohner von Miasto. Er hatte eine tiefe, volltönende Stimme. Als Cybula sich ihm als der Krol des Lagers vorstellte, sagte der Fremde: »Friede sei mit Euch, Krol, aber ich komme zu Euch im Namen des Krols aller Krole. Er ist der König der ganzen Welt.«

Ein Mann Gottes, dachte Ben Dosa, ein Bote Gottes. Es drängte ihn, auf die Knie zu fallen und sich vor diesem bedeutenden Mann zu verneigen, doch er beherrschte sich. Lob und Preis gebührten allein dem Schöpfer, nicht seinen Boten. Dann ergriff der fremde Gast das Wort. »Meine polnischen Brüder, ich habe von euren Heimsuchungen und Leiden gehört. Ich bin gekommen, um euch die Botschaft von Gott und seinem eingeborenen Sohn, Jesus Christus, zu bringen, der am Kreuz gestorben ist, um uns alle von unseren Sünden zu erlösen und uns das Reich Gottes zu bringen.«

Ben Dosa überlief ein Schauder. Er wollte rufen: »Lügner! Verräter! Bote Satans!«, doch er hatte einen Kloß im Hals und konnte weder schlucken noch sprechen. »Herr der Welt«, dachte er, »ich ersticke! Möge mein Tod die Sühne sein für meine Sünden!« Ihm schlotterten die Knie, und er war nahe daran zusammenzubrechen. Er griff nach jemandes Schulter und stützte sich darauf.

Nach kurzem Zögern sagte Cybula: »Ein Gast im Haus ist Gott im Haus. Sitzt ab, Herr, und teilt mit uns, was unsere Hütten reichlich zu bieten haben.«

»Ich danke Euch, Krol. Seid gegrüßt im Namen des Herrn, dessen Botschaft sich in allen Teilen der Welt verbreitet hat – trotz der gottlosen Heiden und trotz derer, welche die Wahrheit hassen und die Unwahrheit lieben.«

Nach diesen langsam und laut gesprochenen Worten stieg der Fremde vom Pferd. Weil er wie ein gelehrter Mensch redete, weil er behauptete, es gebe nur einen einzigen Gott, und weil er verächtlich von den Heiden sprach, wollte ihn Cybula sogleich mit Ben Dosa bekannt machen. Doch der war nicht mehr da. Man sah ihn davonlaufen, auf das Feld und den Wald zu. Cybula rief ihm nach: »Komm zurück!« Aber Ben Dosa wandte nicht einmal den Kopf.

Inmitten der Versammelten stehend, hielt der Fremde eine

Predigt. Soviel Cybula daraus schließen konnte, diente dieser Fremde, der sich Bischof Mieczyslaw nannte, demselben Gott wie Ben Dosa. Auch sein Gott hatte sich in der fernen Stadt Jerusalem offenbart. Und auch seine Lehren waren in einem Buch aufgezeichnet worden. Der Fremde nannte es ›Die Bibel‹.

Nach der Predigt lud ihn Cybula in seine Hütte ein. Als er erwähnte, daß im Lager ein Mann namens Ben Dosa lebe, ein Schuhmacher und Lehrer, der lesen und schreiben könne und Jude sei, fragte Bischof Mieczyslaw: »Ist es der Schwarzbärtige, der weggelaufen ist?«

»Ja, das ist er.«

»Die Juden haben Gott getötet. Sie hängten ihn an ein Kreuz«, sagte Bischof Mieczyslaw. »Sie sind hier auf Erden verflucht und werden nie das Reich Gottes erben.«

»Kann ein Gott getötet werden?« fragte Cybula.

»Er wurde von seinem Vater im Himmel auf die Erde geschickt, um die Welt durch seinen Tod von ihren Sünden zu erlösen.«

»Der Vater wollte, daß sein Sohn getötet wird?« fragte Cybula.

»Gott versprach durch den Mund seiner Propheten, daß sein Sohn den Gläubigen eine neue Thora geben werde, doch die Juden, die sich gegen Gott auflehnten und in ihrem Tempel Geld wechselten, verdrehten die Worte der Propheten. Sie verleugneten die Wunder, die Jesus Christus vollbrachte, und einer von ihnen, ein Lügner und Verräter, der sich als treuer Gefolgsmann Jesu ausgab, verriet ihn später für dreißig Schekel und lieferte ihn den Heiden aus.«

»Wo sind die Heiden? In Jerusalem?«

»Bevor Gott seinen Sohn auf die Erde schickte, beteten alle Völker Götzenbilder an. Als sie dann aber die Wahrheit erkannten, zerstörten viele von ihnen die Altäre, auf denen sie Menschenopfer dargebracht hatten, jagten die Huren und falschen Propheten aus den Tempeln und zertrümmerten die Götzenbilder. Ein einziges Volk blieb starrsinnig und rebellisch: die Juden.«

»Hat Ben Dosa Gott getötet?«

»Nicht er persönlich. Sein Volk hat es getan.«

»Wann hat es Gott getötet?«

»Ach, vor langer Zeit. Vor mehreren hundert Jahren.«

»Ist Ben Dosa denn so alt?«

»Nein, aber er ist ein Nachkomme dieses verderbten Geschlechts.«

Je länger der Fremde sprach, um so verdutzter wurde Cybula. Auch Nosek schien verwirrt zu sein. »Pan Mieczyslaw«, platzte Cybula heraus, »ist Eure Bibel in polnischer Sprache geschrieben?«

»Nein, in lateinischer.«

»Ist das die Sprache der Niemiec?«

»Nein, die Sprache der Römer.«

»Ist Gott auch in Rom?«

»Gott ist überall.«

»Ist Gott in allen Dingen?«

»Er hat alles erschaffen – Himmel und Erde, Sonne und Sterne.«

»Das sagt Ben Dosa auch«, warf Nosek ein.

Kora, die schweigend zugehört hatte, fragte den Bischof: »Hat Gott eine Ehefrau?«

Nach einigem Zögern antwortete der Fremde: »Nein. Er ließ seinen heiligen Geist über Maria, das Weib Josefs, kommen, und sie wurde schwanger und gebar einen Sohn – genau, wie der Prophet Jesaja es vorausgesagt hatte.«

»In Jerusalem?« fragte Cybula.

»Nein, in Bethlehem.«

»Wo liegt Bethlehem?«

»In dem heiligen Land, das Abraham, Isaak und Jakob von Gott gegeben wurde.«

»Soll ich nach Ben Dosa suchen lassen, damit wir mit ihm über die Götter Jerusalems reden können?« fragte Cybula.

Der Fremde schwieg eine Weile, dann sagte er: »Ach, die Juden sind ein halsstarriges Volk. Darum hat Gott sie in alle Länder verstreut und aus seinem Angesicht verbannt. Weist man sie auf die Voraussagen ihrer eigenen Propheten hin, dann verdrehen und mißdeuten sie deren Worte.«

»Ben Dosa hat unsere Kinder gelehrt, mit Kreide zu schreiben«, sagte Cybula. »Und jeden Morgen spricht er mit ihnen ein Gebet. Er sagt, der Sabbat sei ein heiliger Tag.«

»Was lehrt er die Kinder? So einer wie er könnte sie durch sein Gerede vergiften. Er könnte sie lehren, Gott zu lästern. Ihm würde ich die Seelen der Kinder nicht anvertrauen.«

»Er erzählt ihnen wunderliche Geschichten«, sagte Kora.

»Sie mögen wunderlich wirken, könnten aber viele Lügen enthalten«, erwiderte Bischof Mieczyslaw. »Die Juden haben ihre eigenen Propheten umgebracht. Sie haben den Propheten Zacharias getötet und den Propheten Jeremias in eine Grube geworfen.«

»Wir sind einfache Leute«, sagte Cybula. »Wir können weder lesen noch schreiben. Als die Wojaken uns überfielen, waren die Götter nicht auf unserer Seite, und die meisten unserer Leute mußten sterben. Später begannen die Wojaken sich gegenseitig umzubringen. Und so kam es, daß ich Krol wurde. Jetzt sind wir nur noch eine kleine Schar – Frauen, Kinder und alte Männer. Jeden Tag könnten neue Feinde kommen und auslöschen, was von unserem Stamm übriggeblieben ist. Deshalb leben wir nur noch von der Hoffnung. Warum seid Ihr, Bischof Mieczyslaw, zu uns gekommen?«

»Um euch zu lehren, dem wahren Gott zu dienen. Und um euch auf den Weg der Liebe zu führen.«

»Der Liebe?«

»Ihr werdet lernen, eure Nächsten und sogar eure Feinde zu lieben.«

»Wir wollten Frieden schließen mit unseren Feinden, weil sie uns Saatgut gegeben und uns das Pflügen und Säen gelehrt haben«, sagte Cybula. »Aber sie haben unser Getreide dazu verwendet, berauschende Getränke zu brauen. Sie sind in unsere Hütten und Zelte eingedrungen und über unsere Frauen und Kinder hergefallen. Ihr ehemaliger König, Krol Rudy, ist noch bei uns. Er hat meine Tochter zur Frau genommen, aber er wohnt ihr nicht mehr bei. Er ist jetzt mehr Tier als Mensch. Kora, die Ihr hier vor Euch seht – die Mutter meiner Ehefrau –, möchte der Baba Jaga ein Opfer darbringen. Aber ich glaube nicht, daß uns das etwas nützen wird.«

Der Bischof spitzte die Ohren. »Was für ein Opfer?«

»Ein Mädchen aus den Steppen am Ende der Welt.«

»Cybula, das ist ein Geheimnis!« sagte Kora.

»Jetzt nicht mehr.«

»Die Baba Jaga ist keine Göttin, sondern eine Teufelin – sie ist Luzifers Weib«, sagte Bischof Mieczyslaw. »Und Menschenopfer darzubringen ist eine Sünde. Das tun die Heiden, nicht aber jene, die an Gott und Jesus Christus, seinen Sohn, glauben. Das waren die verruchten Bräuche der Assyrer und Babylonier, die Baal und Astarte dienten. Auch die Juden haben diese Sünden begangen. Sie warfen ihre eigenen Kinder in die Feuer des Moloch, brachten Dämonen Opfer dar, beteten Götzenbilder an, frönten der Hexerei und trieben Unzucht unter den Bäumen. Und als Gott seinen eingeborenen Sohn zu ihnen sandte, verfälschten sie seine Lehren und marterten ihn. Aber er ist von den Toten auferstanden –

man fand sein Grab leer –, denn er lebt und wird ewig leben. Amen.«

»Wo lebt er? In Jerusalem?« fragte Cybula.

»Bei seinem Vater im Himmel«, antwortete Bischof Mieczyslaw.

3

Am Abend zog sich der Bischof zeitig zurück. Cybula stellte ihm eine der Hütten zur Verfügung, die seit der Flucht der letzten Wojaken leerstanden. Er hatte befürchtet, daß Bischof Mieczyslaw – genau wie Ben Dosa es getan hatte – sich weigern würde, am Nachtmahl teilzunehmen. Doch der Bischof erklärte, Gott habe in dem Neuen Bund, den er mit den Gläubigen geschlossen habe, die alten Verbote durch Jesus und seine Apostel aufheben lassen. Ein Christ müsse nicht beschnitten werden, dürfe Schweinefleisch essen und am Sabbat Feuer machen.

Cybula fand das gut. »Warum sollten den Menschen denn so viele schwierige Gebote auferlegt werden?« sagte er zu Kora, als er nachts neben ihr lag.

Der Gott des Bischofs sei viel weiser als Ben Dosas Gott. Kora indes war verärgert darüber, daß Bischof Mieczyslaw sich so heftig gegen Menschenopfer ausgesprochen hatte.

»Er könnte ein Spitzel sein«, sagte sie.

»Wessen Spitzel?«

»Ach, ein Spitzel der Pans, die alles Land für sich haben und alle anderen versklaven wollen.«

»Die haben keine Spitzel nötig, wenn sie vorhaben, uns zu vernichten. Sie brauchen bloß mit ihren Kriegern anzurücken, um uns auszumerzen. Das weißt du so gut wie ich.«

»Vielleicht soll er uns in ihrem Auftrag dazu überreden, uns kampflos zu ergeben«, erwiderte Kora.

Eine Stunde lang diskutierten die beiden. Jagoda war, wie gewöhnlich, als erste eingeschlafen. Bei dem Festmahl, das Cybula für den Gast gegeben hatte, war reichlich gegessen und Met getrunken worden. Bald schlummerten auch Cybula und Kora ein. Um Mitternacht wurde Cybula wach, stand auf und ging leise hinaus in die kühle Nachtluft. Über dem Lager wölbte sich der sternenübersäte Himmel. Während Cybula ihn betrachtete, riß sich ein Stern von seinem Standort los, raste übers Firmament und hinterließ eine feurige Spur. Cybula war jedesmal, wenn er zum gestirnten Himmel emporblickte, von neuem erstaunt. Was geschah dort oben? Aus Erfahrung wußte er, daß sich im Spätsommer mehr Sterne blitzschnell am Himmelszelt bewegten als zu anderen Jahreszeiten. Aber warum? Er hatte von Sterndeutern gehört, die vorhersagen konnten, ob ein Krol eine Schlacht gewinnen oder verlieren, ein Kranker genesen oder sterben, eine Frau ihrem Mann treu bleiben oder ihn betrügen würde. Wie aber konnten die Sterne das alles wissen? Ach, die Welt war voller Wunder und Rätsel!

Er ging weiter. Grillen zirpten, Tau benetzte die Erde. Aus einem nahen Sumpf war das Quaken der Frösche zu hören. Als Cybula an Ben Dosas Hütte vorbeiging, sah er einen schwachen Lichtschein.

Er blieb stehen und lauschte. Er hörte eine Stimme. Redete Ben Dosa mit sich selber? Nein, er betete zu seinem Gott. Aber wie konnte er denn zu einem Gott beten, den er getötet hatte?

Cybula öffnete die Tür und sah Ben Dosa in ein langes

Gewand gehüllt in der Hütte stehen. Er hatte sich Asche aufs Haupt gestreut wie jemand, der um einen Verstorbenen trauert. Als er Cybula erblickte, verfiel er in Schweigen.

»Mit wem hast du gesprochen?« fragte Cybula. »Mit dir selbst oder mit deinem Gott?«

Ben Dosa zögerte. Er legte den Finger an die Lippen, zum Zeichen dafür, daß er erst nach Beendigung seines Gebets sprechen durfte. Cybula, der dieses Zeichen nicht verstand, rief ihm zu: »Hast du deine Zunge verloren?«

»Nein, mein Krol. Ich bete zu Gott.«

»Mitten in der Nacht? Du weckst deinen Gott vielleicht aus dem Schlaf.«

»Nein, mein Krol. Es steht geschrieben, daß Gott weder schlummert noch schläft. Er wacht über Israel.«

»Wer ist dieser Israel?«

»Der Stammvater der Juden hieß Jakob, aber Gott gab ihm den Namen Israel, den auch alle seine Kinder und Kindeskinder tragen.«

»Lebt dieser Jakob noch?«

»Im Himmel, nicht auf Erden.«

»Ist er der Sohn Gottes, der von den Juden getötet wurde?«

Ben Dosa war bestürzt. »Nein, nein. Der, den die Juden angeblich getötet haben sollen, hieß nicht Jakob, sondern Josua. Die griechischen Schreiber machten daraus den Namen ›Jesus‹, und der Name ›Christus‹ ist ein griechisches Wort für Messias. Aber Josua war nicht der Messias. Und er wurde nicht von den Juden, sondern von den Römern getötet – den gleichen Römern, die unseren Tempel zerstörten.«

»Der Bischof, der heute zu uns gekommen ist, sagt, daß Jesus von den Juden getötet wurde.«

»Das ist nicht wahr, mein Krol. Und wie könnte ein Gott getötet werden? Wäre Josua Gottes Sohn gewesen, warum hätte Gott dann zulassen sollen, daß man seinen Sohn tötet? Die Wahrheit ist, daß Josua der Sohn eines Zimmermanns namens Josef und dessen Weib Miriam gewesen ist. Als er herangewachsen war, erklärte er sich selbst zum Sohn Gottes. Die Wunder, die er für seine Anhänger vollbrachte, bewirkte er nicht mit Gottes Hilfe, sondern durch Zauberei. Er verleugnete die Thora und ihre Gebote. Er sitzt jetzt nicht im Paradies, nein, er schmort im Höllenfeuer.«

»Wo ist die Hölle? Im Himmel?«

»Es gibt sieben Höllen«, sagte Ben Dosa.

»Bist du dort gewesen? Hast du sie mit eigenen Augen gesehen?«

»Nein, mein Krol. Aber ein Jude, der die Thora verleugnet, kommt in die Hölle.«

»Der Bischof sagt, daß Gott den Gläubigen eine neue Thora gegeben hat.«

»Die Thora wird immer dieselbe sein, so wie Gott immer derselbe sein wird.«

Cybula zog die Brauen hoch. »Woher willst du wissen, daß du recht hast und der Bischof nicht? Vielleicht ist es genau umgekehrt.«

»Nein, mein Krol, das ist es nicht. Die Christen sagen, ihr Jesus sei der Messias. Wie kann er denn der Messias sein, wenn die Juden über die ganze Welt verstreut leben und Jerusalem in Schutt und Asche liegt? Wenn der Messias kommt, wird Gott die verstreuten und unterdrückten Stämme Israels aus allen Gegenden der Welt zusammenführen und den Tempel wieder aufbauen. Und die Gerechten werden mit Kronen auf den Häuptern dasitzen und sich im Glanz der Schechina sonnen.«

»Wer ist die Schechina?«

Ben Dosa dachte einen Augenblick nach. »Wenn Gott zornig auf die Juden ist, kommt die Schechina und setzt sich wie eine gute Mutter für sie ein. Sie bittet Gott, geduldig und barmherzig zu sein.«

»Hör zu, Ben Dosa, ich wünsche dir nichts Böses. Du hast viel Gutes für das Lager getan. Du hast unsere Kinder das Lesen und Schreiben gelehrt. Du hast Schuhe für uns alle gemacht. Aber jetzt ist Sommer, und die Kinder haben zum Lernen keine Geduld mehr. Ich habe versprochen, dir Silber und Gold zu geben, wenn du in ferne Städte wandern und nach dem heiligen Buch suchen willst. Ich bin bereit, Wort zu halten. Aber du mußt mir erst die Wahrheit sagen. Was hat sich zwischen dir und Kosoka zugetragen? Kora hat sie halbtot vor deiner Hütte gefunden. Hast du Kosoka geschlagen?«

Ben Dosa senkte den Kopf. »Mein Krol, darüber möchte ich nicht sprechen.«

»Ich bin dein Krol, und mein Wort ist Gesetz. Wenn ich dir befehle, die Wahrheit zu sagen, mußt du es tun.«

»Sie hat etwas Schändliches getan. Sie hat mich gegen meinen Willen unrein gemacht.«

»Während du sie mißbraucht hast?«

»Nein, während ich schlief.«

Cybula gluckste. »Wie ist das denn möglich?«

Ben Dosa erzählte ihm, was geschehen war.

»Und du glaubst, das hat deinen Gott erzürnt?«

»Es verstößt gegen die Thora.«

»Wie kann die Thora wissen, was Kosoka mitten in der Nacht tut? Morgen wird Bischof Mieczyslaw noch einmal eine Ansprache halten. Wenn du willst, kannst du kommen und ihm sagen, daß dein Gott besser ist als seiner. Aber du darfst den Bischof nicht kränken – er ist unser Gast. Wann willst du dich auf die Suche nach deinem heiligen Buch machen, jetzt gleich oder erst nach der Ernte?«

»Dann, wenn mein Krol will, daß ich fortgehe.«

»Wo könnte das Buch denn zu finden sein?«

»Das weiß ich nicht. Ich habe gehört, daß es in Rom Juden und Schriftgelehrte gibt, die Bücher schreiben.«

»Wo liegt dieses Rom?«

»Weit, weit weg.«

»Wie lange wird deine Reise dauern?«

»Das weiß ich nicht. Alles liegt in Gottes Hand.«

»Wenn du eines Tages zu uns zurückkehrst, sind wir vielleicht schon alle tot. Dieser Bischof Mieczyslaw könnte ein Abgesandter der Pans sein, die sich allen Grund und Boden aneignen und die Leute, die das Land urbar machen, versklaven wollen. Warte, bis die Ernte eingebracht ist! Ich will kein Sklave sein. Lieber tot als versklavt! Sterben müssen wir sowieso. Es gibt nur einen einzigen Gott, und das ist Smierc, der Gott des Todes.«

»Verzeiht, mein Krol, aber der wahre Gott ist der Gott des Lebens.«

»Das stimmt nicht. Der Mensch lebt ein paar Jahre, dann ist er für immer tot. Der Mensch lebt in Furcht und Schrecken: Jemand könnte ihn töten, er könnte krank werden, sein Weib könnte ihn betrügen, seine Kinder könnten ertrinken, sein Haus könnte niederbrennen, er könnte sich ein Bein brechen. Aber die Flüsse und Berge und Bäume ängstigen sich nie. Sie sind Gott, nicht irgend jemand, der droben im Himmel sitzt und sagt: ›Du sollst kein Schweinefleisch essen, du sollst Kosoka nicht beiwohnen!‹ Gute Nacht!«

»Gute Nacht, mein Krol.«

Cybula verließ Ben Dosas Hütte. Eigentlich hatte er wieder nach Hause zu Jagoda und Kora gehen wollen, doch ihm war jetzt nicht nach Schlafen zumute. Etwas trieb ihn dazu, zum Feld zu gehen. Es wehte ein kühles Lüftchen. Cybula atmete tief ein. Am liebsten hätte er sich in das Weizenfeld gestürzt und sich zwischen die Halme gelegt, um für immer dort liegenzubleiben. Wie schön es wäre, dachte er, wenn alles so bliebe wie jetzt: die sommerliche Wärme, der silberne Mond, der flüsternde Wind. Er ging weiter, stieg über Pferdeäpfel, Schweinekot, Kuh- und Ziegenmist. Aber die Tiere, dachte er, sind trotzdem allesamt nicht so widerlich wie der Mensch, dem, wenn Ben Dosa recht hat, ein Gehirn zum Denken gegeben ist und die Fähigkeit, zwischen Gut und Böse, Wahrheit und Unwahrheit, Gott und Satan zu unterscheiden. »Alles bloß Flunkerei«, murmelte er schließlich vor sich hin. »Ein Haufen Lügen.«

4

Bildete er sich das bloß ein? Er glaubte, jemanden singen zu hören. Ja, es war eine Frauenstimme, die ein gedehntes, eintöniges Klagelied sang, wie er es schon zuvor bei Begräbnissen oder Feuerbestattungen gehört hatte. Cybula blieb wie angewurzelt stehen. Wer sang denn mitten in der Nacht? War es ein weiblicher Dämon? Oder ein Toter, der im Grab keine Ruhe finden konnte? Obwohl Cybula nicht an dergleichen glaubte, packte ihn die Angst. Die Stimme kam ihm bekannt vor, aber wessen Stimme war es? Gehörte sie einer seiner verstorbenen Mägde? Der Mond schien hell über dem Lager, aber Cybula konnte niemanden entdecken. Er lauschte angestrengt. Die Stimme hatte etwas Flehendes, Leidvolles. Plötzlich wurde ihm klar, daß der Gesang aus einer Hütte kam. Aus dem Schweinestall? Dessen Tür war von außen mit einer Kette und einem Haken gesichert. Die Lesniken trieben die Schweine abends in diesen Stall und schlossen sie dort ein. Cybula öffnete die Tür – und sah Kosoka. Sie kauerte nackt auf dem verschmutzten Boden und war mit einem Strick an einen Dachsparren gefesselt. Am ganzen Körper zitternd, starrte sie zur Tür, dann rief sie: »Krol Cybula!«

»Kosoka! Was tust du denn hier?«

Sie stand auf und schleifte den Strick hinter sich her. Ringsum standen und lagen Schweine auf dem nackten Erd-boden. »Krol, sieh, was sie mit mir gemacht haben!«

»Wer hat das getan?«

»Kora.«

»Wann hat sie dich hierher gebracht?«

»Ich weiß nicht. Vorgestern? Ich weiß es nicht mehr. Sie und zwei alte Weiber haben mich hierher geschleppt. Ich habe geschrien, aber sie hielten mir den Mund zu. Was wol-len sie von mir? Ich habe doch nichts getan!«

»Weshalb hast du mitten in der Nacht gesungen? Ich hätte dich hier nie entdeckt, wenn du nicht gesungen hättest.«

»Ich denke zurück an längst vergangene Tage. Krol, ich will nicht weiterleben. Hab Mitleid und töte mich!«

»Nein, nein, nein! Warte, ich binde dich los. Ich wußte nicht, daß Kora so grausam sein kann. Warte!«

Er versuchte, Kosoka loszubinden, aber der aus Tierhaut geflochtene Strick war mehrfach verknotet. Der Gestank im Stall war schier unerträglich. Cybula wurde davon speiübel. Seine Arme und Beine waren schmutzverschmiert. Er war wütend auf Kora. »Ich bringe sie um! Ich prügle sie zu Tode! Wer waren die beiden anderen Frauen? Wie heißen sie?«

»Das weiß ich nicht. Ich kann mich nicht erinnern. Sie haben mich geschlagen und mir ein blaues Auge verpaßt. Ich konnte nichts mehr sehen. Wo ist Ben Dosa?«

Nach einiger Anstrengung gelang es Cybula, den Strick loszuknüpfen. Die Sonne ging schon auf. Die Schweine woll-ten durch die offene Stalltür entwischen, doch Cybula stieß sie mit dem Fuß zurück. Das glutrote Morgenlicht fiel auf den Stall, so daß Kosoka und die Schweine aussahen, als seien sie mit Blut bespritzt. Angst erfüllte Cybulas Herz. »Was für ein gräßlicher Tod!« dachte er. »Von Schweinen totgetrampelt zu werden!« Er flüchtete sich mit Kosoka hinaus und legte die Türkette vor. »Komm mit zum Fluß! Wir müssen uns den Dreck abwaschen.«

Wutentbrannt rannte er zum Fluß. Der Morgenhimmel wurde allmählich klar und hell. Vögel sangen, zwitscherten, tirilierten. Blumen, deren Blütenblätter sich in der Nacht geschlossen hatten, öffneten sich wieder, und ihr Duft vermischte sich in Cybulas Nase mit dem Gestank seines Körpers. Ihm fiel ein, daß er bei Kora schon oft einen Hang zur Grausamkeit bemerkt hatte. Wenn sie ein Huhn, eine Ente oder ein Kaninchen schlachtete, tat sie es mit einer so grimmigen Wut, als hätte das Tier ihr etwas zuleide getan, wofür sie sich jetzt rächen wollte. Während ihrer nächtlichen Gespräche hatte sie ihn oft dazu aufgefordert, seine Feinde zu töten. Er hatte dieses Gerede für eine List gehalten, um ihn und sich selbst zu erregen. Wer weiß schon, was ein Mann und eine Frau in der Glut der Leidenschaft alles zueinander sagen? Jetzt aber wußte Cybula, daß Kora wirklich eine blutrünstige Bestie war.

Als er am Fluß angelangt war, sprang er hinein. Das Wasser des vom Gletscherschnee gespeisten Flusses war eiskalt. Cybula stockte der Atem. Dann begann er zu schwimmen, zu planschen und sich am ganzen Körper abzureiben. Kosoka tat es ihm nach. Cybula hatte seinen Lendenschurz im Schweinestall liegengelassen und war, wie Kosoka, splitternackt. Er warf einen Blick auf ihren nassen Körper, der mager und dunkelhäutig war. Ihre Brüste waren klein, die Brustwarzen steif. Oft kühlt kaltes Wasser die Leidenschaft, in Cybula jedoch regte sich die Begierde nach Kosoka. Er stieg aus dem Wasser, um sich in der Sonne aufzuwärmen, und winkte Kosoka, zu ihm zu kommen. Doch sie blieb im

Wasser und tauchte immer wieder unter, anscheinend um sich die Haare zu waschen. Manchmal hielt sie den Kopf eine ganze Weile unter Wasser, als ob sie sich ertränken wollte. Dann tauchte sie plötzlich wieder auf. Die Sonne stieg höher, ihre Strahlen erwärmten Cybulas Körper.

Kosoka planschte immer noch im rauschenden Fluß. Mit einemmal wurde Cybula klar, daß es falsch gewesen war, den Lendenschurz im Schweinestall liegenzulassen. Man könnte dahinterkommen, wem der Schurz gehörte. Andernfalls hätte er nie zugeben müssen, daß er derjenige war, der Kosoka aus ihrem Gefängnis befreit hatte. Er wußte nur zu gut, daß die Frauen im Lager – und vermutlich auch die Männer – nach Opfern gierten. Sobald man nicht mehr geschlagen wird, beginnt man andere zu schlagen.

Jetzt stieg Kosoka aus dem Wasser – frisch, schlank und geschmeidig wie ein Reh. Obgleich Cybula sich entschlossen hatte, sie fliehen zu lassen, winkte er ihr, zu ihm zu kommen. Sie blieb regungslos stehen und sah ihn an. Nach einer Weile ging er zu ihr hinüber und sagte: »Komm mit hinter die Bäume da drüben!«

Kosoka zögerte. »Nein, Krol, das kann ich nicht tun.«

»Warum nicht?«

»Weil ich Ben Dosas Frau werden will.«

»Ben Dosa will dich nicht haben. Er hat dich aus seiner Hütte geworfen.«

»Er will warten, bis ich eine Jüdin bin. Deshalb …«

»Komm mit! Ben Dosa zieht in die Welt hinaus, um nach irgendwelchen heiligen Tafeln zu suchen. Er wird vielleicht nie zurückkehren. Vielleicht findet er sein Weib und seine Kinder wieder und geht mit ihnen in seine Stadt Jerusalem.«

»Wo er hingeht, da gehe auch ich hin, wo er weilt, da weile auch ich. Sein Volk ist mein Volk, und sein Gott ist mein Gott«, erwiderte Kosoka, genau wie Ruth einst zu Naomi gesprochen hatte. Halb zornig, halb beschämt blieb Cybula vor ihr stehen. Noch nie hatte ihm eine Frau eine Abfuhr erteilt. »Ben Dosa will dich nicht haben! Er hat schon ein Weib!«

»Er wird mich zu seiner Konkubine machen.«

»Ach, du bist eine Närrin! Ich habe dir schon beigewohnt, du bist keine Jungfrau mehr. Außerdem habe ich dir das Leben gerettet.«

»Dafür wird Gott dich belohnen. Und was mich betrifft – ich werde Ben Dosa bald ganz gehören.«

»Du gehörst keinem außer mir! Ich habe dich in Miasto gekauft, du bist mein Eigentum.«

»Du hast meinen Körper gekauft, nicht meine Seele.«

Trotz der mißlichen Lage, in der sich Cybula befand, war er nahe daran zu lachen. Dieses Mädchen plapperte jedes Wort, jeden Gedanken Ben Dosas nach.

»Ich will deinen Körper, nicht deine Seele. Sei nicht töricht – ich bin der Krol. Mir gehört jede Frau im Lager.«

»Der Krol, der über alle Krole herrscht, ist Gott im Himmel«, erwiderte Kosoka.

Sie begann am Fluß entlangzulaufen, auf dem Pfad, der ins Gebirge führte. Cybula sah der entschwindenden Gestalt verwundert nach. Sie bewegte sich auf allen vieren voran, wie ein wildes Tier. Er wollte nicht hinter ihr herlaufen – er hätte sie ja doch nicht erwischt.

»Das kommt dabei heraus«, dachte er, »wenn man Sklaven gut behandelt. Ich hätte sie im Schweinestall umkommen lassen sollen.« Dann wurde er zornig auf Ben Dosa. »Da kauft man für ein paar Münzen einen kleinen Schuhmacher, und schon wird ein Lehrer aus ihm!« Ihm schoß der Gedanke durch den Kopf, daß es jemandem wie Ben Dosa zuzutrauen sei, Gott und dessen Sohn getötet zu haben. Er blieb stehen und wartete, als hielte er es für möglich, daß

Kosoka zurückkam. Aber sie war bereits im Wald verschwunden, wo sich der Fluß zwischen Büschen und Bäumen entlangschlängelte.

5

Eigentlich hätte Cybula unverzüglich ins Lager zurückkehren müssen. Er hatte Bischof Mieczyslaw versprochen, die Morgenmahlzeit mit ihm einzunehmen und dann alle Bewohner zusammenzurufen, damit der Bischof ihnen von seinem Gott berichten konnte. Aber es war ihm peinlich, sich splitternackt im Lager blicken zu lassen, zumal in Gegenwart eines gelehrten Mannes, der so vornehm gekleidet war.

»Was wollen die mit ihren läppischen Glaubenslehren eigentlich von mir?« fragte er sich. »Da hat sich irgendwann eine Horde Juden in Jerusalem wegen eines Gottes gestritten – und jetzt kommt dieser Bischof zu uns, um sie anzuprangern. Zum Teufel mit allen beiden, dem Bischof und Ben Dosa! Wir haben auch ohne sie mehr Sorgen als genug.«

Als er sich endlich auf den Rückweg machen wollte, hörte er Pferdegetrappel. Dann sah er Nosek auf einem Braunen und Laska auf einem Schimmel den Pfad entlangreiten. Kora hatte ihm schon oft gesagt, seine Tochter liebe Nosek, aber er hatte das bloß für Weibertratsch gehalten. Es war allgemein bekannt, daß Nosek sich nichts aus Frauen machte und daß er Umgang mit diesem hübschen jungen Wilk hatte. Und zudem hatte Laska ein Kind, das noch nicht entwöhnt war. Cybula empfand väterliche Scham. Gleichzeitig befürchtete er, von den beiden gesehen zu werden. Eilends versteckte er sich im Gebüsch. Merkwürdig – er hatte sich tatsächlich schon oft gedacht, daß er seine Tochter nach Krol Rudys Tod gern mit Nosek verheiratet sähe. Dennoch wurmte ihn Laskas Benehmen, zumal sie vor ihm zu verbergen suchte, was bereits das ganze Lager argwöhnte. Er kauerte sich auf den Boden, um nur ja nicht von den beiden Reitern entdeckt zu werden. Sein Herz hämmerte, und die Galle kam ihm hoch. »Wirklich ein verfluchter Tag!« dachte er. Er war schon stundenlang unterwegs, tatsächlich aber war der Tag eben erst angebrochen.

Die beiden Reiter waren am Fluß angelangt. Sie plauderten, und offenbar scherzten sie miteinander, denn Laska lachte. Dann saßen sie ab und banden die Pferde an zwei Baumstämme. Nosek legte seinen Lendenschurz ab, und kurz darauf zog sich auch Laska aus. Zum ersten Mal seit ihrer Vermählung mit Krol Rudy sah Cybula seine Tochter unbekleidet. Ihre Brüste waren jetzt groß und angeschwollen, die Brustwarzen waren rot. Cybula zitterte am ganzen Körper. Warum nur? Hatte er denn erwartet, daß seine Tochter anders aussehen würde als andere Frauen?

Die beiden blieben lange am Fluß stehen – anscheinend konnten sie sich nicht so recht entschließen, ein Bad zu nehmen. Cybula erwartete, daß sie sich küssen, umarmen oder liebkosen würden. Er wünschte es sich, empfand aber gleichzeitig Scham. Plötzlich stürzte sich Nosek ins Wasser, und Laska sprang ihm nach. Cybulas Gaumen war ganz trocken. Ihn überkam das peinliche Gefühl, etwas beobachtet zu haben, das er nicht hätte sehen sollen. Er selber vergnügte sich, wann immer es ihm beliebte, mit Frauen, und eben erst hatte er versucht, Ben Dosas Frau zu verführen. »Warum verbergen denn die beiden die Wahrheit vor mir?« fragte er sich. Ihm fiel ein, was Ben Dosa über die zwei Geister gesagt hatte, die jedem Menschen eigen seien: ein guter und ein böser

Geist. Darauf hatte er, Cybula, erwidert, er habe diese beiden Geister noch nie gesehen, woraufhin Ben Dosa erklärt hatte, sie wohnten im Innersten eines jeden Menschen, tief in seinem Herzen. Ja, dachte Cybula, in jedem Menschen tobt ein Kampf. Im Lager gab es viele Männer, die er, hätte er seinen Zorn nicht unterdrückt, sicherlich getötet hätte. Und wäre er heute früh mit seinem Schwert gegürtet gewesen, dann hätte er Kosoka, als sie sich ihm verweigerte, bestimmt erschlagen. Einen Augenblick lang stellte er sich vor, wie es wäre, wenn er Nosek – und vielleicht auch Laska – einen Pfeil in den Kopf jagen würde.

»Ich muß zurück ins Lager«, sagte er sich. »Die haben sicher schon einen Suchtrupp ausgesandt.« Plötzlich kam ihm ein Gedanke. Warum sollte er Nosek nicht einen Streich spielen und ihm den abgelegten Lendenschurz wegnehmen? Nosek und Laska waren bereits über die Stelle hinausgeschwommen, wo der Fluß eine scharfe Biegung nach links machte. Zeit zum Nachdenken hatte Cybula nicht – er mußte sich sputen. Flink und behende wie ein junger Mann rannte er zu der Stelle, wo die Kleidungsstücke der beiden lagen, grapschte sich Noseks Lendenschurz und eilte in Richtung Lager davon. Er rannte eine ganze Weile und fühlte sich so leichtfüßig, als wäre er wirklich wieder jung. Dann hielt er inne, um sich auszuruhen und Noseks Lendenschurz anzulegen, der ihm ein bißchen zu eng war. Als er sich vorstellte, wie fassungslos Nosek nach seinem Lendenschurz suchen würde, brach er beinahe in Gelächter aus. »Der glaubt wahrscheinlich, daß irgendein Geist den Schurz entwendet hat.« Seine gedrückte Stimmung ließ nach. Falls sein eigener Lendenschurz im Schweinestall entdeckt wurde, wüßte niemand, wem er gehörte.

Er sah Kora kommen und blieb stehen. Ja, sie hatte sich auf die Suche nach ihm gemacht, genau wie in jener Nacht, als er von dem Wojaken Lis überfallen worden war. Jetzt bedauerte er, Kosoka befreit zu haben. Kora würde darüber bekümmert und erzürnt sein. Aber hätte er denn anders handeln können?

Er rief Koras Namen und winkte ihr zu. Sie schrie ihn an: »Wo treibst du dich nachts herum? Ich mache die Augen auf, und du bist nicht da! Auch Jagoda hat sich Sorgen um dich gemacht. Allmählich glaube ich, daß du ein Hexer oder ein Ungeheuer bist.«

»Ja, Kora, das bin ich, aber behalt das Geheimnis für dich.«

»Was für ein Lendenschurz ist das? Es ist nicht der, den du von mir bekommen hast.«

»Das stimmt.«

»Und wo ist dein Lendenschurz?«

»Ich habe ihn weggeworfen, auf einen Abfallhaufen.«

»Warum? Es war ein Geschenk von mir. Und wem gehört dieser Lendenschurz?«

»Nosek.«

»Soll das ein Witz sein?«

»Nein, es ist wahr.«

»Hast du die Nacht mit Nosek verbracht?«

»Ja. Er hat Wilk weggeschickt und sich mit mir eingelassen.«

»Ich bitte dich, Cybula, sag mir die Wahrheit!«

»Ich bin bei Tagesanbruch ins Freie gegangen und habe Nosek und Laska auf zwei Pferden fortreiten sehen. Ich bin ihnen zum Fluß gefolgt und habe gesehen, wie sie zusammen darin badeten. Dann bin ich zu der Stelle geschlichen, wo ihre Kleidungsstücke lagen, und habe Noseks Lendenschurz weggenommen.«

»Hast du gesehen, wie er in sie eingedrungen ist?«

»Nein, das habe ich nicht gesehen.«

»Haben sie sich umarmt und geküßt?«

»Nein.«

»Ich habe dir schon oft gesagt, daß sie ihn liebt. Weshalb hast du deinen Lendenschurz mit seinem vertauscht?«

»Ach was – wer redet denn von Vertauschen?«

»Auf deinem Lendenschurz ist mein Zeichen. Nosek wird also wissen, daß du ihm gefolgt bist.«

»Ich habe sie nicht vertauscht, sondern seinen genommen und meinen weggeworfen.«

»Jedesmal wenn du nachts mein Bett verläßt, stößt dir etwas zu. Wilk wartet im Lager auf dich. Du warst mit dem Bischof zur Morgenmahlzeit verabredet und solltest danach eine Versammlung einberufen. Statt dessen schnüffelst du hinter deiner Tochter her! Ich habe dir schon längst geraten, Krol Rudy aus dem Weg zu räumen. Warum soll Laska bei diesem Rohling verschmachten, wenn sie Nosek liebt?«

»Kora, wenn meine Tochter sich mit Nosek verbinden will, werde ich es ihr nicht verbieten. Aber das ist kein Grund dafür, einen Menschen zu töten.«

»Was? Und wie viele Männer und Frauen hat Krol Rudy getötet? Mehr als er Haare in seinem roten Bart hat!«

»Solange ich Krol bin, wird kein Mord an einem Unschuldigen begangen werden.«

Kora sah ihn erstaunt an. »Ich verstehe dich nicht.«

»Ich will niemanden töten. Und ich lasse auch nicht zu, daß im Lager ein Menschenopfer dargebracht wird. Laß dir das gesagt sein, Kora, und tu nichts ohne mein Wissen!«

Noch an diesem Morgen rief Cybula alle Lagerbewohner zusammen, und Bischof Mieczyslaw richtete das Wort an sie. Er trug einen langen Zupan, seine blonden Haare fielen ihm bis auf die Schultern. Mit kräftiger Stimme sprach er jedes Wort langsam und deutlich aus. Er öffnete eine Schriftrolle und las den Versammelten die Geschichte Marias vor: Wie sie Josef anverlobt wurde; wie der Heilige Geist bewirkte, daß sie schwanger wurde; wie der Engel Josef riet, mit Weib und Kind nach Ägypten zu fliehen. Er berichtete von Johannes dem Täufer, der in der Wüste predigte und die Juden zur Reue mahnte, weil das Reich Gottes nahe sei. Man solle nicht nur seinen Nächsten, sondern auch seine Feinde lieben, predigte der Bischof. Als er von den Juden erzählte, die Jesus verfolgten und den Römern zur Kreuzigung auslieferten, brach heftige Erregung aus. Jemand rief: »Ben Dosa ist ein Jude! Er hat Gott getötet!«

Jetzt mischte sich Cybula ein: »Das hat sich vor langer Zeit ereignet. Damals war Ben Dosa noch nicht geboren. Hab ich recht, Bischof Mieczyslaw?«

Der Bischof zögerte, dann sagte er: »Ja, er persönlich hat Gott nicht getötet. Aber die Juden sind ein halsstarriges Volk geblieben. Sie wollen die Wahrheit einfach nicht erkennen.«

»Wo ist Ben Dosa?« rief jemand. »Warum ist er heute nicht hier?«

»Er versteckt sich in seiner Hütte und stellt sich blind und taub«, antwortete eine alte Lesnikin.

Der Bischof setzte seine Predigt mit der Geschichte von Jesus fort, die er aus der Schriftrolle vorlas. Ab und zu richtete er den Blick auf die Zuhörer und fügte der Geschichte ein paar eigene Worte hinzu.

»Bring Jesus zu uns ins Lager!« rief eine Frau. »Er soll unser Gott sein!«

»Ich habe Jesus bereits zu euch gebracht!« erwiderte Bischof Mieczyslaw. »Nicht in leiblicher Gestalt, sondern seinen Geist. Laßt uns vor ihm niederknien und ihm dienen!«

Er fiel auf die Knie, und das ganze Lager folgte seinem Beispiel. Sogar Kora und Cybula knieten nieder. Dann begann der Bischof zu singen. In einer fremden Sprache zwar, aber die Melodie des Liedes war so ansprechend, daß bald alle einstimmten. Bischof Mieczyslaw machte das Kreuzeszeichen, und die Zuhörer versuchten es nachzuahmen. Dann wandte er sich wieder in polnischer Sprache an sie: »Ihr alle, die ihr hier versammelt seid – Männer, Frauen, Kinder – habt euch heute dazu bekannt, Gott anzubeten in seinem Sohn und im Heiligen Geist. Von heute an seid ihr keine Heiden mehr, sondern gläubige Christen. Gott wird alle eure Sünden tilgen und vergeben. Von heute an ist Jesus euer Hirte, und ihr seid seine Herde. Wer Götzen dient, wird wie die Juden im Höllenfeuer brennen. Eure Seelen jedoch, meine Brüder und Schwestern, werden zum Himmel fliegen und unter Gottes Fittichen ruhen. Ihr alle sollt gesegnet sein, jetzt und in alle Ewigkeit, im Namen Gottes, seines Sohnes Jesus Christus und des Heiligen Geistes. Amen.«

Rufe ertönten: »*Tak, tak, tak* – ja, ja, ja!«

»Findet euch morgen zur gleichen Tageszeit hier ein, dann werde ich eure Häupter mit geweihtem Wasser benetzen.«

»*Tak, tak, tak!*«

Manche Frauen schluchzten laut, manche wischten sich die Augen. Plötzlich rief Laska: »Heiliger Mann, führe mich zu Jesus Christus!«

»Du bist schon bei ihm, meine Tochter«, antwortete der Bischof mit bebender Stimme. »Sein Geist schwebt über deinem Haupt.«

»Ich möchte bei ihm im Himmel sein!«

»Laska, sei still!« rief Cybula.

»Meine Tochter«, sagte der Bischof, »in den Himmel gelangt man durch den Glauben und die Liebe. Unser Herr hat gesagt: ›Nennt keinen hier auf Erden euren Vater, denn allein Gott im Himmel ist euer Vater.‹«

»Ich allein bin dein Vater!« sagte Cybula zu Laska. »Du hast keinen anderen, weder im Himmel noch hier auf Erden.«

216

»Ihr, Krol, seid ihr leiblicher Vater«, entgegnete der Bischof. »Der Vater im Himmel aber ist ihr geistiger Vater.«

Die Versammelten schwiegen. Plötzlich war ein Kreischen zu hören, das wie das Krächzen einer Krähe klang. Es war aber keine Krähe, sondern ein altes Weib: Paskuda, die Hexe. Sie war so klein wie ein Kind, hatte einen Buckel und bloß ein paar fusselige weiße Haarbüschel auf ihrem Kahlkopf. Ihr winziges Gesicht war so gelb wie Wachs und so runzlig wie ein Kohlblatt. Sie humpelte und stützte sich stets auf einen Stock. Mit ihrem krummen Zeigefinger, dessen Nagel ungemein lang und spitz war, deutete sie auf Cybula.

»Heiliger Mann«, sagte sie halb keuchend, halb kreischend, »üblicherweise verkauft ein Vater seine Tochter nicht an die Feinde. Cybula aber hat seine Tochter zuerst an einen Mörder verkauft und dann an Nosek, mit dem sie in den Wald reitet. Wegen dieser Sünden mußten Kinder sterben. Weil wir so ausgehungert waren, wurden sie von ihren eigenen Müttern aufgegessen ...« Paskuda begann krampfhaft zu schluchzen. Sie taumelte und wäre umgefallen, wenn einer der Goralen sie nicht festgehalten hätte.

»Bischof Mieczyslaw«, sagte Cybula, »die Alte hat den Verstand verloren. Sie ist eine Hexe und trinkt ihren eigenen Urin.«

»Sie sagt die Wahrheit!« rief der Gebirgslesnik, der Paskuda stützte. »Cybula ist ein *zdrajca*, ein Verräter. Er hat einen Pakt mit den Mördern geschlossen. Er wurde ihr Kniez und verdammte unsere Stammesbrüder zum Tode. Er ritt zu einem Ort, wo Smoks und Dämonen hausen, und kaufte dort mit Krol Rudys Beutegut diesen Juden, der Gott getötet hat, und ein Weibsstück, das von Wölfen aufgezogen wurde und wie ein Wolf heult.«

»Halt's Maul, Alter!« unterbrach ihn eine Frau. »Du hast dich mit deinen verfaulten Zähnen an ihrem Brot gütlich getan und konntest gar nicht genug kriegen! Es wurmt dich, daß Cybula unser Krol und unser Gott ist und daß wir unser Leben für ihn hingeben würden. Vor dir dagegen nehmen wir Reißaus, weil du wie ein Leichnam stinkst.«

»Du Scheusal! Du verrücktes Weibsstück!«

»Aussätziger! Vogelscheuche!«

Jetzt begannen alle zu johlen, die Fäuste zu schwenken, mit den Füßen zu stampfen. Kleine Kinder weinten, Jugendliche machten es den Erwachsenen nach und schlugen aufeinander ein. Plötzlich schrie jemand gellend: »Seht doch! Da drüben!«

Alle blieben wie erstarrt stehen und blickten in dieselbe Richtung. Dort kam Kulak, der Krol Rudy auf dem Rücken trug. Der Krol war barfuß, sein nackter Körper war in einen Zupan gehüllt. Rote Haarbüschel wuchsen ihm aus den langen Ohren und der platten Nase, die rot und verschwollen war – eine blaugeäderte Säufernase. Viele hatten geglaubt, Krol Rudy sei bereits tot. Manche waren felsenfest überzeugt gewesen, er habe sich in einen Werwolf verwandelt, der nachts an seinem Bett festgebunden werden mußte, damit er seine Untertanen nicht verschlänge. Allem Anschein nach war Krol Rudy aus seinem langen Winterschlaf erwacht. Einige in der Menge fielen gleich wieder vor ihm auf die Knie, die anderen taten es ihnen fast unverzüglich nach – nur der Bischof, Cybula, Nosek und Kora blieben stehen. Krol Rudy war also noch am Leben!

»*Niech zye krol!*« rief jemand. »Es lebe der König!«

Und das ganze Lager stimmte in den Hochruf ein: »*Niech zye!*«

»*Niech zye Polska!*« antwortete Krol Rudy. Inmitten dieses Trubels fand es Cybula plötzlich lächerlich, daß dieser Barbar sein Schwiegersohn war. Ihm kam in diesem Moment sein ganzes Leben wie ein Possenspiel vor. Er nickte dem einstigen König zu, seinem aus dem Todeskampf wieder zum Leben erwachten Schwiegersohn. Es schien ihm beinahe unglaublich, daß jemand Krol Rudy auf dem Rücken tragen konnte, ohne unter dem Gewicht dieses Körpers zusammenzubrechen. Doch Kulak stand fest auf seinen kräftigen Füßen, die im Erdboden zu wurzeln schienen.

»Sei gegrüßt, Krol Cybula, Vater meiner geliebten Laska!« rief Krol Rudy. »Sei gegrüßt, ehrenwerter Gast, wer du auch sein magst! Ich bin lange krank gewesen, deshalb war ich gezwungen, die Krone an meinen geliebten Schwiegervater Cybula abzutreten, der jünger und klüger ist als ich – ein großer Jäger, ein Anführer, der von allen geliebt wird, zumal von unseren Frauen. Aber ich habe die Bewohner dieses Lagers nicht vergessen. Immerhin bin ich es gewesen, der euch den reichen Segen der Felder gebracht hat. Diese gute Tat kann mir niemand absprechen. Jetzt habe ich erfahren, daß einer aus unserem Volk, einer, der unsere Sprache spricht, hierher gekommen ist, um uns die Botschaft von einem neuen Gott zu bringen. Wir Polen haben unsere eigenen Götter, aber wir sind bereit, einem anderen Gott zu dienen, falls er uns helfen kann und ...« Krol Rudy verstummte. Er hatte vergessen, was er sagen wollte. Dann rief er: »Kulak, laß mich herunter! Ich will auf meinen eigenen Beinen stehen! Ich möchte nicht auf dir reiten wie auf einem Gaul.«

Kulak kauerte sich hin, und zwei Männer kamen Krol Rudy zu Hilfe. Einige Lesniken, die auf die Knie gefallen waren, standen auf und scharten sich um Bischof Mieczyslaw, der ihnen die Geschichte von den zehn Jungfrauen erzählte, die ihrem Bräutigam entgegengingen, jede mit einer Lampe in der Hand. Fünf von ihnen waren kluge Jungfrauen, die nicht versäumt hatten, Öl in ihre Lampen zu gießen. Die anderen fünf hatten es versäumt und wurden, als ihr Bräutigam mitten in der Nacht erschien, schlafend in der Dunkelheit allein gelassen.

Krol Rudy war so wacklig auf den Beinen, daß Kulak ihn stützen mußte, aber als er vernahm, was der Bischof erzählte, schlug er sich aufs Knie und brüllte vor Lachen. »Und da hat sich der Bräutigam mit fünf Jungfrauen begnügen müssen, was? Na ja, besser als nichts.«

Der Opferaltar

I

Als Kosoka mitten in der Nacht bei ihm erschien, verschlug es Ben Dosa die Sprache. Er hatte vermutet, sie sei bereits nach Miasto geflohen, und nun stand sie plötzlich auf seiner Türschwelle. Sie war abgemagert und hatte die fahle Gesichtsfarbe derer, die eben erst vom Krankenbett aufgestanden sind. Ben Dosa kamen die Tränen. Er würgte den Kloß in seinem Hals hinunter und sagt: »Gelobt sei Gott, der die Toten zum Leben erweckt.«

»Ich war nicht tot. Es war viel schlimmer.«

»Was willst du damit sagen?«

»Ach, Kora hat mich zu Swiniarka, der Schweinehirtin, geschleppt. Dann haben sie mich in den Schweinestall gebracht, mich an einen Dachsparren gebunden und im Dreck liegengelassen, ohne mir etwas zu essen zu geben. Sie wollten mich der Baba Jaga opfern. Ich habe zum Gott Israels gebetet, und er hat mich errettet.«

»Wie?«

»Cybula hat die Tür aufgesperrt und mich losgebunden. Er ist mit mir zum Fluß gegangen. Dort habe ich mich gewaschen. Er wollte mir beiwohnen, aber ich habe ihm gesagt, daß ich dir gehöre.«

Ben Dosa erbleichte. »Du gehörst Gott, nicht mir.«

»Du bist mein Gott.«

Ben Dosa war sprachlos. Er wollte ihr sagen, daß ihre Worte eine Gotteslästerung seien, wußte aber nicht, wie er ihr das klarmachen sollte. Und zudem wollte er ihr nicht noch mehr Schmerz zufügen. »Wo bist du die ganze Zeit gewesen?« fragte er. »Ich habe für dich gebetet.«

»Ich habe mich in den Wald geflüchtet. Wenn Kora und die Swiniarka mich hier entdecken, reißen sie mich in Stücke. Aber jetzt schlafen alle. Ich habe von dir, meinem Lehrer, gelernt. Ich bin gekommen, um dich für das, was ich getan habe, um Vergebung zu bitten. Ich wollte so sein wie Ruth.«

»In den alten Zeiten war man Gott näher, als wir es sind«, sagte Ben Dosa. »Außerdem sind die Geschichten, die uns davon künden, voller Geheimnisse. Von Ruth zum Beispiel stammte König David ab – sie muß also rein und rechtschaffen gewesen sein, sonst wäre sie einer solchen Ehre nicht würdig gewesen. Ruth lag nur zu Boas' Füßen, du hingegen, meine Tochter, hast eine Missetat begangen.«

»Ja, das weiß ich. Deshalb möchte ich dich um Vergebung bitten.«

»Ich vergebe dir. Warum bleibst du an der Tür stehen?« Er hatte gezögert, sie zum Eintreten aufzufordern, aber ihr Leben war in Gefahr, und Menschenleben zu retten war oberstes Gebot. Kosoka hatte Ben Dosas Zögern gespürt. »Wenn du willst, Meister, gehe ich fort.«

»Wohin denn? Sie werden versuchen dich zu töten. Komm herein und schließe die Tür.«

Während ihrer Abwesenheit hatte Ben Dosa über das Gesetz nachgedacht. Wäre Kosoka eine Jüdin gewesen, dann hätte ihre Missetat viel schwerer gewogen. Auf nichtjüdische Frauen bezogen sich diese Gesetze nicht. Würde Kosoka sich aber allen Ernstes bekehren lassen und eine fromme Jüdin werden, dann wäre es ihm erlaubt, sie zu heiraten. Er hatte bereits bedauert, daß er sie im Zorn hinausgeworfen hatte.

Er deutete auf einen Schemel und forderte sie auf, sich zu

setzen. »Du bist doch nicht krank? Da sei Gott vor. Du siehst erschöpft aus.«

»Nein, ich bin nicht krank.«

»Was hast du gegessen, nachdem du geflohen warst?«

»Ach, im Wald findet man immer etwas zu essen.«

»Ich habe oft an dich gedacht. Du hast in guter Absicht gehandelt. Du wolltest liebreich zu mir sein, wie Ruth zu Boas. Aber du hattest keine Naomi, die dir den rechten Weg hätte zeigen können. Ich bin in Wut geraten, und im Zorn macht man grobe Fehler.«

»Hat Cybula dir das Geld gegeben, damit du fortgehen und in anderen Ländern nach Juden suchen kannst, die das Gesetz der Thora einhalten?«

»Nein, noch nicht. Er will es mir erst nach der Ernte geben. Aber im Lager sind üble Dinge im Gange. Man trifft wieder Vorbereitungen für ein Menschenopfer. Dieser Cybula ist ein kluger und auch mitfühlender Mann, aber die anderen ziehen ihn in ihren Morast. Einer von denen, die an den sogenannten Jesus Christus glauben, ist ins Lager gekommen und hat ihnen völlig den Kopf verdreht. Er hat sie in das Spinnennetz des falschen Glaubens gelockt.«

»Laß uns gemeinsam fliehen!« flüsterte Kosoka.

»Ich habe Cybula mein Wort darauf gegeben, daß ich bis zur Ernte bleiben werde. Aber du, meine Tochter, lauf weg und versteck dich! Wenn sie dich, Gott bewahre, erwischen, werden sie dich vielleicht …«

»Sie werden mich nicht erwischen. Wann machst du dich auf den Weg, um in fremden Ländern nach deinem Volk zu suchen?«

»Cybula hat mir versprochen, mich gleich nach der Ernte gehen zulassen.«

»Ich gehe mit dir.«

Ben Dosa überlegte eine Weile. »So sei es. Aber du mußt

mir versprechen, auch vor dem Tag, an dem du endgültig meinen Glauben annehmen wirst, nichts Unrechtes zu tun.«

»Das verspreche ich.«

»Du solltest lieber unverzüglich fliehen, denn hier im Lager ist dein Leben in Gefahr.«

»Ich möchte mit dir gehen.«

»Wenn sie uns zusammen fortgehen sehen, werden sie dich, Gott bewahre, vielleicht zurückschleppen.«

»Ich werde auf dem Weg, der nach Miasto führt, auf dich warten.«

»Woher willst du wissen, wann ich dort eintreffen werde? Ich bin den Leuten hier ausgeliefert.«

»Ich werde jede Nacht zu dir kommen.«

Der Morgen graute schon, als Kosoka die Hütte verließ. Ben Dosa hatte ihr zwar nicht ausdrücklich versprochen, sie zu heiraten, aber aus seinen Worten konnte sie schließen, daß er es tun wollte, sobald sie beide zu einer jüdischen Siedlung gelangten, wo Kosoka alles Notwendige für ein tugendhaftes Leben lernen konnte. Für eine Rückkehr Ben Dosas zu Weib und Kindern war zuviel Zeit vergangen. Die Hoffnung, daß der Allmächtige ihn zurück in die Heimat führen würde, hatte er aufgegeben, obwohl geschrieben stand: »Von einem Augenblick zum anderen wird Gott dich erretten.« Ben Dosas Weib hatte sich ausbedungen, nie einer Nebenbuhlerin gegenübertreten zu müssen. Was würde sie zu einer Frau wie Kosoka sagen, die – in Unreinheit empfangen, geboren und aufgezogen – von Generationen barbarischer Götzendiener abstammte?

»Vater im Himmel!« rief Ben Dosa. »Ich bin in einem Netz gefangen, aber ich bin in deiner geheiligten Hand!«

2

Der letzte Erntetag war der Auftakt zu einem großen Fest, das drei Tage und drei Nächte dauern und damit enden sollte, daß ein Opfer durch das Los bestimmt wurde. Kora war die Priesterin, die das Opfer darbringen, das Blut auf den Altar träufeln und das Fleisch verbrennen sollte. Sie hatte Cybula nichts von Kosoka erzählt – weder von deren Gefangenschaft im Schweinestall noch von ihrer Errettung durch einen Unbekannten. Und weil sie ihm diesen Vorfall verschwieg, hatte Cybula beschlossen, ihr vorläufig nicht damit zu drohen, daß er über ihre Machenschaften Bescheid wisse. Er wollte ihr erst im letzten Augenblick zeigen, wer hier im Lager der Krol war.

Am ersten Tag des Festes war es sehr heiß. Niemand konnte sich erinnern, jemals einen heißeren Tag erlebt zu haben. Gewöhnlich blies morgens vom Gebirge her ein kühler Wind, an diesem Tag aber war es windstill und drückend schwül.

Cybula wurde von Schreien aufgeweckt. Es waren nicht die Schreie eines einzelnen, es war das Geschrei einer Menschenmenge, ähnlich wie in jener Nacht, als die Wojaken das Lager überfallen hatten. Mehrere Kinder rannten an ihm vorbei. Er wollte sie aufhalten, doch sie eilten davon. Ein Mädchen drehte sich um und rief ihm etwas zu, das er nicht verstehen konnte. »Die Pans haben uns überfallen«, dachte er. »Wieder ein Blutbad!« Dann wurde ihm klar, daß das Geschrei anders klang als bei einem Gemetzel. Er hörte Gelächter und Beifallsrufe. Anscheinend hatte das Lager ohne ihn zu feiern begonnen. Plötzlich sah er Ben Dosa, der splitternackt war und sich kaum auf den Beinen halten konnte. Sein Kopf und seine Füße waren blutig, der halbe Bart war ihm ausgerissen worden. Er rief Cybula ein paar unverständliche Wörter in seiner Muttersprache zu. Dann stürzte er zu ihm, riß ihn fast zu Boden und stieß einen entsetzlichen Schrei aus. Cybula schob ihn mit aller Kraft zurück und rief: »Was ist geschehen? Wer hat dir das angetan?«

»Ko-so-ka!«

Ben Dosa rang nach Luft. Blut quoll ihm aus dem Mund, und mehrere Vorderzähne fielen heraus. Cybula überlief ein Schauder. Er beugte sich über Ben Dosa und fragte: »Kosoka ist über dich hergefallen?«

»Sie haben sich ihrer bemächtigt!«

Cybula begriff sofort. Kora hatte Kosoka eingefangen und zum Opferaltar geschleppt, um sie den Göttern als Opfer darzubringen. Und als Ben Dosa dem Mädchen zu Hilfe kommen wollte, hatte man ihn zusammengeschlagen.

Während Cybula Ben Dosa wieder auf die Füße half, empfand er tiefen Kummer und rasende Wut. Das war Koras Werk! Er lief auf das Getöse zu. »Ich bringe Kora um!« schwor er sich. »Es wird ihr Tod sein – oder meiner.« Er überlegte, ob er sein Schwert holen sollte, aber der Gedanke, daß Kosoka dann vielleicht schon tot sein könnte, hielt ihn davon ab, noch einmal in seine Hütte zu gehen. Er lief weiter und zog Ben Dosa hinter sich her. Als sie den Waldrand erreicht hatten, wurde das Geschrei immer lauter. Aber sobald die Lagerbewohner die beiden Männer kommen sahen, hörte der Lärm auf. Cybula schwenkte die Arme und rief: »Wartet! Wartet!«

Jemand kam auf ihn zugerannt. Kora. Sie schlang die Arme um ihn und rief: »Nein, Cybula! Stör unsere Feier nicht!«

Er stieß sie beiseite, sie stolperte und fiel hin. »Du Scheusal!«

Dann sah er inmitten der Menge die aufgeschichteten Steine, die als Altar dienten. In einer Vertiefung zwischen den Steinen kauerte, wie lebendig begraben, Kosoka. Sie war nackt, die Hände hatte man ihr auf dem Rücken gefesselt, ihr Gesicht war blutunterlaufen und verschwollen. Die Haare waren ihr abgeschnitten oder ausgerissen worden. Einen Augenblick lang glaubte Cybula, sie sei bereits tot. Ihre Augen waren geschlossen, und es sah so aus, als hätte sie zwei schiefe Schlitze im Gesicht. Neben ihr, auf einem Stein, lag eine Axt.

»Es ist zu spät«, dachte Cybula. Jetzt kam wieder Bewegung in die schweigende Menge. Man schrie auf Cybula ein, verfluchte ihn, stieß Drohungen aus. Einige Lesniken näherten sich ihm von hinten und versuchten ihn vom Altar wegzuzerren, aber er versetzte ihnen so heftige Fußtritte, daß sie zu Boden fielen. Er hörte, wie ihn jemand einen Verräter schimpfte. Fäuste wurden geballt, zwei Lesniken hielten Ben Dosa fest. Viele in der Menge hatten Steine in der Hand. Cybula war sich im klaren, in welcher Gefahr er schwebte. Er war nur noch um Haaresbreite davon entfernt, gesteinigt zu werden und zusammen mit Kosoka zu sterben. Ihr runder Kopf machte jetzt eine nickende Bewegung, und aus ihrem Mund kam ein Stöhnen. Cybula schrie der Menge zu: »Tötet mich doch auch! Mörder! Narren! Wahnsinnige!«

»Cybula«, winselte Kora, »stör unsere Feier nicht!«

»Die Baba Jaga will ein Opfer haben!« rief eine Frau.

»Ja, sie muß geopfert werden! Die Baba Jaga verlangt nach ihr!«

Jetzt brachte Cybula so viel Kraft und Kühnheit auf, daß er selber überrascht war. Er zerrte die Steine weg, zwischen denen Kosoka eingeschlossen war, und stieß den Eimer um, in den ihr Blut fließen sollte. Er packte die Axt und schwenkte sie über den Köpfen derer, die ihn vom Altar wegzerren wollten. Eine alte Frau eilte zu Kosoka und versuchte sie wieder zu Bewußtsein zu bringen. Cybula rief der Menge zu: »Die Baba Jaga – ha! Wo war denn die Baba Jaga, als die

Wojaken kamen, um euch abzuschlachten? Und was habt ihr gegen Ben Dosa? Er hat Schuhe für uns gemacht. Er hat unsere Kinder das Lesen und Schreiben gelehrt.«

»Er hat Gott getötet!« schrie jemand.

»Gott kann man nicht töten!« schrie Cybula zurück. »Der Bischof hat doch selbst gesagt, daß sich das alles vor langer, langer Zeit ereignet hat.«

Ben Dosa hustete, wimmerte und spuckte Blut. Cybula warf einen Blick über die Schulter und sah, daß zwei nackte Frauen, deren Brüste mit Blumen geschmückt waren, Kosoka vom Altar herunterhelfen wollten. Auch nackte Männer trieben sich herum. Er wandte sich wieder der Menge zu: »Ihr wollt Blut sehen! Blut! Wenn ihr nicht selber abgeschlachtet werdet, wollt ihr andere abschlachten.«

»Cybula«, rief Kora, »du hast mir doch versprochen, ihr den Kopf abzuhauen!«

»Ich soll das versprochen haben? Du liegst bei mir auf den Fellen und plapperst dummes Zeug! Warum müßt ihr töten? Der Tod ereilt uns doch sowieso. In ein paar Jahren werden unsere Körper in der Erde verwesen. Wir werden von Würmern aufgefressen werden oder zu Staub zerfallen.«

»Unser Geist wird weiterleben!«

»Er wird so tot sein wie unser Körper. Noch nie ist ein Geist zurückgekommen, um uns zu berichten, was drunten in den Schlünden der Erde geschieht. Es gibt nur einen einzigen Gott – er heißt Smierc und ist der Gott des Todes. Er holt uns alle zu sich und braucht eure Opfergaben nicht.«

Rufe ertönten: »*Prawda, prawda, prawda! Das ist wahr!*«

»Er ist der Gott über allen Göttern. Wenn er kommt, enden alle Sorgen, alle Schmerzen. Wir können uns selbst das Leben nehmen, aber wir haben kein Recht, andere zu töten. Seht ihr das ein?«

»*Tak, tak, tak!*«

»Niech zye Cybula!«
»Niech zye bag krol! Es lebe unser Gott, der König!«
Und dann fielen die Leute auf die Knie. Einige Männer
zögerten zwar, knieten dann aber ebenfalls nieder. Kosoka
lag blutend auf dem Boden. Nur Ben Dosa blieb stehen. Als
ihn jemand auf die Knie zwingen wollte, rief er mit rauher
Stimme: »Ich knie nur vor Gott nieder, nicht vor Menschen!«
Und um die Wahrheit seiner Worte zu bezeugen, reckte er die
blutbedeckten Arme gen Himmel.

3

Jagoda war eingeschlafen. Durchs Fenster sickerte Regen
herein. Obwohl das Dach neu war, tropfte Wasser von der
Decke in einen Kübel, den Cybula neben das Bett gestellt
hatte. Er selbst hatte die Ritzen im Dach mit Lehm verstopft,
der aber offenbar vom Regen herausgespült worden war.
Nach der Gluthitze, die am Tag geherrscht hatte, war die Luft
plötzlich abgekühlt. Cybula deckte Jagoda mit einem Fell zu,
damit sie sich nicht erkälten und zu husten beginnen würde.
Dann deckte er sich ebenfalls zu. Seine Hände und Füße
waren kalt, und er wärmte sie an Jagodas Busen und Bauch.
Sie schlief so tief, daß sie nicht aufwachte. Bevor er ein-
schlummerte, hatte Cybula Wachträume. Die Widersprüch-
lichkeit seines Verhaltens verblüffte ihn. Er hatte Kora
umbringen wollen, aber sein eigenes Leben aufs Spiel gesetzt,
um ein Tatarenmädchen zu retten, das Ben Dosas Glauben
annehmen wollte. Er hatte das ganze Lager ausmerzen wollen, machte sich aber trotzdem Sorgen darüber, daß die Wei-
zengarben im Regen verfaulen würden. Am Ende würde
Smierc ihn und alle anderen in sein dunkles Reich tief in den

Schlünden der Erde holen. Und dennoch würde ein anderer Gott, ein Gott des Lebens, dafür sorgen, daß nicht die ganze Menschheit unterginge.

Cybula schlief ein. Im Traum machte er Jagd auf ein großes Tier, das größer war als ein Bär. Auf dessen Rücken ritt ein anderes Tier. Es riß, während er seine Pfeile abschoß, dem großen Tier Fleischklumpen aus dem Körper. Von Zeit zu Zeit sah sich diese Kreatur nach ihm um, lachte ihn aus, spieh Gift und Galle. Im Traum hörte er sich zu Ben Dosa sagen: »Du sprichst zu uns gern von deinem barmherzigen Gott. Was hat dieses Tier getan, um einen so grausamen Tod erleiden zu müssen? Hat es vielleicht den Sabbat nicht eingehalten?« Er lachte im Traum, und dieses Lachen weckte ihn auf.

Jetzt goß es in Strömen. Blitze zuckten, und Cybula sah, daß der Kübel mit Regenwasser übergelaufen war. Das Dach hatte noch eine weitere undichte Stelle bekommen: Wasser tropfte von der Decke in eine andere Ecke des Raumes. Cybula stand auf und suchte nach einem zweiten Kübel. Er glaubte, ein Geräusch zu hören, das wie das Öffnen der Haustür klang. »Es war nur der Wind«, sagte er sich. Er öffnete die Tür zum vorderen Raum und erspähte im Dunkeln die Gestalt eines Mannes. Oder war es eine Frau? Dann hörte er sich fragen: »Wer ist da?«

»Ich bin's, Vater.«

»Laska, weshalb kommst du mitten in der Nacht zu mir?«

Sie kam näher. »Tatele, etwas Schreckliches ist geschehen!«

»Was?«

»Krol Rudy, mein Gatte, ist tot.«

Nach kurzem Schweigen fragte Cybula: »Wann ist er gestorben?«

»Eben erst. Kulak hat mich aufgeweckt.«

»So, so.«

»Ich bin zu ihm hineingegangen, aber er hat nicht mehr geatmet.«

»War er krank?«

»Nein, Vater. Er hat gestern abend mit Kulak gegessen und getrunken. Er ist im Schlaf gestorben.«

»Ein schöner Tod. Der beste«, murmelte Cybula.

Wieder zuckte ein Blitz, und Cybula konnte sehen, daß Laska völlig nackt und tropfnaß war. Ihre Haare trieften. Cybula empfand väterliche Scham. »Warum bist du im strömenden Regen gekommen, ohne dir etwas überzuziehen?«

»Zu wem sonst hätte ich denn gehen sollen? Was soll ich jetzt tun? Soll ich morgen auf dem Feld arbeiten?«

»Wir werden die Ernte ohne dich einbringen – falls es überhaupt noch etwas zu ernten gibt. Dieser Regen wird nicht so bald aufhören.«

»Vater, was soll jetzt aus mir werden?«

»Was aus dir werden soll? Wir begraben oder verbrennen seinen Leichnam, und dann gibt es eine Witwe mehr im Lager. Du und Nosek, ihr seid eng befreundet, stimmt's?«

»Vater, was redest du denn da!«

»Ich weiß alles.«

»Vater, er will mich nicht haben.«

»Ihr reitet gemeinsam aus.«

»Er bringt mir das Reiten bei, aber er will mich nicht haben. Er hat mir unverblümt gesagt, daß er keine Frau braucht.«

»Dann ist er gut dran.«

»Aber ich brauche einen Mann!«

Cybula traute seinen Ohren nicht. Noch nie hatte er eine Tochter so mit ihrem Vater reden hören. Eine neue Generation war herangewachsen, eine Generation ohne Schamgefühl. Er wollte Laska auszanken und wegschicken, doch er beherrschte sich. »Du weißt doch, was für Männer wir hier im Lager haben – bellende Hunde, die nicht beißen. Wenn du so einen haben willst, wird er dir sicher den Gefallen tun.«

»Vater, solche Witze sind jetzt fehl am Platz.«

Draußen blitzte und donnerte es wieder. »Tochter«, sagte Cybula, »wir können die Ernte nicht einbringen, weder morgen noch übermorgen. Und bei diesem strömenden Regen kann auch kein Begräbnis stattfinden. Ich beneide deinen Gatten. Er ist rechtzeitig gestorben. Denn uns steht eine große Hungersnot bevor, eine lange, schwere Prüfung.«

»Wir können wieder auf die Jagd gehen.«

»Nein, Tochter, das können wir nicht. Wir haben einen beträchtlichen Teil unseres Waldes zerstört, wir haben das Wild vertrieben. Wir haben keine Zelte mehr, die wir auf die Jagd mitnehmen könnten. Statt dessen haben wir jetzt Häuser mit Schornsteinen und Fußböden. Und was das Schlimmste ist – wir haben keine Männer mehr. Bis unsere Knaben erwachsen sind, kann die Hungersnot das ganze Lager dahingerafft haben. Warte, ich hole dir etwas zum Anziehen.«

»Ich friere nicht.«

»Aber ich friere.«

Er ging hinüber in den Wohnraum. Jagoda schlief noch immer – sie hatte nichts von dem nächtlichen Besuch gemerkt. Cybula kam mit zwei Fellen zurück, einem für Laska und einem für sich selbst. Er legte eine Strohmatte auf den Boden, und als Laska sich hingesetzt hatte, hockte er sich neben sie. »Wo hast du Ptaschek gelassen?«

»Bei der alten Malenka. Bevor ich wegging, habe ich ihn gestillt.«

»Warum stillst du ihn immer noch? Du solltest ihn endlich entwöhnen.«

»Ptaschek schmeckt die Muttermilch. Wenn ich ihn mit etwas anderem füttere, spuckt er es aus.«

»Zu meiner Zeit haben sich die Frauen Ruß auf die Brustwarzen geschmiert. Den Säuglingen wurde davon speiübel, und auf diese Weise hat man sie entwöhnt. Ich weiß noch, wie meine Mutter dieses Mittel bei meiner Schwester Milutka angewandt hat.«

»Ich habe es auch schon damit versucht, aber es nützt nichts. Ptaschek hat schon Zähne und beißt mich in die Brustwarze, bis ich vor Schmerzen schreie. Und wohin mit der Muttermilch? Meine Brüste sind voll.«

»Sobald er nicht mehr daran saugt, wird deine Muttermilch versiegen.«

Lange saßen Vater und Tochter schweigend beieinander. Draußen blitzte es nicht mehr, aber noch immer regnete es in Strömen. Plötzlich sagte Laska: »Tatele, ich brauche einen Mann.«

Etwas in Cybula zersprang. Mit Tränen in den Augen schlang er die Arme um Laska. »Ach, meine Tochter!«

Der neue Krol

Nach der Ernte besprach Cybula eines Morgens mit Nosek, wie der Weizen verteilt werden sollte. Es galt zu entscheiden, wieviel davon für die Aussaat im kommenden Jahr aufbewahrt werden und ob man noch mehr Bäume und Buschwerk roden sollte, um urbares Land zu gewinnen. Außerdem führte Cybula mit Nosek ein vertrauliches Gespräch über seine Tochter. Laska sei noch zu jung, um Witwe zu bleiben. Nosek gab offen zu, daß er sich nicht zum weiblichen Geschlecht hingezogen fühle, erklärte sich aber trotzdem bereit, Laska zu heiraten, falls sie und ihr Vater es so wollten. Aber Kinder mit ihr zeugen? Wohl kaum. Cybula sagte scherzhaft, er hoffe, daß Laska mindestens noch ein Kind zur Welt bringen werde, damit Ptaschek einen Bruder oder eine Schwester bekäme. Worauf Nosek weise zurückhaltend erwiderte: »Wir können's ja versuchen.« Cybula bezweifelte allerdings, daß diese Heirat zustande kommen würde.

Plötzlich waren laute Stimmen und Pferdegetrappel zu hören. Cybula und Nosek gingen hinaus und sahen sich nahezu dreißig Reitern gegenüber, die flachsfarbene Mäntel, Lederstiefel und Pelzmützen trugen. Sie waren mit Schwertern und Speeren ausgerüstet. An ihrer Spitze ritt auf einem Schimmel mit reichverziertem Sattel ein Mann, der einen langen Schnurrbart hatte und von dessen Hut eine Feder herabhing. Sein Mantel war mit rotem und weißem Garn bestickt.

Seine Stiefel waren gespornt. Zwei Reiter bliesen ein Trompetensignal und forderten mit dem Ruf »*Nabok, nabok*!« die Leute auf, den Weg freizumachen. Der Pan, der sie anführte, hatte die Umstehenden offenbar nach ihrem Krol gefragt, denn als Cybula und Nosek an der Tür erschienen, ertönten Rufe: »Dort ist er! Da ist unser Krol!«

Der Pan mit dem langen Schnurrbart war gedrungen und breitschultrig und hatte ein pockennarbiges Gesicht. Er zügelte sein Pferd und fragte mit rauher Stimme: »Ist das etwa euer Krol? Barfuß?«

Cybula faßte sich wieder und sagte: »Wir sind ein kleines, armes Lager. Wir hatten einen Schuhmacher, aber er hat uns verlassen.«

»Wie heißt du, Krol?«

»Cybula.«

»Cybula? Hm. Warum nicht Rettich oder Knoblauch?«

Die Reiter brachen in schallendes Gelächter aus. Einige Pferde, offenbar erschreckt durch den Lärm, scheuten und wollten durchgehen, wurden aber von ihren Reitern gezügelt.

»Diesen Namen hat mir mein Vater gegeben«, sagte Cybula.

»Soso, dein Vater. Du weißt, Cybula, daß du jetzt nicht mehr der Krol dieses Lagers bist. Und auch nicht der Statthalter des Krols. Von heute an bin ich euer Krol, euer Pan, euer Anführer.« Nun wandte sich der Mann auf dem Schimmel den Lagerbewohnern zu. »Ich weiß, daß ihr euch Lesniken nennt, aber von nun an werden alle, die dieses Land bewohnen und die polnische Sprache sprechen, Polen genannt. Wir kommen zu euch nicht als Feinde, sondern als Brüder, als Mitglieder einer großen Familie. Ich habe erfahren, daß es in eurem Lager keine jungen Männer gibt – nur Frauen, Kinder und alte Männer. Aber meine Burschen sind starke, verwegene Kämpfer, die das gleiche haben wollen wie andere auch: Wodka und Weiber. *Prawda?*«

»*Prawda! Prawda!*« riefen die Reiter einstimmig.

»Mir wurde berichtet, daß ihr begonnen habt, eine Mauer um euer Lager zu errichten. Selbst ein Frosch könnte über eure Mauer springen! Ihr täuscht euch, wenn ihr glaubt, uns Widerstand leisten zu können. Unsere Schwerter sind scharf, und unsere Speere sind genau auf eure Bauchnabel gerichtet. Wir werden euch Brot, Kleidung und Schuhe geben, aber als Gegenleistung verlangen wir unverbrüchliche Gefolgschaftstreue und bedingungslosen Gehorsam. Wer die Hand gegen uns erhebt, dem wird sie abgeschlagen. Wer die Stimme gegen uns erhebt, dem wird die Zunge ausgerissen. Verstanden?«

Niemand antwortete.

»Verstanden, Cybula?«

»Verstanden.«

»Die Mauer, mit deren Bau ihr begonnen habt, werdet ihr niederreißen. Kein Pole darf durch eine Mauer von einem anderen Polen getrennt sein. Ich und meine Männer wollen in Häusern wohnen und reichlich zu essen haben. Und wir brauchen genügend Honig, Gerste und Obst, um Met und andere Getränke daraus zu brauen. Mit alledem habt ihr uns zu versorgen. Wir wollen euren Weibern keine Gewalt antun, aber Weiber sind dazu da, die Bedürfnisse der Männer zu befriedigen, und wir haben große Bedürfnisse. *Prawda*, Burschen?«

»*Prawda! Prawda!*«

»Ich bin Krol Jodla, und so habt ihr mich anzureden. Ich werde jeden Bittsteller empfangen, aber ihr müßt auf Knien und gesenkten Hauptes vor mir erscheinen. Das gilt für die Männer ebenso wie für die Frauen. Die beiden Männer hinter mir sind meine Knieze – Kniez Woll und Kniez Niedzwieds. Sie werden euch meine Befehle übermitteln. Ihr dürft einen Ältesten wählen, einen *starszy*, der für euch sprechen wird. Wenn ihr wollt, könnt ihr euren Cybula wählen, aber dann muß er Schuhe anziehen, statt barfuß wie ein Bettler herumzulaufen.«

»Ich will kein Starszy sein«, sagte Cybula. Seine Kehle war so trocken, daß er die Worte kaum herausbrachte.

»Ach, du willst nicht? Niemand hat dich gefragt, was du willst. Von jetzt an bist du der Starszy dieses Lagers. Wer ist der lange Dünne neben dir?« Krol Jodla deutete auf Nosek.

»Ich heiße Nosek.«

»Nosek? Warum nicht Nos?«

»Es ist mein Name.«

»Von jetzt an heißt du Nos. Bist du ein Lesnik?«

»Nein, Krol Jodla. Ich bin ein Pole. Ich kam mit Krol Rudy hierher, der vor kurzem gestorben ist.«

»Mir ist alles zugetragen worden. Vor mir kann man nichts geheimhalten. Schon bevor jemand abfällig über mich zu denken beginnt, weiß ich Bescheid und lasse ihm den Kopf abschlagen. Ein Feind ohne Kopf – damit können wir uns abfinden. *Prawda*, Burschen?«

»*Prawda! Prawda!*«

»Wir Polen haben viele Feinde. Heimliche und solche, die wir kennen. Die meisten haben wir uns vom Halse geschafft, aber noch nicht alle. Wir wollen ein großes Volk werden, ein und dieselbe Sprache sprechen und in unserem eigenen Land leben. Unsere Feinde wollen, daß wir uns in kleine Lager aufsplittern, viele verschiedene Sprachen sprechen und vielen fremden Göttern dienen, so daß die Russen, die Deutschen und die Tschechen uns auseinanderreißen und versklaven, Abgaben von uns erheben und unsere Frauen schänden können. Aber sie werden niemals über uns triumphieren. Mag noch so viel Blut vergossen werden – am Ende tragen doch wir den Sieg davon! Viele unserer Helden werden in der Erde verwesen, ihre Namen und Taten aber werden weiterleben. Hast du ein Weib, Starszy Cybula?«

»Ja, Krol Jodla.«

»Wie heißt sie?«

»Jagoda.«

»Jagoda? Hm. Cybula und Jagoda. Die scharfe Zwiebel und die süße Beere. Das kann man sich leicht merken. *Prawda*, Burschen?«

»*Prawda! Prawda!*«

2

Cybula hatte damit gerechnet, daß Krol Jodla unverzüglich sein oder Laskas Haus beschlagnahmen würde. Aber der Tag war schon fast vorüber, und der Krol ließ sich nicht blicken. Von Kora erfuhr Cybula, daß Krol Jodla und seine Reiter die leerstehenden Wojakenhütten bezogen hatten. Einige der neuen Wojaken waren in der Hütte, die Ben Dosa bewohnt hatte, untergebracht worden, einige in den Hütten, die als Getreidespeicher dienten, einige in den Pferdeställen und einige in der Werkstatt, wo Czapek die Pflüge, Sensen und Sicheln sowie andere in Miasto erstandene wertvolle Dinge aufbewahrte.

Obwohl es ein sonniger, warmer Tag war, wagten sich nur wenige Lagerbewohner aus ihren Hütten. Nicht einmal die Kinder kamen zum Spielen heraus. Jeder Gedanke an Widerstand war verflogen. Mit diesen jungen, bewaffneten Reitern konnten es die Frauen des Lagers nicht aufnehmen, von den alten Männern ganz zu schweigen. Weil Krol Jodla versichert hatte, er sei nicht als Feind, sondern als Freund gekommen, waren die jungen Mädchen eifrig damit beschäftigt, sich zu putzen, zu schniegeln und zu striegeln. Sie zogen die Gewänder an, die sie auf Cybulas und Jagodas Hochzeitsfest getragen hatten, und dazu die von Ben Dosa angefertigten Schuhe.

Als Krol Jodla und seine Männer zum Feld geritten waren, gingen Nosek und Cybula in sein Haus zurück, wo die beiden mit gedämpfter Stimme lange miteinander sprachen. Laska brachte ihnen eine schlechte Nachricht: Ptaschek sei erkrankt. Sein Gesichtchen fühle sich ganz heiß an. Er weigere sich, an ihrer Brust zu saugen, und mache die Augen kaum mehr auf. Cybula, der auch der Heilkundige im Lager war, erklärte, er könne am ersten Tag der Krankheit noch nicht sagen, was dem Kleinen fehle. Vielleicht habe er die Masern bekommen oder die Schafblattern oder Scharlach. Schluchzend ging Laska wieder nach Hause.

Männer und Frauen liefen in dumpfes Schweigen gehüllt umher. Niemand wußte, was die Nacht bringen würde. Die Sonne ging blutrot umkränzt unter und ließ flammende Wolken zurück. Die Vögel setzten sich wie stets auf die Äste der wenigen übriggebliebenen Bäume, auf Dächer und Schornsteine. Die Grillen zirpten, die Frösche quakten. Immer wieder glitten Sterne blitzschnell übers Himmelsgewölbe und verschwanden oder erloschen hinter den Bergkuppen. Jagoda briet auf Holzkohlen den Ziemer eines Junghirsches, den Cybula mit Pfeil und Bogen erlegt hatte. Dann nahmen die beiden schweigend ihr Nachtmahl ein. Sie aßen auch das Beerenmus, das Kora am Abend zuvor ihrer Tochter gebracht hatte. Mit ihren vom Beerensaft schwärzlich verfärbten Lippen und Wangen sah Jagoda wieder wie ein ganz junges Mädchen aus.

Seit Koras Plan, Kosoka den Göttern zu opfern, von Cybula vereitelt worden war, herrschte zwischen den einstigen Liebenden eine spannungsgeladene Atmosphäre. Kora legte sich jetzt nicht mehr zu Cybula und Jagoda ins Bett, und wenn sie mit ihm sprach, hielt sie den Blick gesenkt. Sie war nicht die einzige im Lager, die ihm grollte. Als Krol Jodla und seine Reiter aufgetaucht waren, hatten etliche alte Weiber prophezeit, daß diese Eindringlinge die Rache der Baba Jaga vollstrecken würden.

An den meisten Sommerabenden brauchten die Lagerbewohner ihre Fackeln nicht zu entzünden. Sie konnten das Nachtmahl im Schein des Herdfeuers einnehmen. Cybula jedoch zündete oft den Docht an, der sich in einem kleinen, mit Keimöl gefüllten Gefäß befand. Von Ben Dosa und später von Nosek hatte er gelernt, die Buchstaben des hebräischen Alphabets in Zahlen umzuwandeln: Alef = 1, Bet = 2, Gimel = 3, Jod = 10, Kaf = 20, und so weiter bis Kof = 100. Wenn er die Zahl Elf schreiben wollte, schrieb er ein Jod und ein Alef. Für die Zahl Zwölf standen ein Jod und ein Bet. Es fiel ihm nicht leicht, all diese Zahlen zu lernen, aber nach einiger Zeit konnte er gut damit umgehen. Manche Buchstaben konnte er dazu benützen, seinen Namen und andere polnische Wörter, ja sogar ganze Sätze zu schreiben. Für einige Buchstaben, die in seiner Muttersprache stimmhaft ausgesprochen wurden, gab es keine entsprechenden hebräischen Buchstaben, aber Ben Dosa hatte ihm erklärt, man brauchte über den Buchstaben *sajin*, *zade* und *schin* bloß ein kleines Zeichen anzubringen, dann würden auch sie stimmhaft ausgesprochen. Manchmal beschäftigte sich Cybula stundenlang damit, Buchstaben auf einen Holzklotz zu schreiben oder in ein Stück Baumrinde zu ritzen. Da er für die Buchhaltung des ganzen Lagers verantwortlich war, erwiesen sich seine Schreibübungen als ungemein nützlich.

Obwohl Cybula an diesem Abend nichts zu verbuchen hatte, ritzte er Wörter in ein Stück Baumrinde. Als Jagoda ihn fragte, was er jetzt, da er nicht mehr der Krol sei, zu tun

gedenke, schnauzte er sie an: »Ich bin ja nicht als Krol geboren worden!«

»Für mich wirst du immer mein Krol und mein Gott sein«,
erwiderte Jagoda.

Cybula widmete sich noch eine Weile seinen Schreibübungen, dann löschte er die Öllampe und legte sich zu seiner Frau
ins Bett. Seit Kora nachts nicht mehr bei ihnen war, schlief
Jagoda nicht mehr so schnell ein. Sie war sinnlicher geworden. Neckisch sagte sie zu Cybula: »Wenn ich unser Kind
geboren habe, wirst du jede Nacht an meinen Brüsten
saugen.«

»Falls ich dann noch am Leben bin.«

»Weshalb denn nicht? Du bist doch noch gar nicht so alt.«

»Unser neuer Krol wird meinem Leben ein Ende machen.«

»Warum? Er hat doch gesagt, daß er als Bruder zu uns
gekommen ist.«

»Manchmal bringen Brüder einander um«, entgegnete
Cybula. Dann erinnerte er Jagoda an Kain und Abel, von
denen Ben Dosa ihnen erzählt hatte.

Ben Dosa war fort und würde wohl nie mehr zurückkehren. Aber vergessen hatte man ihn im Lager nicht. Alle waren
der gleichen Meinung: Sein Körper sei zwar verschwunden,
aber seine *dusza*, seine Seele, sei dageblieben. Die Kinder
sprachen oft von ihm. Nachdem sie wochenlang nur herum-
gelungert oder den Erwachsenen beim Früchtesammeln und
Wurzelausgraben geholfen hatten, wollten sie jetzt wieder
etwas lernen. Sie sehnten sich danach, wieder lesen und
schreiben zu dürfen und Geschichten erzählt zu bekommen.
Wenn sie spielten, schlüpfte jedesmal eines der älteren Kinder
in die Rolle Ben Dosas, nahm mit ihnen das Alphabet durch,
rezitierte »Ich danke dir, o Herr …« und dachte sich allerlei
Wundertaten aus.

In dieser Nacht wohnte Cybula seinem jungen Weib

mehrmals bei. Er fragte, ob sie das Kind in ihrem Leib schon spüren könne. »Dafür ist es noch zu früh«, sagte Jagoda. »Später wird es zu strampeln beginnen. Wie sollen wir es nennen? Ach, ich weiß, wie! Wir nennen es Cybula.«

»Warum nicht Rettich?« äffte Cybula die Witzelei Krol Jodlas nach.

In diesem Augenblick öffnete jemand die Tür, die Cybula versehentlich nicht zugesperrt hatte. Er schreckte hoch und rief: »Wer ist da?«

Eine Männerstimme sagte: »Nicht schreien! Habt keine Angst! Mein Name ist Palec. Früher hieß ich Schliwka. Ich war als Wojak in diesem Lager, habe es aber vor einiger Zeit zusammen mit den anderen verlassen. Jetzt bin ich mit Krol Jodla zurückgekommen. Erinnerst du dich an mich?«

»O ja, Schliwka.«

»Ich kann mich auch an dich erinnern«, sagte Jagoda.

»Ja, ich bin Schliwka. Wir waren zu sechst, aber unterwegs sind wir in Streit geraten und aufeinander losgegangen. Zwei von uns wurden umgebracht, die anderen verschwanden – weiß der Teufel wohin. Ich bin allein durchs Land gezogen, bis ich mich schließlich Krol Jodlas Reitern anschloß. Du weißt vielleicht noch, daß ich schon immer gut mit Pferden umgehen konnte.«

»Ja, ja. Weshalb kommst du mitten in der Nacht zu uns?«

»Bleib, wo du bist! Steh nicht auf! Sonst stoße ich dir ein Messer in den Bauch! Und dein Weib, diese Närrin Jagoda, bringe ich dann ebenfalls um. Ich weiß alles über euch. Kora, Jagodas Mutter und deine Geliebte, hat Lis, meinen besten Freund, getötet. Schweig, Jagoda! Wenn du auch nur einen Laut von dir gibst, ist's aus mit dir!«

»Was willst du?« fragte Cybula.

»Die Beute. Ich weiß, daß du Krol Rudys Kriegsbeute irgendwo versteckt hast. Bevor wir Wojaken das Lager verließen, haben wir danach gesucht, aber nichts gefunden. Du warst an jenem Tag nicht da. Die Beute gehört Krol Rudy und seinen Männern. Wir, seine Männer, haben sie erkämpft. Jetzt sind die anderen nicht mehr da, also bin ich sein einziger Erbe. Sag mir, wo die Beute ist – oder ich haue dich in Stücke!«

Nach kurzem Zögern sagte Cybula: »Droh mir nicht! Wenn du töten willst, dann töte! Mehr als einmal kann man sowieso nicht sterben.«

»Ich will dich nicht töten. Ich will die Beute.«

»Cybula, sag ihm alles!« rief Jagoda. »Dein Leben ist mehr wert als der Schatz.«

»Ja, ich sage es ihm. Ich brauche das Gold nicht. Aber was wirst du damit tun, Schliwka? Der Sack ist schwer. So schwer, daß ein Mann ihn nicht allein tragen kann. Wenn die anderen dich damit sehen, bringen sie dich um.«

»Was kümmert *dich* das? Ich lade den Sack auf mein Pferd und reite heute nacht davon. Mit Krol Jodla und seiner Horde von Banditen und Vielfraßen will ich nichts zu tun haben.« Schliwkas Stimme wurde lauter. »Wo ist die Beute?«

»Vergraben. Auf der Lichtung hinter Krol Rudys Haus stehen drei Bäume – zwei Kastanien und eine Linde. Die Beute ist unter der Linde vergraben.«

»Wie tief?«

»Nicht besonders tief.«

Eine Weile herrschte Schweigen. Dann sagte Schliwka: »Ich weiß, daß deine Tochter Laska mit ihrem Kind dort wohnt. Wenn du mich belogen hast, werden beide mit dem Leben dafür büßen. Laß dir das gesagt sein!«

»Ich habe dich nicht belogen. Wenn du unter der Linde gräbst, wirst du den Schatz finden. Aber wie willst du das im Dunkeln bewerkstelligen?«

»Laß das meine Sorge sein! Alles ist vorbereitet. Zwei

Schaufeln, zwei Pferde. Ich habe alles im voraus geplant. Ihr beide bleibt hier und muckst euch nicht. Ich bin nicht allein. Ein Freund von mir ist an der Sache beteiligt. Wenn du eine Dummheit machst, müßt ihr sterben – du, Jagoda, deine Tochter, dein Enkel. Und deine Schwiegermutter Kora, die Hure.«

»Ich werde keine Dummheit machen.«

»Bevor ich gehe, möchte ich dir etwas sagen. Es wird dir nicht gefallen, aber es ist wahr. Reden wir von Mann zu Mann! Wir Wojaken haben dich immer gut leiden können, für uns bist du nie ein Fremder gewesen. Deine Tochter war das Eheweib unseres Krols. Du wolltest mit uns in Frieden leben. Kora war schuld daran, daß du zum Rebellen wurdest.«

»Was willst du mir sagen?«

»Die Wojaken haben gewußt, daß Kora dich fortwährend betrog. Nachts lag sie bei dir, aber tagsüber kam sie zu mir und den anderen Wojaken, um bei uns zu liegen. Sie beklagte sich darüber, daß du schon zu alt wärst, und sie sagte, ihre Bedürfnisse könnten nicht von einem einzigen Mann befriedigt werden.«

»Meine Matka?« Jagoda rang keuchend nach Luft.

»Sei still, Jagoda!« Cybula kam die Galle hoch, und es kostete ihn Mühe zu sprechen. »Du lügst!« sagte er zu dem Wojaken.

»Ich sage die Wahrheit. Ich schwöre es bei den Gebeinen meiner Mutter und bei allen Göttern. Kora hat mir das Zeichen gezeigt, das du ihr in die Brust geritzt hast. Und sie hat mir erzählt, daß du sie *kurczak* – Hühnchen – nanntest und daß du ein Muttermal auf dem Bauch hast.«

»Aha!«

»Ich erzähle dir das alles, weil ich dich mag. Und Kora verabscheue ich. Jetzt möchte ich dir noch etwas sagen. Wir werden nicht den ganzen Schatz mitnehmen, sondern dir etwas davon zurücklassen. Krol Jodla wird sich nicht lange so gut benehmen. Früher oder später wird er mit dem Auspeitschen und Abschlachten beginnen – er und seine Banditen. Er hat den eigenen Vater getötet. Wenn du mit Weib und Tochter nach Miasto fliehst, kannst du dort ein neues Leben beginnen. Ich reite weit fort. Vielleicht bis zum Bug, vielleicht noch weiter. Denk an meine Worte! Mein Leib soll vor meinem Tod verfaulen, wenn ich dich belogen habe.«

»Ich glaube dir, Schliwka. Und ich danke dir.«

»Weshalb?«

»Weil nichts so bitter oder so süß ist wie die Wahrheit«, sagte Cybula und wunderte sich über seine eigenen Worte.

3

Kaum war Schliwka gegangen, da begann Jagoda zu jammern. »Matka ist eine Hure! Ich bin nicht das Kind meines Vaters!« Schluchzend warf sie sich auf Cybula, und im Nu war sein Gesicht feucht von ihren Tränen. »Deine Mutter ist eine Hure«, sagte er, »aber du bist das Kind deines Vaters.«

»Ach, ich will sterben! Ich will sterben!«

»Das wirst du. Früher als du glaubst.«

»Ich will mit dir sterben.«

»Ja, ich bin dein Gott, und du bist Gottes Tochter«, sagte Cybula. Es sollte ein Scherz sein.

»Ich will nicht mehr leben!« Sie umklammerte seinen Hals.

Sie wirkt zwar klein und schwächlich, dachte er, aber ihre Arme sind ungemein kräftig. »Du erdrosselst mich«, sagte er barsch.

Da ging die Tür auf, und Kora huschte wie ein Schatten herein. Jagoda erkannte die Umrisse ihrer Mutter und schrie: »Matka, du bist eine Hure! Ich bin nicht deine Tochter!«

»Was ist denn in dich gefahren? Wessen Tochter bist du denn, wenn nicht meine?«

Cybula stieß Jagoda weg. Er wollte Kora packen und ihr den Kopf auf den Herdsteinen einschlagen – aber dann fragte er nur: »Was hast du mitten in der Nacht hier zu suchen?«

»Warum schreit Jagoda wie eine Irre?«

»Kora, das Spiel ist aus«, sagte Cybula und wunderte sich, daß er überhaupt noch mit ihr redete. Kora rührte sich nicht. Wie erstarrt blieb sie im Dunkeln stehen. Durch das viereckige Loch in der Wand drang nur ein wenig Sternenlicht.

»Was für ein Spiel?« fragte Kora. »Was ist aus? Habt ihr beide den Verstand verloren?«

»Kora, du bist eine abscheuliche, nichtswürdige Lügnerin und Verräterin. Hinaus mit dir! Und laß dich hier nie mehr blicken! Wenn du nicht sofort verschwindest, werde ich dich …«

»Was habe ich denn getan? Warum brüllst du mich so an?«

»Mutter«, rief Jagoda in einem Ton, den Cybula noch nie von ihr gehört hatte, »du hast bei Schliwka gelegen und bei all den anderen Feinden! Du hast meinen Vater und dann auch Cybula betrogen. Ich bin nicht mehr deine Tochter! Hinaus mit dir! Du bist eine Hure! Ein Stück Dreck!«

Kora zuckte zusammen. »Was ist geschehen? Warum redest du plötzlich von Schliwka? Er ist doch schon lange tot.«

»Jagoda, schweig!« befahl Cybula.

»Ich will aber nicht schweigen! Schliwka war hier und hat uns alles erzählt. Du hast ihm damals das Zeichen auf deiner Brust gezeigt. Du hast dich mit ihm und anderen eingelassen, du liederliches Weibstück!«

»Schliwka lebt? Er war hier?«

»Jagoda, halt den Mund!« warnte Cybula. »Niemand war hier, aber wir wissen alles über deine Schliche und deine hinterlistigen Machenschaften. Du bist eine läufige Hündin, eine Schlaufüchsin, eine Drecksau. Ich sollte dich zerquetschen wie eine Wanze, aber ich will meinen Fuß nicht mit deinem Blut besudeln.«

»Bring sie um! Zerquetsche sie!« schrie Jagoda.

»Cybula, ist das die Tochter, die ich im Schoß getragen und zur Welt gebracht habe? Oder hast du dir vielleicht eine neue Bettgenossin gesucht?«

»Kora, es ist die Wahrheit.«

»Warum schreit sie mich wegen Schliwka an? Das muß ein Alptraum sein – ich schwöre es bei den Göttern!«

»Nein, Kora, du träumst nicht. Du hast mit unseren Feinden und Mördern gehurt. Sogar mit denen, die deine Töchter geschändet und erstochen haben. Jetzt sind deine Schandtaten ans Licht gekommen. Du hast mir geschmeichelt, mich den männlichsten aller Männer genannt – und dann bist du zu ihnen gegangen und hast dich darüber beklagt, daß ich ein alter Schwächling sei. Hinaus mit dir! Und erspar uns künftig den Anblick deiner widerlichen Fratze! Es gibt keine Götter, aber sollte es tatsächlich welche geben, dann werden sie dich am Ende richten. Jagoda und ich, wir verlassen noch heute das Lager. Du wirst nie erfahren, wo unsere sterblichen Überreste begraben sind!«

»Matka, hinaus mit dir!« schrie Jagoda.

Kora schien zu wanken. »Geht nicht fort, bevor ihr euch nicht angehört habt, was ich zu sagen habe.«

»Weshalb sollten wir dem Zischen einer Schlange zuhören?«

»Mag sein, daß ich eine Schlange bin, Cybula, aber ich bin deine Schlange und dir mit Leib und Seele und jedem Blutstropfen treu ergeben. Als du noch der Richter unseres Lagers warst, hast du oft gesagt, man dürfe nicht nur die eine Seite anhören. Und jetzt kommt plötzlich irgendein Schwätzer zu dir und erzählt einen Haufen Lügen. Und ohne dir anzuhören, was ich zu sagen habe, verdammst du mich. Ist das gerecht?«

»Was hast du zu sagen? Kurz und bündig!«

»Zunächst möchte ich sagen, wie elend man sich fühlt, wenn man ein Kind ausgetragen, gestillt und aufgezogen hat, das dann so schändlich über seine Mutter herzieht. Ich wußte nicht, daß dieses Mädchen eine so scharfe Zunge hat und so gemeine Schimpfwörter kennt. In ihrer Kehle muß sich ein Smok oder irgendein anderer Unhold eingenistet haben. Diese Nacht werde ich nicht vergessen, bis man mich ins Grab legt und meine Augen mit Erde bedeckt. Und nun möchte ich fragen, ob Schliwka wirklich noch am Leben ist. Er ist hier erschienen, um mich zu schmähen, Lügen über mich zu verbreiten, mich fälschlich zu beschuldigen und den Rest meiner Lebenszeit zu verkürzen. Du, Cybula, hast immer behauptet, der Gott über allen Göttern sei Smierc, der Todesgott. Bald wird er mich zu sich holen, wie alle anderen auch. Die Grabesruhe ist nicht den Kniezen und Krolen vorbehalten, sie wird jedem gewährt. Und auch du, meine undankbare Tochter, solltest dich darauf vorbereiten, denn auch deine letzte Stunde wird kommen. Ist Schliwka unter den Reitern, die ins Lager gekommen sind?«

»Er ist gekommen, um zu fragen, wo Krol Rudys Kriegsbeute versteckt ist«, sagte Jagoda.

»Ich habe doch gesagt, du sollst schweigen«, ermahnte sie Cybula. »Ja, Kora, Schliwka lebt. Er war hier. Warum fragst du? Hast du ihn vermißt?«

»Er ist also gekommen, um Krol Rudys Beutegold zu holen und mich mit Schmach und Schande zu bedecken?«

»Er hat die Wahrheit gesagt. Er weiß Dinge, die eigentlich nur du und ich wissen können.«

»Was denn?«

»Genug. Was bist du eigentlich? Ein weiblicher Blutsauger? Ein Dämon, der nachts wie eine Fledermaus herumfliegt? Wie viele Männer brauchst du zu deiner Befriedigung? Tausend?«

»Mag sein, daß ich all dies bin. Oder etwas noch Schlimmeres. Aber eines mußt du wissen: Meine Liebe zu dir, Cybula, ist stärker als die Götter, gewaltiger als die Berge, heißer als das Feuer, tiefer als der tiefste Abgrund. Sag über mich, was du willst – vielleicht ist es wahr. Aber zu sagen, daß ich dich nicht liebe, das wäre eine Lüge.«

»Du liebst doch jeden Mann.«

»Keinen außer dir.«

»Ich kann nicht länger hierbleiben. Ich wollte niemals Krol sein, aber ebensowenig will ich zum Ältesten gewählt werden. Jetzt muß ich tun, was ich schon lange tun wollte: vor den Menschen fliehen. Jagoda nehme ich mit. Du kannst dich jetzt mit dreißig Reitern vergnügen, und bald werden es noch mehr sein. Kora, geh! Ich will dein Gesicht nicht mehr sehen und deine Stimme nicht mehr hören.«

»Matka, laß uns allein!« sagte Jagoda.

»Cybula hat recht, wenn er mich züchtigt. Und auch, wenn er mich töten will. Dann werde ich meinen Kopf auf diesen Stein legen, damit er ihn mir abhauen kann. Du aber, du Ungeziefer, du mißratene Frucht meines Leibes, schweig – oder ich …«

»Wer war mein Vater?«

»Dein Vater war Kostek, aber du bist es nicht wert, seine Tochter zu sein, du Miststück! Wenn du noch ein einziges Wort zu mir sagst, reiße ich dir die Haare aus. Dann bist du so kahl wie Kosoka.«

»Kora, geh!« sagte Cybula.

»Ich gehe, ich gehe. Wenn du das Lager verlassen willst, dann tu es jetzt. Bei Tagesanbruch wird es dafür zu spät sein. Wohin willst du fliehen? Ins Gebirge? Ich wünsche dir Glück, Cybula.«

»Ich brauche kein Glück.«

»Mein Leben ist vorbei«, sagte Kora und ging hinaus.

4

Als Kora die Hüte verlassen hatte, waren von der Tür her Stimmen zu hören. Dann kam Laska aufgeregt und atemlos hereingestürmt. »Vater!«

»Laska!«

»Vater, zwei Räuber sind mit unserem Beutegold fortgeritten!« zeterte sie. Es klang, als wäre ihr persönlich ein schreckliches Unheil widerfahren. »Ich hörte Geräusche von draußen, und dann sah ich zwei Männer mit unserem Schatz wegreiten. Ich schrie, aber sie galoppierten davon. Woher kannten sie unser Geheimnis? Wer sind sie? Jetzt ist alles verloren!«

»Pst! Schrei nicht so, Tochter! Wir brauchen Krol Rudys Schatz nicht. Wir leben hier, nicht in Miasto. Wie geht es Ptaschek?«

»Sein Köpfchen ist ganz heiß. Er weigert sich, meine Milch zu trinken. Er röchelt wie jemand, der im Sterben liegt. Paskuda hat mir geraten, ein kleines Grab zu schaufeln und Ptaschek hineinzulegen, um die bösen Geister glauben zu machen, er sei bereits tot. Ich habe jetzt schon ein richtiges Grab …« Sie brach in Tränen aus.

»Tochter, es ist besser so. Laß ihn sterben.«

»Vater, was redest du denn da?«

»Wir sind alle verloren, Laska. Wir sind keine freien Menschen, wir sind Sklaven. Unser einziger Ausweg ist der Tod. Es ist besser, wenn Ptascheks Geist in die Schlünde der Erde eingeht und dein Sohn nicht als Sklave aufwachsen muß.«

»Was ist denn in dich gefahren, Vater? Ich kann doch mein Kind nicht sterben lassen!«

»Er wird sowieso sterben, Tochter. Und falls er jetzt am Leben bleibt – ich beneide ihn nicht darum.«

»Wohin ist Kora mitten in der Nacht gerannt?« fragte Laska.

»Meine Matka ist eine Hure«, sagte Jagoda.

»Was?«

»Schweig, Jagoda! Nicht doch, Tochter, nicht doch! Kora war schon immer eine Hure. Ich wußte es, aber ich wollte es nicht wahrhaben.« Dann schlug er einen anderen Ton an. »Laska, wir gehen ins Gebirge. Ich kann keinen Tag länger hierbleiben.«

»Wohin denn? Und wann?«

»Jetzt gleich. Wohin uns die Füße tragen. Wir wollen das Lager noch vor Sonnenaufgang hinter uns lassen.«

»Und was soll aus mir werden?«

»Jammre nicht, Laska! Wir sind alle verloren. Jeder von uns muß sich entscheiden, ob er fliehen oder bei unseren neuen Gebietern bleiben will. Sie werden nicht besser sein als die alten. Die haben ihre Herrschaft mit einem Blutbad begonnen, die neuen Machthaber warten damit vielleicht noch eine Zeitlang. Möglich, daß das Morden nicht auf einen Schlag, sondern nach und nach geschehen wird. Wenn du willst, nehmen wir dich mit. Aber du mußt dich sofort entscheiden.«

»Und was soll aus meinem Kind werden? Ich kann Ptaschek doch nicht zurücklassen.«

»Nimm ihn mit!«

»Dann stirbt er unterwegs.«

»Wenn er stirbt, werden wir ihn begraben.«

»Vater, was ist bloß in dich gefahren?«

»Sprich leiser, Laska, sonst weckst du das ganze Lager auf. Du brauchst nicht sofort mit uns zu kommen. Wir werden droben im Gebirge in derselben Höhle wohnen, zu der du damals gekommen bist, um Frieden zu stiften. Erinnerst du dich? Vielleicht fangen die neuen Mörder nicht schon jetzt mit dem Morden an. Du kannst zu uns fliehen, sobald du dazu bereit bist. Wenn du hierbleiben willst, dann bleib. Du bist eine hübsche Frau – vielleicht wird jemand bei dir liegen. Das war von jeher das Los der Frauen.«

»Vater …«

»Laska, ich habe jetzt keine Zeit mehr für Diskussionen. Geh zu der Grube beim Lindenbaum und sieh nach! Vielleicht liegt noch etwas vom Schatz darin. Wenn du etwas findest, dann geh nach Miasto. Dort bekommst du für die Schmuckstücke so viel, wie du zum Leben brauchst. Jagoda, wir brechen auf!«

»Was soll ich mitnehmen?«

»Nur so viel du tragen kannst. Dein Messer, deinen Bogen und einige Felle. Und vergiß deine Schuhe nicht! Seht doch, der Morgen dämmert schon! Laska, bitte geh! Man darf dich nicht aus unserer Hütte kommen sehen. Sonst würde man glauben, du hättest uns zur Flucht verholfen.«

Cybula nahm Laska in die Arme und küßte sie – auf die Augen, den Mund, die Stirn und die Wangen. Ihr Gesicht war heiß und feucht. Er drückte sie an die Brust, und einen Augenblick lang standen Vater und Tochter regungslos da. Dann sagte Cybula: »Geh jetzt, Laska!«

»Ach, Tata!« sagte sie und ging hinaus.

Jagoda wischte sich die Tränen ab. »Soll ich meine lange Hose mitnehmen?«

»Nimm mit, was du willst, aber spute dich!«

»Soll ich den Korb mitnehmen?«

»Ja, wenn du ihn tragen kannst.«

»Was soll ich mit dem übrigen Fleisch machen?«

»Unterwegs werden wir uns mit frischem Fleisch versorgen.«

»Soll ich mein Hochzeitskleid mitnehmen?«

»Nein. Ja.«

Blutrotes Licht drang durch das Loch in der Wand, als die beiden hinausgingen. Jagoda nahm allerlei Gerätschaften, Töpfe und Messer mit. Obwohl ihm schwer ums Herz war, mußte Cybula lächeln. Auch er war bepackt mit Gerätschaften, die er aus Miasto mitgebracht hatte. Trotzdem liefen sie beide so schnell sie nur konnten. Sie hatten Glück: Die Lagerbewohner und die neuen Wojaken schliefen noch fest. Nur die Vögel waren schon wach. Jede einzelne Vogelart begrüßte die Morgendämmerung mit dem ihr eigentümlichen Gesang. Tau fiel, und weiße Nebelschleier stiegen auf und kräuselten sich über dem frisch abgeernteten Feld. Cybula hatte seinen Zupan an und trug sein Schwert an der Seite. Die Stiefel, die ihm Ben Dosa gemacht hatte, waren mit Ledersenkeln versehen, die er sich um die Waden geschlungen hatte. Auf den Kopf hatte er sich seine Pelzmütze gestülpt. Obwohl Jagoda noch vor kurzem geweint hatte, brachte Cybulas Erscheinung sie zum Lachen.

»Warum lachst du, Jagoda?«

»Weil du heute wirklich wie ein Krol aussiehst.«

Vom Gebirge her blies ein kühler Wind. Bald hatten die beiden das Feld hinter sich. Der Pfad schlängelte sich bergauf. Folgte man ihm bergab, dann führte er nach Miasto. Frühere Generationen hatten diese gewundenen Pfade getreten – damals, als es in der Nähe des Lesnikenlagers noch andere Lager gab und die Grenzen der Stammesgebiete gegen Ein-

dringlinge verteidigt werden mußten. Cybula warf noch
einen letzten Blick auf das Feld, die Ställe, die Scheune. Einst
hatte er gehofft, daß die Felder und das Brot, das sie spendeten, die Menschen besser machen und ihnen den Blutdurst,
die Machtgier und den Haß auf andere austreiben würden.
Doch diese Hoffnung hatte getrogen.

Cybula und Jagoda erreichten den Waldrand. Sie über-
querten den Fluß auf dem Eichenstamm, der in der vorigen
Generation von Ufer zu Ufer gelegt worden und jetzt
bemoost und halb verfault war. Da Cybula nur zu gut wußte,
daß es für Krol Jodla und seine Reiter ein Leichtes sein
würde, die Flüchtenden einzufangen, beschloß er, den
Hauptpfad zu meiden und auf gewundenen Steigen weiter-
zuwandern.

In den Händen der Götter

Als er und Kosoka die Stadt Miasto schon weit hinter sich gelassen und Fremdland betreten hatten, dachte Ben Dosa an die Namen der im Buch Hiob erwähnten Sterne und an den Ausspruch über den Schriftgelehrten Samuel: »Er kannte die Wege des Himmels so gut wie die Wege seiner Heimatstadt Naharda.« Ben Dosa wußte, daß in dem Land, das er und Kosoka erreichen wollten – Rom, auch Italien genannt –, Lateinisch gesprochen wurde, und er erinnerte sich sogar an die Namen römischer Münzen, die in der Mischna und der Gemara erwähnt werden. Aber das half ihm nicht immer, in dem Labyrinth von Ortschaften und Landstraßen den richtigen Weg zu finden. Was er genau wußte, war, daß das Land Israel im Osten lag, denn die Juden, die im Exil lebten, wandten beim Beten das Gesicht immer nach Osten.

Auf seiner langen Wanderschaft mußte Ben Dosa schon bald feststellen, daß Bischof Mieczyslaw und die anderen Oberhäupter der neuen Religionsgemeinschaft zahlreiche Anhänger gefunden hatten. Juden ebenso wie römische und griechische Heiden hatten den Glauben des Jesus von Nazareth angenommen. Sie wurden jetzt Christen genannt. Viele übergetretene Juden wurden nach Rom ausgewiesen, wo man sie, ungeachtet ihres Bekenntnisses zu Jesus, wegen falscher Auslegung des Neuen Testaments ins Gefängnis steckte – manchmal aber auch deshalb, weil sie die Existenz der alten

Götter leugneten, denen die Römer und Griechen früher gehuldigt hatten.

Es verging kein Tag, an dem Ben Dosa und Kosoka unterwegs nicht diesem und jenem jüdischen Flüchtling begegneten. Wenn Ben Dosa auf einen Juden traf, der ein Anhänger Jesu geworden war, entbrannte jedesmal ein heftiger religiöser Disput, der oft mit Beschimpfungen, ja sogar mit Handgreiflichkeiten endete. Diese Juden, so ereiferte sich Ben Dosa, würden im Höllenfeuer schmoren. Wenn er ihre seltsamen Geschichten vernahm, begann er zu schreien, raufte sich Haare und Bart, zitierte etwas auf Hebräisch und schlug sich vor Zorn und Abscheu an die Stirn. Immer wieder schmähte er den falschen Messias aus Nazareth. Und obwohl Kosoka nicht begriff, was dieser verbrochen hatte, um mit so abscheulichen Schimpfwörtern geschmäht zu werden, verfluchte auch sie in ihrer Tatarensprache diesen Ketzer. Merkwürdig, daß manche der Verräter Israels etwas über die Mischna, die Gemara und die anderen Bücher wußten, aus denen Ben Dosa in seiner Wut zitierte! Manche von ihnen stammten aus Babylonien, manche hatten das Land Israel verlassen, nicht selten unter haarsträubenden Umständen. Sie alle kamen Kosoka wie Mitglieder ein und derselben kranken, geistesgestörten Familie vor, die sich in erbitterten Streit und unstillbaren Haß verstrickt hatte. Wenngleich Kosoka kein Wort von diesem Glaubensstreit verstand, hielt sie zu Ben Dosa, in der festen Überzeugung, daß nur er die Wahrheit kenne.

Nach jahrelanger Wanderschaft wurde Ben Dosa sich klar darüber, daß Kosoka sich wahrhaftig zu Gott und Thora bekannte. Er dachte an die Worte der Weisen: »Auch indem man selbstsüchtig handelt, kann man am Ende dem Allmächtigen dienen.«

Hin und wieder begegnete Ben Dosa auch Menschen, die

seines Glaubens waren, und dann schlossen sie einander freudig bewegt in die Arme. Sie sprachen von der heiligen Stadt Jerusalem, in der es von Schriftgelehrten und Predigern nur so wimmle. Und sie sprachen auch von den Gegnern, die all das Unheil bewirkt hatten, vor dem die Juden von ihren Weisen gewarnt worden waren.

Es war eine lange, beschwerliche Wanderschaft. Ben Dosa und Kosoka lernten neuartige Felder kennen, fremde Bräuche, Kleidungsstücke und Waffen. Und Fahrzeuge, die sie noch nie zuvor gesehen hatten. Sie erfuhren von ungeahnten Krankheiten, aber auch von neuen Heilkräutern, Hexenkünsten und Salben. Sie gingen über Marktplätze, auf denen Verbrecher öffentlich verurteilt und auf der Stelle gehenkt wurden. Huren wurden verschachert, und man bediente sich ihrer ohne jede Scham in aller Öffentlichkeit. Menschen wurden auf der Straße geköpft, weil sie bei Raubüberfällen ertappt worden oder aus der Sklaverei geflohen waren; oder weil sie Männer, Frauen und Kinder als Sklaven verkauft oder gegen Könige und Heerführer rebelliert hatten. Männer, die Wundärzte genannt wurden, operierten Kranke, zogen ihnen Zähne, strichen ihnen Salbe auf die Wunden und schnitten ihnen die verfilzten Haare ab.

Ben Dosa tröstete Kosoka oft mit einem Spruch aus dem Talmud: »Gibst du dir Mühe und findest du, wonach du suchst, so ist das glaubwürdig. Findest du aber das Ersehnte, ohne dir Mühe zu geben, so ist es unglaubwürdig.«

Und so geschah es, daß Ben Dosa und Kosoka nach jahrelanger Wanderschaft vor den Toren Roms anlangten. In einer Ortschaft nahe der großen Stadt erstand Ben Dosa ein Buch der Mischna, das von einem Schreiber kopiert worden war. Hier begegnete er auch einem Mann, der eine Abschrift der Gemara studiert hatte. Dieser Mann hatte Rom verlassen, nachdem dort viele Juden verhaftet worden waren, weil sie in ihren Gebeten die Hoffnung auf das Kommen des Messias aus dem Stamm Davids und auf ihre Rückkehr ins Land Israel ausgesprochen hatten. Der Mann berichtete ihnen, daß eine Anzahl weiblicher Judenchristen sich in unterirdischen Höhlen, Katakomben genannt, versteckt halte und dort nach den Lehren des Neuen Testaments lebe. Auch kleine Gruppen von Juden, die noch getreu nach den Gesetzen des Talmud lebten, hielten sich in Rom verborgen, aber nicht in Höhlen, sondern in kleinen Dorfgemeinschaften, wo sie nicht ständig wegen ihres Glaubens schikaniert wurden. Sie beteten in Hütten, und einige von ihnen seien eifrig damit beschäftigt, Teile der Gemara zu kopieren.

Ben Dosa fand sich mit Kosoka in einer dieser Dorfgemeinschaften ein und berichtete, daß er aus seiner Heimat entführt und als Sklave verkauft worden sei. Ben Dosa wurde vom Rabbi und der Gemeinde schief angesehen. Er war für sie ein Abenteurer, der seltsamen religiösen Bräuchen das Wort redete und dessen Rechtschaffenheit und Glaubenstreue zu bezweifeln waren. Der Rabbi wandte sich in aramäischer Sprache an Ben Dosa. Und daß aus Kosoka eine wahre Jüdin werden könnte, glaubte hier zunächst niemand. Der Rabbi der kleinen Gemeinde war strikt dagegen, Kosoka den jüdischen Glauben annehmen zu lassen. Über der Tür des kleinen Bethauses standen die Worte, die Bilam über die Juden zu Moses Zeiten gesagt hatte: »Ein Volk, das sich absondert.« Der Rabbi weigerte sich immer wieder, sie in die jüdische Glaubensgemeinschaft aufzunehmen, und stellte ihr viele Fragen, die sie nicht beantworten konnte. Ob sie wahrhaftig glaube, daß es nur einen einzigen Gott gebe und daß er Moses auf dem Berg Sinai die Thora gegeben habe. Ob sie Ben Dosa nur deshalb heiraten wolle, weil er ihr als Mann gefalle. Ob sie willens sei, alle sechshundertdreizehn Gebote einzuhalten und kein einziges jemals außer acht zu lassen. Er zankte Kosoka aus und war ihr gegenüber so mißtrauisch, als wäre sie ein christlicher Spitzel. Auf seinen Befehl mußte sie die Fußböden und das Gestühl des kleinen Bethauses putzen. Erst nach langen Gesprächen und Prüfungen durfte sie in das rituelle Tauchbad steigen und den Namen Sara annehmen (wie alle Konvertitinnen es zu Ehren der ersten Jüdin, Sarai von Ur Kaschim, taten, die den Namen Sara erhalten hatte).

Die Frauen der kleinen Gemeinde sprachen gebrochenes Hebräisch und Aramäisch und eine jüdisch geprägte Mischung aus Latein und Griechisch mit ihr. Sie beschäftigten Sara als Magd, die kochen und Kinder hüten mußte, und als Gehilfin jener Frauen, die sich nach der Monatsblutung einem rituellen Reinigungsbad unterzogen. Es dauerte eine Weile, bis Sara gelernt hatte, die sieben reinen Tage nach der Monatsblutung richtig zu zählen und am Sabbat kein Feuer im Herd zu machen. Sie trug am Sabbat noch so manches aus dem *erub*, dem genau markierten Umkreis, der am heiligen Ruhetag nicht überschritten und aus dem nichts hinausgetragen werden darf. Doch allmählich sah die Gemeinde ein, daß Sara aufrichtig bestrebt war, ihre Pflicht zu tun, sich in Demut und der rechten jüdischen Lebensweise zu üben.

Die Männer der Dorfgemeinschaft wollten bei Ben Dosa die Thora auswendig lernen. Außerdem brauchten sie einen Lehrer, der den kleinen Kindern das Alef-Bet beibringen und der ihnen, den Männern, die mosaischen Gesetze und die heiligen Worte des Pentateuch – wie die Thora im Griechischen genannt wurde – erläutern würde. Ben Dosa konnte ihnen bei der Verbesserung der Fehler helfen, die sich in ihre Version der Gemara eingeschlichen hatten. Sie alle erinnerten sich daran, was Rabbi Jochanan ben Zakkaj zu den Belagerern Zions gesagt hatte: »Gebt mir die Stadt Jabne und ihre Weisen.« Und zu Kosoka hatten sie mittlerweile ebensoviel Vertrauen, wie ihr nun auch vom Rabbi entgegengebracht wurde. Sie waren bereit, für sie und Ben Dosa eine Hütte zu bauen, sobald die beiden vermählt waren.

Man hielt es für angemessen, daß Sara an ihrem Hochzeitstag fasten und – als erstes von vielen weiteren guten Werken – alten und kranken Frauen die Füße waschen sollte. Als man ihr einen Federkiel gab und ihr zeigte, wie sie die *ketubbah*, den Ehevertrag, zu unterzeichnen hatte, brach sie in Tränen aus und konnte den Federkiel nicht in ihrer zitternden Hand halten. Als bei der bescheidenen Mahlzeit die sieben Segenssprüche rezitiert wurden, durfte kein Wein getrunken werden. Denn als Jude im Exil leben zu müssen bedeutete, ständig zu trauern. Gleichwohl wurde eine alte seidene *chuppa*, ein Traubaldachin, aufgestellt, und die Braut durfte ein abgetragenes Seidenkleid anziehen. Ihr Gesicht wurde mit einem verblichenen Schleier bedeckt, und man gab ihr einen alten silbernen Fingerring.

Ben Dosa trug ein weißes Gewand, das daran erinnern sollte, daß jeder Mensch sterben muß und in ein Totenhemd gehüllt wird. Bei den Juden war es Brauch, die Braut vor der Trauung siebenmal um den Bräutigam herumzuführen – im Einklang mit dem Spruch des Propheten: »Das Weib soll den Mann umhegen.«

Die ganze Trauungszeremonie fand unterm Sternenzelt statt. In seiner Ansprache erwähnte der Rabbi den Namen und die Beinamen von Ben Dosas Vater, Dosa, der in der Stadt Sura jüdischen Kindern Unterricht erteilt hatte. Als die Ketubbah aufgezeichnet wurde, fragte der Rabbi die Braut, ob sie noch Jungfrau sei – worauf die Anwesenden in Gelächter ausbrachen.

Es war Brauch, daß der Bräutigam am Ende der Zeremonie eine irdene Schüssel zerbrach – eine symbolische Handlung zur Erinnerung an die Zerstörung des Tempels. Ben

Dosa trat mit dem rechten Fuß auf die Schüssel, und als sie zersplitterte, galt dies als Zeichen dafür, daß er noch jung und zeugungsfähig sei. Als man Kosoka den traditionellen Becher Wein reichte, fiel er ihr aus der Hand, was als böses Omen dafür galt, daß sie im Kindbett sterben würde. Ben Dosa jedoch wies darauf hin, daß es den Juden nicht erlaubt sei, abergläubisch zu sein. Dem Talmud zufolge seien das Leben und das Glück der Juden nicht von den Sternen abhängig, denn es stehe geschrieben: »Die Astrologie bestimmt nicht das Los des Volkes Israel.«

2

Cybula und Jagoda verbrachten die erste Nacht nach ihrer Flucht in derselben Höhle, in der sie sich versteckt hatten, nachdem Lis von Kora getötet worden war. Sie entdeckten dort ein Fell, das sie damals zurückgelassen hatten, übriggebliebene Holzkohle und einige Tierknochen, die sie bei ihren Mahlzeiten abgenagt hatten. Der Wildbach auf dem Grund der Höhle gurgelte und rauschte wie damals.

Cybula genoß es, wieder einmal mit Jagoda allein zu sein. Ihr konnte er alles sagen, was ihm gerade einfiel – kluge wie törichte Worte. Er konnte prahlen, sich Lügengeschichten ausdenken, ihr von seinen Träumen und Tagträumen und von seinen Abenteuern mit Frauen erzählen. Sie hörte sich alles an und verlangte sogar nach mehr. Zuweilen stellte sie eine Frage, aus der er schließen konnte, daß sie ihn wirklich verstand. Manchmal bettelte sie wie ein Kind: »Erzähl mir eine Geschichte!« Dann begann Cybula, irgend etwas zu erzählen und die Geschichte immer weiter auszuspinnen.

Draußen war spätsommerliches Wetter, in der Höhle dagegen herrschte eine frostige Kälte, wie sie Cybula noch nie verspürt hatte. Jagoda kuschelte sich an ihn und versuchte, seinen Körper mit ihrem Bauch und ihren Brüsten zu wärmen. Trotzdem rann ihm manchmal ein eisiger Schauer über den Rücken. Bei Tage, auf der Pirsch, merkte er, daß er nicht mehr so scharfe Augen hatte wie früher. Woher kam das? Er kniff das rechte Auge zu und stellte fest, daß er mit dem linken schlechter sehen konnte als mit dem rechten. Er beschloß, Jagoda nichts davon zu sagen. Sie war ohnehin um seine Gesundheit besorgt und jammerte darüber, daß er zu wenig esse. Früher hatte er gern rohes, noch blutiges Fleisch gegessen, aber nun empfand er plötzlich einen Widerwillen gegen Blut. Ben Dosa hatte erzählt, daß Gott zu Kain, der Abel tötete, gesagt habe: »Die Stimme des Blutes deines Bruders schreit zu mir vom Erdboden empor.« Jetzt glaubte Cybula, das Blut der Tiere schreien zu hören: »Warum tötest du uns? Was haben wir dir getan? Und wenn nun jemand dein Blut vergösse?«

Von nun an ging Jagoda auf die Jagd und zum Fischen, während Cybula vor der Höhle saß, sich in der Sonne wärmte und Buchstaben und Wörter kritzelte. Er war nicht krank, aber ganz gesund war er auch nicht. In der Höhle fühlte er sich nicht mehr so wohl wie früher. Er hatte sich daran gewöhnt, in einem Bett anstatt auf dem harten Fels zu schlafen. Und weil er kein Fleisch mehr essen mochte, sehnte er sich nach Brot, nach Brezeln, gebacken auf erhitzten Steinen, nach der Hafergrütze, die Kora manchmal für ihn gekocht und durch Beigabe von Pilzen gewürzt hatte. Etwas ließ ihm keine Ruhe, ein Rätsel, auf das er die Antwort nicht fand: Er konnte einfach nicht aufhören, an Kora zu denken. Sie hatte immer von ihrer großen Liebe zu ihm gesprochen. Sie hatte sich immer von neuem bemüht, ihm zu Gefallen zu sein. Sie hatte ihm immer wieder gesagt, er sei ihr Gott, und sie wolle keinen Augenblick länger leben als er. Gleichzeitig aber hatte sie sich mit einer Bande von Räubern, Dieben und Mördern vergnügt und Schande über sich und das Andenken ihrer ermordeten Kinder gebracht. Erst wenn er dieses Rätsel gelöst hatte, so glaubte Cybula, würde er sterben können.

Auch Ben Dosa vermißte er. Wo mochte der jetzt sein? Vermutlich würde er auf der Wanderschaft in ferne Länder ums Leben kommen. Wie gut es gewesen wäre, ihn jetzt hier zu haben, seinen Geschichten zuzuhören, seinen Gleichnissen und den Weisheiten, die er aus Büchern wußte – Büchern, geschrieben von Göttern in fernen Städten, vor langer, langer Zeit. Und plötzlich begann Cybula, selbst mit den Göttern zu reden.

»Gott Jerusalems, bist du wirklich hier bei mir? Sind deine Augen überall – können sie wirklich alles sehen? Weißt du, wo Ben Dosa ist? Ist Kosoka noch bei ihm?«

Ein anderes Mal wandte er sich an den Todesgott. »Smierc, Gott der Götter, bist du wirklich der Mächtigste? Ich will keinem außer dir dienen. So, wie der Sonnengott auf alles und jeden herabscheint, so bringst du allem und jedem den Tod. Legst du jemandem die Hand auf den Kopf, so enden alle seine Sorgen: Hunger, Durst, alle Leiden, alle Schmerzen. Du herrschst über die Berge und Täler, über jeden Fluß und jeden Fels. Wer in deiner Hand ist, kennt die wahre Ruhe. Schenk mir deinen Frieden, Smierc! Ich bin der Götter des Lebens überdrüssig.«

Weil es in der Höhle zu dunkel zum Schreiben war, versuchte er, mit einem Messer, das er in Miasto erstanden hatte, eine Figur zu schnitzen. Sie sollte den Todesgott darstellen. Cybula wollte eine Art Gerippe schnitzen, mit einem Loch anstelle der Nase, mit Zähnen, aber ohne Mund. Das war kein leichtes Unterfangen, aber er war überzeugt, daß es gelingen würde. Er hatte Zeit, und er hatte Geduld. Jagoda schlief, wachte auf, schlummerte wieder ein – den ganzen Tag, den ganzen Abend lang. Irgend etwas bedrückte sie, aber Cybula wußte nicht, was. Wenn er sie danach fragte, sagte sie immer nur: »Ach, nichts.« Bis sie schließlich damit herausplatzte: »Es ist deinetwegen!«

»Denkst du an deine Matka?«

»Ja. Nein.«

»Vermißt du Kora?«

»Nein.«

»Wärest du zornig auf mich, wenn ich sie getötet hätte?«

»Warum hast du es nicht getan? Sie hat dich doch selbst darum gebeten.«

»Jetzt ist es dafür zu spät. Außerdem wäre der Tod eine viel zu große Gnade für sie. Hätte ich sie getötet, dann hätte sie Frieden gefunden. Der Tod ist keine Strafe, Jagoda.«

Die Tage waren schon kürzer geworden, aber dieser Tag schien sich in die Länge zu ziehen. Zum Nachtmahl bekam Cybula ein Stück Fisch und zwei Äpfel. Aber er aß bloß einen halben Apfel. »Wenn du so wenig ißt«, sagte Jagoda, »verlierst du deine Kraft.«

»Ich brauche keine Kraft.«

Kaum hatte er das gesagt, da war von draußen, nahe dem Höhleneingang, ein Geräusch zu hören. Cybula sprang erschreckt auf. Waren Krol Jodlas Reiter gekommen, um ihn zu holen? Im Schein des Herdfeuers konnte er Kora erkennen. Jagoda stieß einen Schrei aus. »Matka!«

»Ja, ich bin's. Ich bin aus den Schlünden der Erde zu euch gekommen.«

Die beiden starrten sie an. »Kommt, helft mir!« sagte Kora. »Ich habe ein Pferd mitgebracht.«

Cybula fühlte sich plötzlich von neuer Kraft belebt. Er eilte zum Höhleneingang und ging auf Koras Wink zu ihr hinaus. Im schwachen Lichtschein, der aus der Höhle drang, sah er ein Pferd, das an einen Baum gebunden und mit Säcken und Beuteln beladen war. Kora war in Felle gehüllt. Er hörte sie sagen: »Ich konnte nicht ohne dich leben.«

»Du elende Hure!«

»Das bin ich wohl.«

Dann warf sie sich ihm an den Hals und küßte ihn unter Tränen.

»Woher hast du das Pferd?«

»Ich habe es gestohlen.«

»Wie geht es Laska?« fragte Cybula mit bebender Stimme.

»Ptaschek ist wieder gesund. Krol Jodla hat sich Laska genommen.«

»Als sein Eheweib?«

»Er hat schon drei andere.«

»Hast du Laska gesehen, bevor du aufgebrochen bist?«

»Man hat mich nicht zu ihr gelassen. Sie ist eine hübsche Frau – sie wird es gut haben. Solche Frauen können die immer brauchen.« Dann sagte sie in einem ganz anderen Ton: »Ich konnte nicht ohne dich leben. Ich hab's versucht, aber vergebens.«

»Und das Feld?«

»Sie haben den Winterweizen gesät.«

Es drängte Cybula, den Göttern zu danken, doch er beherrschte sich. »Nun werde ich leichter sterben können.«

»Gemeinsam mit mir«, sagte Kora.

Er stand in der Dunkelheit und wußte nicht, ob er vor Kälte zitterte oder weil Kora zu ihm zurückgekehrt war.

»Ich habe versucht, ohne dich zu leben«, sagte sie noch einmal, »aber ich konnte es nicht. Tag und Nacht habe ich an dich gedacht. Ich konnte nicht schlafen. Ich fror, obwohl das Herdfeuer in meiner Hütte brannte. Nie zuvor habe ich so erbärmlich gefroren. Ich habe mich mit sämtlichen Fellen, die ich in der Hütte hatte, zugedeckt, aber mir war trotzdem kalt.

Das war keine gewöhnliche Kälte, nein, sie muß von der Baba Jaga ausgegangen sein. Sobald ich das Lager verlassen und mich auf den Weg zu dir gemacht hatte, wurde mir wieder warm, trotz des vielen Regens und Schnees.«

»Haben dich all diese Reiter nicht aufwärmen können?«

»Sei still, Cybula! Halt deine scharfe Zunge im Zaum!«

»Erzähl mir vom Lager.«

»Es gibt dort viel Arbeit. Krol Jodla möchte der Krol aller Krole sein. Er mischt sich in alles ein und steckt seine Nase in jeden Kochtopf. Das Pferd, das ich mitgenommen habe, gehört nicht Jodlas Leuten, sondern dir. Du hast es aus Miasto mitgebracht.«

»Wie geht es Nosek?«

»Der hat sich auf ihre Seite geschlagen. Er tut alles, was Krol Jodla von ihm verlangt. Er lebt jetzt mit Wilk und dessen Mutter zusammen. Ach, dieser Nosek ist wie eine Figur aus Lehm! Er und Piesek sind jetzt Krol Jodlas Knieze. Ich habe Nosek vorgeschlagen mitzukommen, aber er sagte: ›Kora, ich bin taub. Ich habe nichts gehört.‹ Das war seine Antwort. Ständig stellt er Berechnungen an. Er hat beim Pflügen des Feldes für den Winterweizen nicht helfen müssen, weil Krol Jodla will, daß er sich nur noch mit Zählen, Messen und Auswiegen beschäftigt. Genau wie Piesek. Die beiden sind wie ausgestopfte Vögel, die bloß so aussehen, als ob sie noch lebendig wären.«

Jagoda kam aus der Höhle.

»Du gibst mir wohl keinen Kuß mehr?« fragte Kora. »Ich bin immerhin deine Mutter.«

Jagoda schwieg.

»Du solltest ihr einen Kuß geben«, sagte Cybula. »Was immer sie sonst noch ist – sie ist deine Mutter.«

Jagoda schwieg beharrlich.

In dieser Nacht verlangte Cybula, daß Kora ihm die Wahrheit, die ganze Wahrheit sagen müsse, und Kora gehorchte. Ob Jagoda schlief oder sich nur schlafend stellte, war schwer zu sagen. Kora zählte alle Männer auf, denen sie sich, seit sie kein Kind mehr war, hingegeben hatte. Cybula ermahnte sie, nichts auszulassen. Und allem Anschein nach konnte sich Kora noch an jeden Augenblick der Sinnenlust erinnern, den sie mit all diesen Soldaten erlebt hatte, an das, was sie zu ihr gesagt hatten, ja sogar an die schlüpfrigen Kosenamen, die sie ihr gegeben hatten.

Hin und wieder fragte Cybula: »Hast du dich nicht geschämt?«

Und Kora antwortete: »Nein. Keinen Augenblick.«

»Er hat dich angespuckt, und du hast ihn geküßt?«

»Ja.«

»Und du hast es genossen?«

»Und ob!«

Zuweilen schlug er sie ins Gesicht und zerrte sie an den Haaren. Dann sagte sie bloß: »Zerr nur weiter, mein Gott, quäle mich!«

Cybula wurde noch einmal jung und stark. Er drang in sie ein, und sie schrie auf: »Du bist der Beste, der Stärkste! Kein Mensch, sondern ein Gott bist du, ein junger Gott! Zerfleisch mich, erstich mich, brich mir die Knochen, trink mein Blut! Töte mich!«

»Genau das werde ich tun.«

»Deshalb bin ich ja zu dir gekommen.«

»Du willst sterben?«

»Ohne dich will ich nicht leben.«

»Du lügst!«

»Nein, mein Gott. Weshalb sollte ich lügen? Ich hätte im Lager bleiben können. Die wollten mich alle haben. Alle, vom jüngsten Reiter bis hin zu Krol Jodla, haben mich mit ihren Blicken verschlungen. Aber ich bin nicht dortgeblieben, sondern zu dir gegangen, durch Regen und Schnee.«

»Du wolltest deine Tochter wiedersehen.«

»Meine Tochter wiedersehen? Sie ist nicht mehr meine Tochter, ich bin nicht mehr ihre Mutter. Wenn ich Wölfe über sie herfallen sähe, würde ich keinen Finger rühren.«

»Was würdest du tun, wenn ich sie umbrächte?«

»Wenn du ihr die Kehle aufschlitzt, küsse ich deine Hände. Und dann lecke ich das Blut von deinem Messer.«

»Empfindest du niemals Mitleid?«

»Ich habe kein Mitleid.«

»Du bist durch und durch verlogen. Aus deinem Schandmaul ist noch kein wahres Wort gekommen.«

»Ach, mein Liebster, wie zärtlich du mit mir sprichst! So hat noch niemand zu mir gesprochen. Nicht einmal Ben Dosa.«

»Den wolltest du wohl auch haben?«

»Und ob! Aber er hat mich immer abgewiesen. Wenn er sich über mich beugte, um mir das Lesen und Schreiben beizubringen, habe ich mir jedesmal gedacht: ›Wie ist der wohl, wenn er bei einer Frau liegt?‹«

Nach längerem Schweigen fragte Cybula: »Weshalb bist du gekommen?«

»Ich hab's dir doch schon gesagt. Um zu sterben.«

»Ist das wahr?«

»Ohne dich ist alles sinnlos gewesen. Ich habe mich mit anderen Männern eingelassen, aber nur, wenn ich danach zu dir kommen, in deinen Armen liegen, deine Stimme hören, deine Füße küssen durfte. Wenn du nicht da warst, wollte ich keinen anderen haben. Jagoda hat sich wie ein Blutegel an dir festgebissen, und du läßt sie an deinem Hals hängen und dir das Blut aussaugen. Aber vor mir bist du davongelaufen. Warum?«

»Weil sie aufrichtig ist und weil du lügst.«

»Daß ich dich liebe, ist keine Lüge.«

»Ich liebe sie und verabscheue dich.«

»Deine Worte tun weh. Wie kannst du einen Menschen hassen, der dich so sehr liebt? Du lügst also auch. Glaubst du an die Schlünde der Erde?«

»Nein.«

»Was wird aus uns, wenn wir gestorben sind?«

»Asche und Staub.«

»Aus Asche können Rosen wachsen.«

»Aus deiner Asche wird nichts anderes wachsen als Dornen.«

»Immer noch besser als gar nichts. Ich bin müde, Cybula, sehr müde. Willst du wirklich sterben?«

»Ja, Kora.«

»Tötest du mich zuerst?«

»Wenn du nicht davonläufst.«

»Das werde ich nicht, mein Liebster. Ich habe genug von allem gehabt, nur nicht von dir. Wann wirst du mich töten?«

»In so viel Tagen, wie du Finger an der Hand hast.«

»In fünf Tagen?«

»Ja.«

»Und was machst du mit meiner Tochter, deinem Blutegel?«

»Zerschmettern.«

»Sie trägt dein Kind im Schoß. Zusammen mit Jagoda wolltest du ein neues Geschlecht hervorbringen.«

»Daraus wird nichts.«

Cybula und Kora legten sich hin und schliefen ein. Vor dem Morgengrauen wachte Cybula auf – er wußte nicht, warum. Im Schein des Herdfeuers sah er Jagoda vor sich stehen. Sie hielt ein blutiges Beil in der Hand. »Jagoda, was tust du?«

271

»Ich habe meine Matka getötet.«

Nach kurzem Schweigen fragte Cybula: »Warum, Jagoda?«

Und Jagoda antwortete: »Sie hat es so gewollt.«

An diesem Morgen stiegen Cybula und Jagoda auf einen hohen Berg. Die Sonne schien, die Luft war mild. Die beiden hatten sich in Felle gehüllt und Schuhe angezogen. Cybula hielt seine Frau an der Hand. Er hatte ihr gesagt, wohin er sie führen würde. Und nun gingen die beiden gemeinsam den Weg hinauf, weder schnell noch langsam. Als sie den Gipfel erklommen hatten, lag tief unten ein gähnender Abgrund. Sie stellten sich an den Rand der Felsklippe und blickten hinab. Dort unten floß – ganz weiß von der schäumenden Gischt – ein Wildbach. Cybula sagte: »Bald wirst du bei deiner Mutter sein.«

»Wo ist sie?« fragte Jagoda.

Und Cybula antwortete: »In den Händen der Götter.«

Inhaltsverzeichnis

Erster Teil

Zweiter Teil

Isaac B. Singer im dtv

»Ohne Leidenschaft gibt es keine Literatur.«
Isaac B. Singer

Feinde, die Geschichte einer Liebe
Roman · dtv 1216
Ein Mann lebt in einer fatalen Konstellation zwischen drei Frauen.
1990 erfolgreich verfilmt.

Das Landgut
Roman · dtv 1642
Kalman Jacobi, ein frommer Jude, pachtet 1863 ein Landgut in Polen und gerät mit seiner Familie in den Sog der neuen Zeit.

Schoscha
Roman · dtv 1788
Eine Liebesgeschichte aus dem Warschau der dreißiger Jahre.

Das Erbe
Roman · dtv 10132
Kalman Jacobis Familie im Wirbel der Veränderungen um die Jahrhundertwende.

Eine Kindheit in Warschau
dtv 10187
Singers Kindheit im Warschauer Judenviertel.

Verloren in Amerika
dtv 10395
Singer als einsamer Emigrant in New York.

Die Familie Moschkat
Roman · dtv 10650
Eine Familiensaga.

Old Love
Geschichten von der Liebe
dtv 10851

Der Kabbalist vom East Broadway
dtv 11549
Jiddische Geschichten vom East Broadway.

Der Tod des Methusalem
und andere Geschichten vom Glück und Unglück der Menschen
dtv 12312

Der König der Felder
Roman · dtv 24102
Mythenartig und humorvoll erzählt Singer von der Entstehung des polnischen Volkes.

Doris Lessing im dtv

»Nicht außergewöhnliche Charaktere rufen die enorme
Wirkung ihrer Bücher hervor, sondern Menschen in
vielfältiger Gebrochenheit.«
Siegfried Lenz

Martha Quest
Roman · dtv 12242
Die Geschichte der
Martha Quest, die vor
dem engen Leben auf
einer Farm in Südrhode-
sien in die Stadt flieht.

Eine richtige Ehe
Roman
dtv 10612

Sturmzeichen
Roman
dtv 10784
Martha Quest als Mitglied
einer kommunistischen
Gruppe gegen Ende des
Zweiten Weltkriegs.

Landumschlossen
Roman
dtv 10876
Martha sucht in einer
Welt, in der es keine
Normen mehr gibt, für
sich und die Gesellschaft
Lösungen.

Die viertorige Stadt
Roman · dtv 11075
Martha Quest geht nach
London.

Vergnügen
Erzählungen · dtv 10327

**Wie ich endlich mein
Herz verlor**
Erzählungen · dtv 10504

Zwischen Männern
Erzählungen · dtv 10649

**Nebenerträge eines
ehrbaren Berufes**
Erzählungen
dtv 10796

**Die Höhe bekommt
uns nicht**
Erzählungen
dtv 11031

Auf der Suche
Eine Dokumentation
dtv 11582
»Was ist eigentlich
England?«
Mit dieser Frage und
einem kleinen Kind im
Gepäck kommt Doris
Lessing 1949 nach Lon-
don. Sie hat zwar kein
Geld, dafür aber die feste
Absicht, Schriftstellerin
zu werden ...

Julien Green im dtv

»Julien Green zählt zu den großen klassischen
Erzählern unseres Jahrhunderts.«
Hamburger Abendblatt

Junge Jahre
Autobiographie
dtv 10940

Paris
dtv 10997
Mit den Augen des Dich-
ters: kein Reiseführer.

Jugend
Autobiographie
1919–1930
dtv 11068

Leviathan
Roman · dtv 11131
Guéret, Hauslehrer in
der Provinz, entflammt
in Leidenschaft zu der
hübschen Angèle.

Meine Städte
Ein Reisetagebuch
1920–1984
dtv 11209

Der andere Schlaf
Roman · dtv 11217

**Träume und
Schwindelgefühle**
Erzählungen
dtv 11563

Die Sterne des Südens
Roman
dtv 11723
Liebesroman und Kriegs-
epos im Sezessionskrieg
der amerikanischen
Südstaaten.

Treibgut
Roman
dtv 11799

Moira
Roman · dtv 11884
Eine Studentenwette:
Die unwiderstehliche
Moira soll den frommen
Provinzler Joseph Day
verführen. Ein frivoles
und zugleich ein gefähr-
liches Spiel…

**Jeder Mensch in
seiner Nacht**
Roman
dtv 12045

Der Geisterseher
Roman
dtv 12137

Englische Suite
Literarische Porträts
dtv 19016